알고 싶은 복지현장
10명의 달인에게 묻다

알고 싶은 복지현장

10명의 달인에게 묻다

초판 1쇄 발행 _ 2018년 2월 25일
초판 3쇄 발행 _ 2019년 12월 10일

지은이 _ 고 석 · 김규완 · 이가영 · 이건일 · 이정숙
     정문호 · 조명희 · 채수훈 · 한지연 · 함창환

펴낸곳 _ 바이북스
펴낸이 _ 윤옥초
편집팀 _ 김태윤
디자인팀 _ 이정은, 이민영

ISBN _ 979-11-5877-044-0 03810

등록 _ 2005. 7. 12 | 제 313-2005-000148호

서울시 영등포구 선유로49길 23 아이에스비즈타워2차 1005호
편집 02)333-0812 | **마케팅** 02)333-9918 | **팩스** 02)333-9960
이메일 postmaster@bybooks.co.kr
홈페이지 www.bybooks.co.kr

책값은 뒤표지에 있습니다.

책으로 아름다운 세상을 만듭니다. — 바이북스

사회복지사 선배가 전하는 현장 노하우

알고 싶은 복지현장
10명의 달인에게 묻다

고 석 · 김규완 · 이가영 · 이건일 · 이정숙
정문호 · 조명희 · 채수훈 · 한지연 · 함창환

바이북스
ByBooks

삶의 향기가 사람과 사람에게 파도처럼

추운 겨울을 녹여주는 나눔의 열기가 곳곳에서 퍼져나가고 있는 요즘, 우리들의 마음을 한층 더 따뜻하게 해줄 소식을 전해 들었습니다. 우직하게 복지현장의 길을 걸어가는 10명의 베테랑 복지인이, 그간 걸어온 흔적들을 책으로 공유하기 위해 함께 머리를 맞대고 있다는 소식에 너무나도 뿌듯하고 자랑스러웠습니다.

이 책은 사회복지사로서, 사회복지 공무원으로서 현장에서 겪은 고독사, 저장강박장애 등의 여러 사건들뿐만 아니라 사회복지를 실천하며 여러 사람들과 부대끼며 느낀 사회복지에 대한 고찰까지 담담하게 전하고 있어 진솔한 감동을 전하고 있습니다.

마지막 페이지를 덮으며 사회복지를 실천하기 위해서 사명감을 가지고 각자의 자리에서 '사람다움'을 실천하고 있는 베테랑 복지인들에게 사회의 구성원으로서, 한 인간으로서 존경의 마음을 가지게 되었습니다.

'사람'과 '사랑'이 넘쳐나는 이 책은, 예비 복지인들에게는 이제 곧 만나게 될 복지현장에 대한 기대감으로, 동료들에게는 사회복지를 처음 접했던 뜨거웠던 열정을 다시 새길 수 있는 시간으로, 일반 독자들에게는 아직도 따뜻한 온정이 살아 있다는 고마운 희망을 선사할 것이라고 확신합니다.

이 책을 통해 삶의 향기가 사람과 사람에게 파도처럼 널리 전해지길 원하며, 많은 분들에게 이 책이 읽혀지기를 소원합니다.

한국보건복지인력개발원장 최영현

제1부   사회복지사 현장을 만나다

사회복지 현장의 달인들이 뭉쳤다. 최근 모 방송에서 〈생활의 달인〉이라는 프로그램을 진행하는데 그 프로그램을 아주 신기하고 재미있게 시청했다. 보통사람들이 할 수 없는 어려운 일을 참 신기하게도 쉽게 해내는 모습과 엄청난 스피드로 일을 척척 처리하는 모습을 보면서 다양한 분야의 달인들 매력에 빠지곤 했다.

어느 분야건 한 분야에서 10년 이상 또는 20년 이상 계속 일하고 있다면 달인 중의 달인이라 할 수 있을 것이다. 그래서 복지 달인이라고 명명할 수 있는 사회복지 분야에서 10년 이상 일하고 있는 10인의 사회복지 달인이 뭉쳤다. 함께 뭉친 10인의 달인들은 그동안 사회복지에 대한 책을 한 권 이상 집필한 경력이 있는 달인들이기도 하다.

한국보건복지인력개발원에는 2013년부터 복서원이라는 교육과정을 통하여 사회복지 분야에서 일하며 경험한 노하우와 사례들을 책으로 펴내는 일을 하고 있다. 그동안 사회복지 현장에 대한 기록이나 책자가 많지 않은 상황에서 현장 이야기를 책으로 엮어 후배들에게 생생하게 전달하는 것은 매우 중요한 일이라고 생각하던 차에 지인으로부터 복서원 과정을 추천받고 주저없이 참여하게 되었다.

복지달인 10인은 이 과정을 모두 수료한 사회복지사들로 이번에 신규 사회복지 공무원과 새내기 사회복지사들을 위한 길라잡이 역할을 할 수 있는, 그리고 선배들의 경험과 사례를 통하여 업무에 대한 적응력을 높이고 보다 쉽고 지혜롭게 업무처리를 하는 데 도움이 되었으면 하는 마음으로 본 책을 펴내기로 의견을 모았다.

현장에서 바쁜 일상에도 불구하고 후배들을 위한 헌신의 마음으로 함께 뭉친 복지달인 10인에게 복지달인 추진위원장으로서 깊은 감사를 드린다.

또한 본 저서가 출판되도록 아낌없는 지원과 관심을 보여주신 한국보건복지인력개발원 최영현 원장님과 실무를 맡아주신 유어진 선생님께도 고마움을 전한다.

본 저서는 전국적으로 다양한 지역과 다양한 분야에서 일하는 사회복지 달인들이 집필한 책이라서 더욱더 의미가 있다고 생각한다. 사회복지를 공부하는 학도들에게 자신이 일하게 될 미래의 일터를 소개함과 동시에 업무에 대한 이해도를 높이는 데 도움이 되길 바란다. 사회복지 현장 새내기 사회복지직 공무원들과 새내기 민간 영역의 사회복지사들에게도 업무적으로 피부에 와 닿는 길라잡이가 되었으면 좋겠다.

큰 꿈과 이상과 사명감을 갖고 사회복지 현장에 뛰어든 새내기들이 겪는 어려움은 선배들도 다 경험했던 일이며 현재도 그런 과정 속에서 일하고 있기도 하다. 이런 현장의 어려움을 극복하는 방법과 또한 업무처리의 노하우를 후배들이 본서를 통하여 미리 경험하고 대처하는 방법을 습득했으면 한다. 혹시 이 책을 통해 현장의 어려운 상황을 보고 미리 겁먹고 현장을 두려워하는 일이 없기를 바란다

사회복지 현장도 사람 사는 곳이며 따뜻한 정과 사랑이 넘쳐 나는 현장이기도 하다. 사회복지 현장에는 청소년들에게 꿈과 이상과 배움의 기회를 북돋아주는 프로그램도 많고, 한부모와 자녀들을 위한 프로그램 운영으로 어려운 가정에 용기를 심어주기도 하고, 장애인들을 위한 다양한 프로그램으로 장애인도 사회 구성원으로 살아가는 데 불편함이 없도록 힘써 일하는 멋진 사회복지사도 많다. 또한 노인복지 현장에서도 젊은 새내기들의 역할이 매우 크고 중요하다는 것을 필자는 잘 알고 있다. 따라서 현장에서 만나는 젊은

새내기 사회복지사들에게 에너지를 주는 격려와 응원을 하곤 했다.

현재 대한민국에는 많은 젊은이들이 사회복지 공부를 하고 있다. 단순히 사회복지사 자격증을 취득하는 데 목적이 있다고 생각하고 싶지는 않다. 사회복지에 대한 열정을 갖고 열심히 공부하는 젊은 사회복지학도들이라고 생각한다. 따라서 대한민국의 사회복지도 제대로 발전할 것을 믿는다.

대한민국도 이제는 복지가 제대로 뿌리내려야 한다. 우리나라도 이제 복지 선진국이 되어야 한다. 앞으로 대한민국 사회복지를 짊어질 새내기 사회복지사들에게 큰 기대를 하며 응원을 보내주고 싶다. 본 저서가 큰 응원이 되기를 바란다.

자 그럼 지금부터 10명의 복지달인 이야기 속으로 빠져들어가 보자.

복지달인 추진위원장

정문호

제1장

사회복지사 현장을
만나다

정문호 · 함창환 · 김규완 · 채수훈 · 이정숙

01

새내기 사회복지사들에게 고함

정문호

어느 덧 사회복지 현장에서 일한 지가 30년이 되었다.

처음 사회복지를 공부하고 나서 유료 양로원에서 사회복지사로 일했다. 어르신 50여 명과 같이 거의 24시간을 함께 생활하면서 한 가족 같은 분위기에서 일하고 생활했다.

당시 26세의 팔팔한 젊은 새내기 사회복지사였던 필자는 성격이 긍정적이기도 해서인지 금방 어르신들과 친해졌으며 어르신들의 사랑을 많이 받으며 일했다. 당연히 직장 상사들에게도 귀여움을 받았다.

새내기의 특권이랄까? 결혼식까지 양로원에서 해서 어르신께서 손주 장가보내듯 마음 깊은 축하를 해주셨던 기억이 난다. 이렇게 시작한 필자의 사회복지 현장은 내 삶이었으며 내 생활이었고 내 인생이 되었다.

2년 동안 새내기로서 마음껏 누리고 즐겁게 일했던 것 같다. 당시 스트레스는 거의 없었다. 왜냐하면 새내기라는 특권이 있었으니까. 모르면 모르는 대로 알면서도 모르는 척 네 업무 내 업무 따지지도 않고 그렇게 그렇게 때로는 희생도 감수하며 양보도 하고, 직원들과도 어우러지며 열심히 일하니 상사들도 예뻐해주셨다.

2년여 근무를 하고 서울에 있는 은천노인상담소로 자리를 옮겼다. 노인복지관 기능도 하는 노인상담소에서 지역의 어르신들과 어우러지며 프로그램도 진행하고 후원을 위해 지역 주민들을 찾아다니며 인사도 드리고 후원도 부탁했다.

당시에는 후원이 참 어려웠다. 후원에 대한 국민들의 인식이 부족했던 때이기도 했고 경제적 부흥기로 너도나도 경제적으로 기반을 잡으려고 열심히 일하던 시기였기에 사회복지 분야에 대한 후원이 쉽지 않았던 시기였다.

다행인 것은 많은 자원봉사자들이 함께 참여해주시는 것을 볼수 있었다. 의료서비스를 위해 한의사들이 나섰고, 급식봉사를 위해 지역주민과 종교기관 등 많은 후원자들이 있어 복지관 기능 같은 역할을 하며 상담소가 운영되었다.

당시에는 국가나 지방자치단체의 지원이 거의 없어서 상담소 운영에 어려움을 겪었던 기억도 새롭다. 당시 상담소에는 필자도 젊은 나이였으나 상담소장 아래 과장이라는 직책을 맡고 있어 새내기 겸 책임자로 일하던 시기였다. 또한 네 명의 직원들도 필자보다 젊은 새내기 사회복지사들이서 좌충우돌하며 일하던 추억이 새롭다.

1. 두 번째 새내기로 일하다

은천노인상담소를 퇴직하고 이어서 법무부 산하 갱생보호공단으로 자리를 옮겨 다시 한 번 새내기 직장생활이 시작되었다.

법무부 산하 갱생보호공단은 당시 서울본부와 전국에 10개소의 지부를 갖고 있었다. 서울지부에 근무하며 교정복지 업무를 하게 되었다.

당시 사회복지사가 교정복지 업무를 처음 시작하는 시기여서 경험 많은 선배들이 없어 업무처리에 대해 스스로 공부하고 배우고 또 배우며 사회복지에 대한 전문성을 발휘하려 애써보기도 했다. 당시 어려움은 직장 상사들이 사회복지에 대한 이해가 거의 없어 행정적인 시각으로만 바라보는 것이었다.

또한 서울 근교에 있는 교도소를 찾아다니며 출소 예정자들을 대상으로 출소 후의 생활이나 취업, 거처할 곳 등에 대한 상담과 지원을 해주는 역할을 했는데 진지하게 상담에 임하는 대상자도 있었지만 건성건성 상담하며 목적 없는 인생을 살아가는 듯한 태도를 보이는 대상자가 있어 안타까운 심정일 때도 많았다.

돌이켜보면 제대로 된 상담실도 부족했고 짧은 시간에 많은 대상자들을 상담해야 하는 어려움도 있었다. 무엇보다 중요한 것은 대상자들이 본인 스스로 상담을 원하는 것이 아니라 의무적으로 상담을 하라는 강요에 의한 상담을 하는 것이기에 상담에 임하는 태도가 그리 긍정적으로 흘러가지는 못했다고 생각된다.

그러나 출소 후 오갈 곳 없는 대상자들도 다수가 있어, 이들에게 출소 후 거처를 안내해주는 등 갱생보호공단의 역할에 대해 소중한 정보를 제공하는 등 사회 복귀를 위해 도움을 주는 일을 하는 것에 대해 뿌듯함도 있었다.

오갈 데 없는 출소자들은 갱생보호공단에서 제공하는 생활관에서 임시거주를 하며 사회 복귀를 위한 지원을 받았다. 사회 복귀를 위해 취업알선을 위해 많은 노력을 했음에도 취업이 그리 쉽지는 않았다. 사회적으로 전과자란 낙인도 있어서겠지만 그렇다고 전과자인 것을 숨기고 취업을 부탁하기도 어려웠기에 더욱더 취업이 힘들었다.

따라서 많지는 않지만 약간의 생업자금을 지원하여 노점상 등 조그만 장사를 하게도 했다. 그러나 장사에 대한 경험 등이 부족해 성공하는 사례는 그리 많지 않았다. 기술습득을 위한 교육훈련도 지원하며 사회 복귀와 재범방지를 위한 노력을 했다.

그래도 다행인 것은 이곳에 와서 사회 복귀를 위해 노력하는 대상자들은 대부분 재범 없이 서서히 사회에 복귀하는 모습을 보았다.

2. 세 번째 새내기 사회복지 공무원에 입문하다

교정복지 현장인 갱생보호공단에서 일하던 중 1991년 7월 경기 도를 비롯한 전국 시 · 도에서 사회복지직 공무원을 채용하는 공고 가 있었다.

필자는 제1회 경기도 사회복지직 공무원 시험(당시는 사회복지전 문요원 7급으로 채용)에 합격하여 다시 한 번 새내기 직장생활을 시 작하게 되었다.

당시만 해도 행정기관에서 사회복지사들이 근무하는 일이 거의 없었기에 매우 생소한 근무처이기도 했다. 사실 1987년부터 6대 광역시에서 사회복지직 공무원을 채용하기 시작했으나 그 수는 미 미했었다. 그러나 1991년 전국적으로 약 1,700여 명을 채용했으 며, 현재는 공공사회복지사가 약 2만 명에 달하고 있다.

1987년부터 30여 년간 많은 사회복지사들이 공공의 영역에서 사회복지직 공무원으로 일하게 된 것이다. 낯설은 행정기관에서 새내기 사회복지사들은 참으로 많은 고생을 했다. 전문직으로 채 용은 되었으나 너희들이 무슨 전문직이냐 어떠한 전문성을 가지고 있느냐며 바라보는 동료들의 따가운 시선도 있었다. 그도 그럴 것 이 건축이나 토목, 간호, 환경 등 객관적으로 전문성을 인정하기 쉬운 직렬에 대해서는 할 말이 없겠지만 인문과학에 대한 전문성 을 인정하는 데는 그 근거를 제시하기가 어려울 수도 있기에 그렇게 쉽게 생각했을지도 모른다.

그렇지만 사회복지 업무가 저소득 주민들과, 실직자, 한부모 가정, 노인, 장애인, 알코올 중독자, 정신질환자 등 상대하기가 녹록치 않은 대상자들과 하루 종일 상담하고 지원해주는 업무라서 쉽지가 않았다. 따라서 일반 행정직 공무원들은 사회복지 업무를 기피하게 되었다.

자연적으로 사회복사들이 이 업무를 전담하면서 전문성을 발휘하게 되니 언제부터인가 사회복지직 공무원들도 전문성을 인정받게 되고, 정부에서도 계속하여 사회복지직 공무원을 채용하게 되었다. 이제 2만 명이라는 거대한 전문사회복지사들이 전국의 최일선 행정기관인 읍·면·동에서부터, 시·군·구와 광역시·도청 그리고 보건복지부에서도 많이 근무하고 있다.

앞으로도 사회복지와 소방직 공무원 그리고 치안을 담당하는 경찰공무원을 계속 타 직렬보다 더 많이 채용한다는 것이 정부의 방침이다. 즉 이 세 직종은 국민의 삶의 질 향상에 꼭 필요한 직렬이 되었다 할 수 있으며 정부에서도 그 필요성을 인정하고 있는 것이다.

1991년 처음으로 행정기관 최일선인 읍사무소에서 사회복지직 공무원 생활을 시작했는데, 당시에는 사회복지에 대한 인식도 부족하고, 사회복지란 말을 처음 들어볼 정도로 사회복지사가 무슨 일을 하는 거냐고 묻는 일반직 공무원과 지역 주민들도 많았다. 다행히 사회복지직 공무원들이 전문성을 발휘하며 일하고 지속적으로 사회복지직 공무원들이 채용되어 사회복지직에 대한 이해도 빨라졌다고 볼 수 있다.

읍사무소에 근무하며 때론 사회복지 업무가 아닌 일반 행정 업무도 하고 직원들과 어우러지며 열심히 일했다. 그땐 승진 이런 거에 대한 관심도 별로 없었다. 단지 주어진 일에 대해 열심히 일 한 게 전부였던 시기였다. 그래도 6급 팀장으로의 승진이 빨랐다. 빨랐다고 해봐야 7급에서 6급 계장으로의 승진이 12년 만이었다.

여하튼 행정기관에서 팀장 즉 계장은 중견 간부다. 팀원들과 함께 일하는 관리자이기도 하다. 처음에는 장애인 복지 팀장으로 일하며 장애인에 대한 이해와 전문성을 키웠다. 이어서 사회복지 팀장, 가정복지 팀장을 역임하며 다양한 복지업무 영역을 접하며 사회복지에 대한 이해도 깊어져가는 계기가 되었다.

3. 새로운 도전 보건복지가족부 근무를 자원하다

필자는 새로운 도전을 위해 보건복지가족부로 파견근무를 자원하여 보건복지가족부 사회복지 정책실에서 1년간 일했다. 보건복지가족부에서 일하며 일에 대한 두려움도 있었지만 일에 대한 두려움을 극복하는 계기도 되었다.

참으로 열심히 일하는 복지부 직원들을 보며 감동하곤 했다. 지방자치단체 공무원들도 열심히 일하지만 중앙부처 공무원들도 정말로 열심히 일하는 까닭에 필자도 함께 밤늦게까지 일할 수밖에 없었다.

이후 평택시에 복귀하여 중앙부처에서 일한 경험을 토대로 열정을 갖고 일하다가 5급 사회복지 사무관으로 승진하여 40대의 나이에 최일선의 행정기관장인 동장도 하고 읍장도 하며 기관장으로서 행정업무를 총괄하기도 했다. 당시에는 복지동장, 복지읍장이란 이야기나 칭찬이 듣기 좋았다. 스스로도 복지를 입에 달고 다니기도 했다.

그래서 사회복지에 대한 열정을 갖고 시각장애인과 함께하는 장애체험 행사도 진행했고, 지역의 어르신들을 위한 실버가요제도 개최했다. 또한 한부모 자녀들과 함께하는 소망트리 행사도 하고 연말이면 지역주민들과 함께 이웃돕기 성금 모금에도 앞장서서 어려운 이웃과 함께하는 프로그램을 추진했다.

현재는 사회복지 과장으로 일하고 있다. 사회복지를 선택하고 사회복지 현장에서 일한 30년의 삶에 대해 회고한다면 만족도가 매우 높다고 자평해본다. 물론 민간기관에서 일하다 뜻하지 않은 이직을 할 때는 고민도 했다. 특히 직장상사나 동료들과 크고 작은 갈등도 있었지만 이 또한 극복해야 할 일이고 잘 인내하며 견뎌냈다. 공무원 생활을 하면서도 업무에 대한 갈등도 있었고 미래에 대한 고민도 하면서, 민간기관에 다시 취업하려고 시험도 보았다. 그리고는 합격통보도 받아 공무원 생활을 그만두려고 사표를 써서 들고 다니며 고민에 고민을 한 적도 있었다. 그러나 이제 27년간 사회복지직 공무원으로 일했으니 이 일이 그래도 나에게는 천직이 아닌가 생각된다.

4. 마지막으로 또 하나의 새내기 사회복지사 이야기

또 하나의 사회복지 새내기 이야기가 있다.

나에게는 딸이 둘 있는데 그중 하나가 사회복지를 공부하고 계약직으로 사회복지 업무를 1년여 하다가 사회복지 기관에 정규직으로 취업하여 사회복지사로 일한 지가 또다시 1년이 되었다.

처음에는 취업이 되었다는 즐거움으로 먼 길 불편한 통근도 힘들다는 불평 없이 열심히 다니며 일하는 것 같았다. 그런데 시간이 가면 갈수록 업무가 많고 힘들다며 투정을 부리는 횟수가 많아졌다. 심지어 5개월쯤 지나서는 사직도 심각히 고려하는 등 고민도 하고 있었다. 참으로 살얼음을 걷는 듯한 시기였다. 힘들다는데 계속 다녀야 된다, 사회복지는 다 그런 거다,라고 말할 수도 없고, 그저 잘 견디면서 적응하기만 바랄 뿐이었다. 그러면서 이제 1년이 지났다.

돌이켜 생각해보니 새내기 때 선배님들의 충고가 생각난다. 당시 그 선배는 직장에 적응하는데 세 번의 위기가 있었는데 그 첫 번째가 3개월을 극복하기가 어렵고, 두 번째 위기는 1년쯤 지나서이며, 세 번째 위기는 3년차인데 이 3년을 견디면 거의 완전한 직장으로 적응한다는 것이다. 비슷한 과정을 겪는 후배직원들을 종종 바라보며 참 일리가 있는 말이라는 생각이 든다.

최근에는 잦은 야근으로 딸이 지쳐 있는 듯하다. 이럴 땐 무슨 말로 지지해주고 응원을 해주어야 할지 명확한 해답을 찾기가 어려워 딸 주변을 서성이기도 한다.

어느 직장에서든 새내기들이 업무에 대해서 그렇게 자유롭기는 힘들다. 모든 업무가 힘들다. 왜냐하면 경험이 없고 처음 접하는 일이 대부분이기 때문이다.

예를 들면 경험 많은 선배들이 한두 시간이면 기안할 수 있는 행사 계획서를 새내기들은 몇 날을 씨름하고 고민하여 작성하는 일도 있을 것이다. 그렇다고 그런 일을 선배나 상급자들이 다 해줄 수는 없는 것이다. 스스로 배우고 익혀야 할 것이다.

모든 업무를 익히는데 그렇게 쉽게 하루 아침에 다 이룰 수는 없다. 때론 세월이 모든 것을 해결해줄 것이다. 너무 조급해하거나 잘하려고 서두르지도 말고, 세월의 흐름에 따르는 것도 현명한 대처 방법이 된다.

다시 한 번 대한민국의 사회복지 증진을 위해 다양한 분야의 사회복지 현장에 있는 새내기 사회복지사들에게 고한다. 당신들은 너무나 소중한 사회복지사들이다. 당신들로 인해 이 사회가 따뜻하고 훈훈한 사회, 사람 냄새가 나는 아름다운 사회가 될 것을 믿어 의심치 않으며 큰 성원과 응원을 보낸다.

새내기 사회복지사, 화이팅!

정문호

긍정의 아이콘! 저자 정문호는 양로원과, 노인상담소, 법무부갱생보호공단에서 근무하였으며, 1991년부터 현재까지 경기도 평택시청에서 사회복지직 공무원으로 일하고 있다. 보건복지가족부 사회복지정책실에서 근무하기도 하였으며, 평택시 신평동장과 팽성읍장, 평택시청 생활청소년과장을 역임하였다.

02

고질민원과 고질공무원

함창환

'민원인'을 정의하자면 공공기관에 특정한 조치나 행위를 요구하는 개인이나 법인 또는 단체로 규정할 수 있다. 그렇다 보니 사회복지 공무원으로 재직하며 상대하는 사람은 모두 민원인이 된다. 업무의 직접 관련 여부나 해결 가능 여부를 떠나 행정기관을 방문하여 자신이 원하는 사항을 말하는 사람이라면 모두 민원인이 된다는 말이다.

그런데 민원인이라는 말 앞에 '고질'이라는 단어가 붙으면 상황은 조금 달라진다. 오래된 습관적 민원을 제기하는 사람으로 고쳐지거나 변하지 않을 것이라는 부담이 되기 시작한다. 무엇으로든 엮여서는 안 될 것 같고 잘못하면 봉변을 당할 것 같은 두려움도 생긴다.

그러나 '고질민원인'이라는 말 앞에 '악성'이라는 단어가 추가되면 상황은 더욱 달라진다. 이는 두려움 정도가 아니다. 무슨 일이 있어도 엮이지 않고 싶은 마음이 생긴다. 발령으로 근무지를 이동하지 않는 이상 연결고리는 끊이지 않을 것이라는 공포가 찾아온다. 근무지를 옮겼다고 민원인과의 관계가 단절된다면 어찌 '악성 고질민원인'이라고 말할 수 있으랴. 근무지를 옮겨도 연락처를 파악해서 방문하거나 전화하는 정도가 되어야 진정한 '악성 고질민원인'으로 분류될 수 있다.

사회복지 공무원은 남성에 비해 여성이 훨씬 많다. 그리고 선거직 자치단체장들의 등장으로 인해 민원인의 목소리는 날로 격해지고 있으니 공무원은 자신의 감정을 감출 수밖에 없다. 그러다 보니 사회복지 공무원의 직무 스트레스는 상상을 초월한다.

공무원만 문제가 되는 것은 아니다. 악성 민원인들로 인해 행정력이 낭비되며 선량한 일반 국민들의 피해도 많다. 우선 공무원이 특정 민원을 처리하느라 시간을 허비하다 보면 양질의 행정 서비스를 받아야 할 국민들의 기회가 박탈된다. 그리고 민원을 해결하며 발생하는 많은 비용들도 오로지 국민들의 몫이다. 거주 지역에서 집단 민원이 발생하면 생활환경도 심각하게 훼손된다.

사람을 상대하는 사회복지 업무의 특성상 나도 여러 유형의 민원인을 만났다. 현장에서 고군분투하는 사회복지 공무원들도 모두가 다양한 민원인을 겪어보았을 것이다. 또한 민원인을 대하는 공무원의 다양한 유형도 보아왔을 것이다. 민원인을 대하는 방법에 정도正道가 어디 있겠는가만 그래도 내가 경험했던 일들을 기반으로 분류를 해보고자 한다. 어디까지나 개인적 판단 기준임을 기억해주시기 바란다.

1. 악성민원인을 대하는 공무원 유형

우선 악성민원인을 대하는 공무원 유형을 네 가지로 분류해보았다.

첫 번째 '회피형'이다. 이는 악성민원인이 오면 피하는 것이 상책이라고 생각하는 유형이다. 민원인을 만나거나 상담해볼 생각은 처음부터 없다. 오직 피하려는 생각뿐이다. 이런 공무원은 촉이 좋아서 일을 하다가도 신기하게 민원인이 들어오는 것을 안다. 민원인의 발걸음 소리나 문 여는 소리가 나지 않았는데도 반응을 한다.

민원인이 들어와 담당자가 있는 자리 쪽으로 시선을 맞추기도 전에 책상 아래로 눈을 피해 앉는다. 동작이 얼마나 빠른지 무슨 특공무술을 배운 사람 같다. 그리고 숨어서 동료직원에게 하는 말은 늘 한결같이 "나 출장 갔다고 해"라고 말을 한다. 그리고 미리 확보해둔 비상로를 통해 탈출을 시작한다. 보통은 책상 아래로 오리걸음을 해서 뒷문이나 상담실 같은 곳으로 피한다. 그리고 민원인이 나갈 때까지 기다린다. 회피형 공무원의 빠른 동작과 민원인이

갈 때까지 기다리는 인내심은 대단하기까지 하다.

두 번째로 '무관심형'이다. 민원인이 들어오면 눈만 한 번 마주칠 뿐 앉으라는 말이나 무슨 일로 오셨냐는 인사는 없다. 민원인이 들을 수 있는 것은 공무원의 한숨소리뿐이다. 소리를 지르건 말건 묵묵히 자기 일만 한다.

그러다 보니 가끔은 옆에서 근무하는 직원이 민원인을 상대하는 경우가 빈발하다. 옆에서 근무하는 이유 하나만으로 그 직원이 자리도 안내하고 차도 제공하며 민원인의 말을 들어준다.

무관심형 공무원의 머릿속에는 민원인이 빨리 지쳐서 가기만 바라는 눈치다. 민원인의 입장에서 보면 반응이 없으니 참 속상할 일이다. 그렇지만 큰 소리를 내거나 직접적인 불친절을 보이는 것은 아니니 특별한 조치를 취할 것도 없다.

세 번째로 '정면돌파형'이다. 이런 유형의 공무원과 민원인이 만나면 누가 공무원인지 누가 악성 민원인인지 분간되지 않는다. 서로 고함을 지르며 자기 주장을 하기 때문에 가끔 싸우는 것으로 오해를 받기도 한다. 옆에서 근무하는 직원은 싸움을 말리듯 두 사람을 떼어놓기 바쁘다.

이런 상황에서는 민원인의 격한 표현들이 튀어나온다. 대표적으로 "가만두지 않겠다", "목을 떼버리겠다", "다른 곳으로 보내버리겠다"라는 식의 말들이다. 밖에서 들으면 막 나가는 인사권자가 직원에게 호통을 치는 것으로 착각할 수도 있다. '정면돌파형' 공무원은 민원인에게 한 번 밀리면 그만이라는 강박감을 가지고 있어서 상사가 말려도 참지 않는다. 그리고 본인은 상당히 정의로운 사람이라고 생각하는 경향이 있다.

네 번째로 '동조형'이다. 민원인이 특별한 사항에 대해 말을 하면 민원인 편을 들며 흥분하기 시작한다. 옆에서 일하는 직원마저 악질 민원인과 친인척이나 가족관계는 아닐까 하는 궁금증을 갖게 한다.

그러다 보니 민원인이 오히려 곤란한 상황과 표정을 보이는 경우도 있다. 민원인 편을 들며 민원인보다 더 화를 내는 경우도 있다. 심지어 억울하거나 마음 아픈 말을 하면 민원인은 말만 하는데 공무원은 눈물까지 흘린다. 민원인이 돌아가기까지 많은 시간이 소요되었지만 되는 일도 없고 안 되는 일도 없다.

이상은 고질민원인을 대하는 공무원의 태도를 분류해보았다.

2. 민원인을 대하는 공무원의 유형

그럼 민원인의 기분을 언짢게 하는 유형을 살펴보도록 하겠다.

첫 번째 '무성의형'이다. 사무실 문이 열리고 민원인이 들어와도 고개를 들지 않는다. 아주 바쁜 사람이라고 이해해주길 바라는 듯 모니터만 뚫어져라 바라본다.

그러니 민원인이 무엇을 묻기라도 하면 크게 실례가 되는 분위기가 되어 오히려 눈치를 살핀다. 민원인은 그 직원에게 감히 말을 걸어볼 생각조차 하지 않는다. 심지어 자신의 업무와 관련이 있어 상사가 설명하고 있어도 못 들은 체한다.

이런 직원들의 특성은 동료직원과도 사이가 좋지 않은 경우가 많다. 서비스 정신이라고는 제로인 이런 직원들로 인해 국민들은 화나고 공무원들은 욕을 먹게 된다.

두 번째로 '따지는형'이다. 민원인이 상담 중에 화라도 내면 이해시키려 하지 않는다, 오히려 왜 나에게 이러냐며 따진다. 법이 잘못된 것이지 법대로 하는 내가 잘못한 것이 아니라는 식이다. 그렇다 보니 거만하게 보일 뿐만 아니라 불만이 많은 사람처럼 보인다.

혹시 부서 간 협의하거나 공조할 일이 있어 공무원이 전화를 해도 무슨 일인지 파악해보지 않고 왜 나에게 전화했냐고 먼저 묻는다. 업무를 추진함에 있어서도 불평이 많다. 상급기관으로부터 접수된 공문을 읽으며 쓸데없는 짓을 한다는 말을 자주 한다. 준 것 없이 미운 사람의 유형이다.

세 번째로 '기계형'이다. 민원인들이 상담을 할 때 벽 보고 대화하는 느낌을 갖는다. 인사를 해도 얼굴에 표정이 없다. 말이 잘못되거나 틀린 것은 아니지만 차라리 기계랑 말하는 것이 낫겠다 싶을 정도다. 어떤 민원인은 이런 공무원을 상대하며 공무원을 기계라고 착각할 때도 있다.

그러나 '기계형' 공무원은 비교적 할 도리는 한다. 그래서 상담을 마치고 돌아가는 민원인에게 인사는 꼭 한다. 그러나 안녕히 가시라는 인사를 듣는 민원인의 기분이 오히려 나쁠 때도 있다.

네 번째로 '법강조형'이다. 민원인과 상담을 할 때 규정 때문에 안 된다는 말을 쉽 없이 한다. 그러나 무슨 규정이냐고 물으면 "그것을 꼭 말해야 압니까?" 또는 "그것도 모르세요?"라고 말한다. 그러면서도 자신이 일하는 스타일이야 말로 공무원의 표본이라고 생각한다. 방법을 찾아보려는 생각은 없고 오로지 구실만 찾는다. 가끔 모범 공무원을 추천하라는 공문이라도 오면 이유는 잘 모르겠지만 동료들의 눈치를 살피며 헛기침을 자주 하고 다닌다.

다섯 번째로 '책임회피형'이다. 민원인과 대화를 하면서도 어떻게든 말을 유도해 찾아온 목적까지 바꾸어버리는 좋은 두뇌를 가지고 있다. 그러면서 다른 부서나 다른 분을 찾아가라고 한다.

심지어 자신의 업무임에도 불구하고 출장 간 옆 직원이 담당이라며 나중에 오라고 한다. 다시 찾아온 민원인이 업무 담당자가 자신이라고 알게 되면 죄책감이나 미안함 없이 본인이 착각했다고 한다. 직원 간에도 자신의 업무가 아니라며 공문이나 업무를 떠넘기는 과정에서 다투는 경우가 종종 있다.

마지막으로 '고압적 자세형'이다. 민원인과 상담을 하면서도 항상 말꼬리가 짧다. 존댓말로 이해하기에는 어려움이 있다. 업무를 자세히 알지 못한 것이 민원인의 잘못인 양 가르치듯 말한다. 설

명 중에 질문이라도 하거나 이해를 못하면 그것도 모르냐고 나무
란다. '고압적 자세형'의 공통적 특징은 목소리가 크고 권위적이다.

3. 민원인의 유형과 사례

이제 민원인의 유형과 사례를 들어보도록 하겠다.

가장 흔한 민원인은 '과시형'이다. 앞 주에는 시장님께 잘 있냐
는 안부전화를 받았으며 어제도 의장님과 통화를 했다고 한다. 오
늘도 비서실을 들러 오려다가 바빠서 그냥 왔다고 으스댄다. 실제
친분이 있는지 확인할 필요는 없지만 담당공무원보다 높은 위치
에 있는 사람들과의 친분을 과시한다. 이런 민원인들은 금목걸이
와 금팔찌와 같이 눈에 띄는 장신구를 많이 착용하는 특징도 있다.

이런 민원인들은 실컷 자랑하도록 놔두되 업무는 엄격하게 처리
해야 한다. 민원인이 하는 자기과시를 부담스럽게 생각하고 특별한
우대를 했다가 봉변을 당하는 공무원들도 가끔 있다.

2007년 무렵 노인장기요양보험 시행을 앞두고 노인요양시설이
급격하게 늘어나던 때가 있었다. 나는 그때 사회복지법인과 사단
법인 재단법인 업무를 담당하고 있었다. 일주일에 한두 건씩 사회
복지법인 설립허가 문의와 신청서가 접수되던 터라 밤낮없이 일
하고 있었다.

어느 날 담당자를 찾아오지 않고 과장님 책상 앞에 앉아 담당자를 부르는 사람이 있었다. 과장님도 처음 보는 사람들이었다. 그 사람들은 민원실장에게 전화를 했더니 이쪽으로 안내를 해줘서 왔다고 했다. 두 사람이 왔는데 한 사람은 커다란 금반지와 금으로 만들어진 시곗줄을 차고 있었다. 물론 내 눈에 거슬리기는 했으나 업무와 직접 관련이 있는 것은 아니다. 또 한 사람은 서류를 들고 온 것으로 보아 법인을 설립하기 위해 업무를 전담하는 사람 같았다. 무슨 일로 오셨는지 상담을 시작했다.

상담을 하면서 보니 군에서 신축한 사회복지 시설을 수탁운영하기 위해 법인을 설립하려는 것 같았다. 사회복지법인을 설립하면 좋겠지만 출연금이 없으니 사단법인을 설립해서 수탁을 받아보겠다는 심사다. 나는 법인의 설립허가 조건을 설명하고 구비서류 목록을 적어주었다. 그리고 메일로 보건복지부에서 발행된 책자의 서식을 모두 보내주었다.

서류를 준비하는 과정에서 자주 전화가 왔지만 나는 항상 친절하게 안내해주었다. 시간이 지나면서 나의 태도가 호의적이라 판단했던지 나에게 개인적인 이야기도 했다. 시설 수탁을 받으면 본인이 시설장이 될 것이며, 군수님과 이번 일을 약속받은 사람은 친형님인데 지역에서 가장 큰 종교시설의 책임자라는 말도 했다. 밖에서 만나 점심이라도 먹으며 궁금한 것을 묻고 싶다고 했으나 바쁘다는 핑계로 언제나 사무실에 들어오도록 해서 만났다.

간단한 구비서류는 어느 정도 완성이 되었으나 사단법인의 회원이 문제였다. 회원 명단을 보니 본인 동의 여부와 상관없이 신도들의 이름을 적어 왔다. 우리 형님이 신도들에게 말하면 모두 회비를 낼 것이니 걱정 말라는 말도 했다. 그러나 나는 법인의 설립허가 기준은 계획이 아니라 실현 가능한 실적이라며 원칙을 설명했고 회비 징수 실적이 있어야 가능하다는 설명을 해주었다.

나의 설명을 이해 못하는 것은 아니지만 도청에서 요구하는 사항을 이행하기 불가능하다는 사실을 깨달은 뒤로 그 사람의 태도가 변하기 시작했다. 처음에는 조금만 도와주면 은혜를 잊지 않겠다는 말들을 하며 사정을 했고, 조금 지나니 이번에 법인 허가를 받지 못하면 지역에서 활동하는 형님의 입장이 곤란해지며 본인은 직장을 얻지 못하게 된다는 동정어린 호소도 했다. 개인적으로 보면 마음 아픈 일일 수도 있다. 그러나 언제나 문제되는 몇 가지만 해결되면 법인 설립이 가능하다는 원칙적인 설명을 해주었다.

그러던 어느 날 앉아서 일을 하고 있는데 사무실 문을 박차고 들어오며 상스러운 욕설을 퍼붓는 사람이 있었다. 법인을 준비하던 동생이었다. 내가 허가를 해주지 않아서 새로 신축한 시설의 수탁이 수포로 돌아갔다며 나를 가만두지 않겠다고 소리를 질렀다. 나 때문에 모든 것이 꼬이게 되었다고 비난했다. 이전 방문했을 당시 웃으며 사정하던 표정과는 사뭇 다른 상황이었다. 몇몇 직원들이 일어나 진정하고 탁자에 앉으라고 권유했지만 그 사람은 내 책상에 그동안 준비했던 서류를 던지며 고함을 질렀다. "네가 그 자리에서 얼마나 버티는지 두고 보자"라는 말도 했다.

위의 민원 사례에서 보았듯이 주변의 고위층과 인맥이 있음을 과시하는 사람들의 대부분은 조건을 충족하지 못하는 사람들이다. 조건이 충족되면 무엇 때문에 고위층을 들먹여가며 민원을 접수하겠는가. 공무원들이 주의하고 신중해야 할 사람들이 이런 유형이다. 그렇다고 이런 사람들이 느낄 만큼 경계를 할 필요도 없다. 누구에게나 친절하게 안내하고 설명하되 규정대로만 하면 된다.

두 번째는 '전문가형'이다. 이런 사람들은 경험이 많거나 학습을 많이 한 사람들로 배울 점도 있다. 그러나 그런 지식에 공무원이 기가 눌리면 업무는 끌려가기 쉽고 그러다 보면 사고가 생긴다. 그리고 이런 사람들은 특정한 목적을 가지고 업무를 파악하는 경향이 있으므로 일부분 아주 해박한 지식을 갖고 있기도 하다. 모두 그런 것은 아니겠지만 공무원이 가장 경계해야 할 민원인이 이런 유형이다.

보통의 사람들은 어떤 계기로 특정 분야에 많은 지식을 갖게 되었더라도 겸손하다. 그러나 윽박지르거나 업무처리 기한을 따지며 성급하게 구는 사람은 자신의 지식을 방패삼아 본인이 불리한 내용을 피해가려 하기 때문임을 기억해야 한다.

어느 민원인이 일하고 있는 나를 찾아왔다. 명함을 건네는데 법인 컨설팅 업체의 대표였다. 본인은 전남이 고향인 출향인사의 부탁으로 고향에 사회복지 시설을 운영할 수 있는 법인 설립을 준비하고 있다고 했다. 법인 컨설팅 대표답게 설명을 하면 이해도 빨랐고 담당자의 입장도 십분 이해했다. 오히려 건의사항이나 질문이 없는 것이 불안할 정도였다. 복건복지부에서 발행한 사회복지법인 관리 안내 책자도 들고 다녔으며 민간에서 발행한 법인 전문서적도 들고 다녔다.

　나와 상담을 한 지 며칠 지나지 않아 서류를 준비해왔다. 법인 설립을 위해서는 20억 정도의 현금이 필요했는데 잔액증명서에는 30억 원이 들어 있었다. 창립자가 사회사업을 꿈꾸고 계셨던 분이었기에 좀 넉넉하게 출연을 했다고 했다. 사업계획서나 예산서 하나 흠잡을 곳이 없었다. 그러면서 본인이 조만간 외국에 출장을 나가는데 시한이 좀 소요될 것 같으니 조속히 처리해주면 고맙겠다고 깍듯하게 부탁을 했다. 수상했다. 아무리 서류를 훑어봐도 흠이 될 만한 것이 없었다. 잔액증명서의 진위 여부를 확인하기 위해 은행에 전화해서 발급자가 근무하는지 확인해 보니 실제 그 이름과 직급을 가진 직원이 근무하고 있었다. 계좌번호를 불러주며 실제 잔액 여부를 물어보니 개인정보라 알려줄 수 없다고 했다. 서류로만 확인해야 했다.

　이제 내가 할 수 있는 일은 검토 의견서를 작성해서 설립허가를 해주는 방법뿐이었다. 그래도 마음이 내키지 않았다. 무엇인가 속임수가 있는 것 같았다. 명함을 꺼내 핸드폰이 아닌 사무실로 전화를 해 보았다. 법인 컨설팅 회사면 직원이 있어야 할 텐데 전화는 받지 않고 계속해서 자동 안내만 흘러나왔다. 의심이 더욱 강해졌다.

제출한 서류를 다시 하나씩 살펴보기 시작했다. 눈이 시리도록 놓치지 않으려 애쓰며 서류를 읽어 내려갔다. 그런데 은행에서 발급한 서류의 내역을 보다보니 어느 딱 한 곳에 단위를 나타내는 콤마(,)가 세 자리 숫자마다 찍혀야 하는데 두 자리에 찍힌 것이 보였다. 그것을 발견하는 순간 나도 모르게 소리를 질렀다. 계장님이 무슨 일이냐고 물으셨고 나는 그 서류를 계장님께 보여드렸다. 계장님도 큰일 날 뻔했다며 "자네도 참 대단한 사람이네"라고 말씀하셨다.

이제 은행으로 전화를 해서 은행장과 통화를 했다. 내가 발견한 서류를 팩스로 보내드릴 터이니 진위여부를 확인해달라고 했다. 은행장도 문제의 심각성을 받아들여 확인해보겠다고 했다. 잠시 후 은행장으로부터 전화가 왔다.

서류를 검토해보니 도장도 위조되었는지 약간 다르고 실제 발급한 것으로 기재된 직원은 발급 일에 근무를 하지 않았으며 그런 증명서를 발급한 기록이 없다고 했다.

며칠이 지나니 서류를 제출했던 법인 컨설팅 대표가 찾아왔다. 나는 차분하게 출연한 금액 통장을 보자고 했다. 통장에는 30억 원이 찍혀져 있었다. 그러나 이 사람은 30억을 입금한 이후 잔액증명서를 발급받고 통장을 분실 신고했다. 그리고 재발급 받은 이후 즉시 인출해버렸다. 그런 이후 분실 신고한 통장을 가지고 다니며 잔액이 있는 것처럼 행세를 한 것이다.

왜 허위서류를 제출했는지 물으니 민원인은 순간 얼굴이 사색이 되었다. 그러면서 즉시 취하하겠다고 했다. 그러나 나는 이 사람이 다른 곳에서도 이와 같은 사기행각을 벌이고 있을 수 있다는 생각이 들어서 서류를 즉시 반려하지 않았다.

그리고 16개 광역시·도에 공문을 보내 이 사람이 설립허가 한 법인이 있는지 또는 이사나 감사로 활동한 실적이 있는지 조회를 했다. 다행히 모두 해당사항이 없다고 했다. 나는 민원인을 불러 모든 시·도에 당신의 기록이 전달되었으니 어느 곳에서도 이런 사기행각을 하지 말도록 경고하고 서류를 돌려주었다.

이렇듯 자신이 신청하는 분야에 해박한 지식을 가지고 조급하게 서두르는 민원인도 경계해야 한다. 만약 그때 그것을 발견하지 못했더라면 얼마나 많은 행정력 낭비와 피해자가 발생했을지 지금도 가슴을 쓸어내린다.

세 번째는 '반복형'이다. 사회복지 분야에 가장 많은 민원이 반복형이다. 하루에도 몇 번씩 사무실을 찾아오기도 한다. 매번 방문할 때마다 같은 말을 반복하는 특성도 있다. 가끔은 버스와 택시를 타고 여러 시간을 소요해가며 찾아오는 민원인도 있다. 왜 찾아왔는지 물으면 군청에서 도청으로 가보라고 했다고 한다. 그럼 굳이 무슨 일이냐고 시군으로 전화하지 않는다. 그곳에서도 얼마나 힘들고 지치면 차라리 도에 가보라고 했을 것인가.

그러나 다행으로 생각해야 할 것은 같은 민원을 반복해서 제기하는 사람은 나를 힘들게는 하지만 나의 자리까지 위협하지 않는 경우가 대부분이다. 그래서 그런 민원인을 대할 때마다 고맙다는 생각을 하면 견딜 만해진다.

군청에 근무할 때 있었던 일이다. 국민기초생활보장제도가 시행되면서 읍·면·동에서 지급하던 급여를 시군에서 지급하도록 지시가 왔다. 읍면에서 수급자를 관리하며 매월 20일 급여를 지급해도 오류가 발생하는데 군청에서 14개 읍면 모든 수급자에게 급여를 지급한다는 것은 만만치 않은 일이었다. 하지만 매월 반복해서 지급하다 보니 오류는 줄어들었고 군청에서 급여를 지급하는 것이 자리 잡아 가고 있었다.

그러던 어느 날 민원인이 나를 찾아왔다. 사무실에 들어선 민원인은 나와 눈빛을 맞추지 않았고 조금 서성대고 있었다. 우선 자리에 앉게 하고 차를 대접하며 무슨 일로 오셨는지 물었다.

"생계비 언제 나오나 궁금해서 왔습니다."

찾아온 민원인의 말을 듣고 조금 놀라웠지만 그래도 혹시나 하는 마음으로 어디서 사는 누구인지 수급자는 맞는지 확인해보았다. 민원인은 군청에 오기 위해서는 두 시간쯤 여객선을 타고 와야 하는 곳에서 사는 사람이었다.

"선생님, 급여는 매월 20일에 지급되니 며칠 후에 입금됩니다.

궁금하시면 군청까지 오지 마시고 면사무소 담당자에게 여쭈어 보세요."

혹시나 하는 마음에 통장은 누가 관리하는지, 급여 인출은 누가 하는지, 금액은 맞는지 여러 가지를 확인해보았으나 수급자 본인이 관리하고 있으며 특별한 문제가 있어 보이지는 않았다. 주소지 면사무소로 전화를 해서 이런 분이 다녀가셨으니 앞으로 군청까지 오시지 않게 상담을 잘 해드리라고 했다. 담당 직원은 우리 면사무소로 매월 찾아오셔서 이제 군청에서 지급한다고 하면 그만 오실 줄 알고 말씀드렸는데 군청으로 가셨나 보다며 미안해했다.

그러나 그 민원인은 거의 매월 15일쯤 되면 군청을 방문해 똑같은 질문을 했다. 도시처럼 집에서 금방 다녀갈 수 있는 곳도 아니다. 군청 한 번 다녀가기 위해서는 비용도 비용이지만 하루를 허비해야 한다. 살고 있는 곳이 섬이니 모르긴 해도 집에서 여객선이 접안하는 선착장까지 택시나 버스를 이용해 이동해야 할 것이다. 여객선에서도 말을 나눌 사람이 없으니 대화 없이 두 시간 이상을 앉아 있을 것이다. 여객선이 육지에 도착해도 군청까지 걸어서 올 수 있는 거리가 아니니 또 택시를 타야 한다. 생계비가 언제 나오는지 묻고 20일이라는 한마디 대답을 들으면 그 민원인은 다시 대중교통과 여객선을 이용해 집까지 가야 한다. 해가 짧아지는 겨울에는 어쩌면 어둑해진 길을 걸어 집을 가야 할지도 모른다. 그런 일을 생각해서 군청에 방문하는 날은 짜장면이라도 함께 먹었다. 그러면서 늘 궁금한 것이 있으면 전화를 하라고 안내해드려도 민원인은 빠짐없이 방문을 했다.

매월 방문하던 민원인이 어느 달에 방문을 하지 않으니 나는 걱정이 되기 시작했다. 그래서 주소지 면사무소 담당자에게 전화를 해서 그분이 별고 없는지 물었고 다음 달에 다시 방문했다. 내가 묻지 않아도 민원인은 건강이 좋지 않아 오지 못했다고 말했고 반가운 마음에 나는 악수까지 했다.

4. 민원인을 상대하는 공무원의 자세

그렇다면 이렇게 다양하고 많은 민원을 상대할 때 공무원이 어떻게 대응해야 민원을 빨리 마무리하고 피해를 최소화할 수 있을지 생각해보도록 하자.

첫째, 공무원이 민원인을 대할 때는 무엇보다도 기본 예의를 갖추어야 한다. 민원인이 공무원에게 무시당하거나 소홀함을 당했다는 생각이 들지 않도록 눈빛 하나 손짓 하나도 주의해야 한다. 때로는 민원인의 말에 맞장구도 쳐야 하고 추임새도 해야 한다. 쉽지만 쉽지 않은 일이다.

나 같은 경우 이런 상황에 잘 대처하기 위해 처신하는 노하우가 있는데 민원인을 내 부모님이라고 생각하는 것이다. 그러면 찾아오는 분께 앉을 자리부터 권하고 무슨 일로 오셨는지 묻게 된다. 가는 길에도 더 이상 궁금한 것은 없는지 혹시라도 궁금한 것이 있으면 연락 주라는 당부까지 하게 된다. 그러면 내 아들이 공무원이어서 다행이라고 생각하듯 민원인도 저런 공무원이 있어서 다행이라고 생각하게 될 것이다.

두 번째로 민원인의 주장과 요구사항이 지나치더라도 공감하고 경청하는 자세가 필요하다. 가끔 수급자에 탈락했거나 생계비가 조정되었다고 찾아오는 민원인들이 있다. 그 민원인들은 자신의 어떤 문제 때문에 그런 결과가 발생하고 있는지 이미 알고 있다.

그들의 표정은 담당자에게 화를 내는 것으로 보이지만 현실을 반영하지 못하는 현재의 제도에 화를 내고 있는 것이다. 그런 상황에서 친절하게 법과 규정을 설명해도 그들의 화는 풀리지 않는다.

오히려 민원인의 말을 경청하며 민원인의 말에 공감을 해주면 화가 누그러지기 시작한다. "그러시겠습니다." "속상하시겠네요." "법이 개정되도록 저도 건의하겠습니다." 이런 지지하고 공감하는 말이야말로 민원인 가슴에 있는 응어리를 녹아내리게 할 수 있다. 이렇게 응대하면 화를 내고 들어왔던 민원인도 상담을 마치고 나갈 때에는 안녕히 계시라는 인사와 감사의 말을 하게 된다.

세 번째로 민원을 제기하는 내용에 대해 해결하려는 의지를 느낄 수 있도록 해야 한다. 민원인의 주장을 가볍게 들어서는 안 된다. 눈빛을 맞추고 궁금한 것은 질문한다. 민원인이 강조하거나 주장하는 것이 있으면 즉시 사실 여부도 확인해야 한다. 민원인의 주장보다 좋은 방법이 있을 때는 대안도 제시한다. 이렇게 공무원이 민원인을 충분히 이해하고 민원 내용을 공감하고 있다고 생각하면 그 민원인은 공무원에게 우호적일 수밖에 없다. 상담하는 과정에서 다른 부서나 공무원의 잘못을 불평하면 대신 사과하는 용기도 필요하다.

네 번째로 따뜻한 마음과 미소를 권한다. 옛말에 '웃는 얼굴에 침 못 뱉는다'라는 말이 있다. 아무리 억세고 거친 고질민원인도 따뜻한 마음으로 대하면 막 나오지는 않는다. 그렇다고 상대는 심각하게 말하는데 웃거나 미소를 짓는 것은 상대를 무시한다는 인상을 줄 수 있으니 분위기 파악을 잘해야 한다.

모든 사람들은 출근 준비를 하며 거울을 본다. 조금만 시간을 내서 자신의 표정이 어떠한지 살펴보자. 자신의 가장 예쁜 얼굴을 기억하고 그 얼굴로 민원인을 대하자. 힘들겠지만 우리는 어려운 사람들을 위해 일하겠다고 사회복지를 선택한 공무원들임을 기억하자.

5. 공무원이 민원인을 대하며 버려야 할 자세

고질민원인에 대한 생각을 마무리하며 공무원이 민원인을 대하며 버려야 할 자세를 살펴보도록 하겠다.

첫 번째로 선입관과 편견을 버리는 것이다. 상담을 시작하는 공무원이 가장 주의해야 할 점이다.

살아가다 보면 내 눈으로 직접 본 것이 잘못된 것일 때도 있다. 하물며 민원인이 말을 시작하면 끝나기도 전에 "무슨 말인지 알고 있습니다.", "제가 이런 일을 한두 번 겪어 본 것이 아닙니다.", "더 이상 말할 필요도 없습니다"라는 말을 습관처럼 할 때 반드시 실수를 하게 된다. 그러나 나의 작은 실수 하나가 그 민원인의 가정과 목숨까지 영향을 미칠 수 있다는 생각을 잊어서는 안 된다.

두 번째로 무시하거나 변명하는 태도를 버려야 한다. 나에게는 아주 쉽고 단순한 일이지만 민원인에게는 어렵고 궁금한 일일 수 있다. 꼭 알아야 할 내용일 수도 있다.

질문이나 주장을 무시하지 말자. 공무원이 업무를 추진함에 있어 실수하는 일이 없어야겠지만 공무원도 사람이니 실수할 수 있다. 규정을 잘못 해석할 수 있고 변경된 법을 착각할 수도 있다. 그러나 변명을 해서는 안 된다. 그런 행동이 더 큰 실수와 사고를 불러올 수 있기 때문이다.

실수가 발견되면 즉시 사과하자. 민원인이 가버린 이후에 실수가 확인되면 어떻게든 연락처를 알아내서 사과하고 바로잡아야 한다. 그러면 민원인은 그 공무원을 더 신뢰하고 감사해 할 수도 있다.

세 번째로 남에게 미루는 모습을 버려야 한다. 민원인들이 흔히 '공무원들이 서로 핑퐁 친다'는 말을 한다. 반성할 일이다.

특히 새로운 시책이나 정책이 수립되면 공무원은 먼저 어느 부서에서 해야 할 일인지를 따진다. 업무의 효율성을 위해서면 더할 나위 없이 좋은 일이다. 하지만 민원이 접수되어 부서를 따지고 있을 때에는 대부분 다른 부서와의 연관성을 찾는다. 조금이라도 엮을 만한 것이 있으면 걸고 넘어지려 한다. 우리는 잘해보려고 한다고 말하겠지만 국민들의 눈에는 업무를 맡지 않으려고 떠넘기는 것으로 보일 수 있다.

마지막으로 섣부르고 단정적인 결론을 내리지 말라고 말하고 싶다. 민원이나 업무를 빨리 마무리하고 싶어 더러는 덮고 가려는 마음으로 업무를 처리할 때가 있다. 그러나 근본적으로 해결되지 않은 것은 반드시 더 큰 문제가 되어 찾아온다. 그리고 다시 찾아온 문제는 나에게 책임이라는 짐을 가지고 온다. 자승자박이 되는 셈이다.

내가 결정하기 힘들고 판단하기 힘들 때는 동료와 상사들에게 도움을 요청하자. 동료와 상사는 내가 겪지 않은 경험과 지식을 가지고 있을 수 있다. 설사 그들이 완벽한 해결책을 제시하지 못해도 최소한 그들의 마음은 얻을 수 있다.

이상 고질민원인과 고질공무원에 대한 생각을 정리하며 나 자신을 되돌아본다. 그간 나는 따뜻한 관심과 격려, 보호가 필요한 이들에게 소홀하게 대한 적은 없는지, 당면한 업무가 많다는 이유로 그들을 귀찮다고 생각해본 적은 없는지, 생각이 나와 다르다는 이유로 그들을 무시하지는 않았는지, 그런 나의 생각과 행동으로 인해 그 민원인을 고질민원인으로 만들지는 않았는지, 그리고 그 사람들 눈에 내가 고질공무원으로 보이지는 않았는지.

함창환

1991년 사회복지공무원을 시작한 함창환은 전라남도 토박이다. 대학에서는 교육학을 대학원에서는 사회복지학을 전공했다. 현재 전남도청에 근무하고 있는 그는 늘 새로움에 도전하고 평범하지 않은 업무 스타일로 많은 사람들에게 주목받아왔다. 역지사지를 생활신조로 삼고 있는 그는 사회적 약자의 대변자가 될 수 있기를 소망하며 오늘도 현장에서 고군분투 중이다.

03

복지현장에서 겪은 갈등과 해결

김규완

1. 증축을 둘러싼 진통 - 복지법인 업무의 흐름과 대응방법

2014년 겨울의 일이다. 직원들과 함께 사무실 인근의 식당으로
점심을 먹으러 가는 길이었다. 식당 앞에 도착하니 평소와는 좀 다
른 풍경이었다. 식당 바로 옆에 위치한 목욕탕 건물에 낯선 차폐막
이 설치되어 있었다.

무슨 일인가 하고 차폐막 안을 들여다보니 증축이나 리모델링
을 하려는지 건물이 골격만 남고 뜯겨진 채로 공사가 한창이었다.
건물을 신축하는 게 아니어서 대수롭지 않게 보아 넘기고 식당으
로 들어갔다. 그때는 그 공사가 우리 지역에서 큰 이슈가 될 줄은
몰랐다.

그 목욕탕은 지역 사회복지법인의 기본 재산으로서 수익 사업용

으로 활용되고 있었다. 건물이 하도 낡은 데다 이용자가 감소하는 추세여서 법인에서는 수익창출을 위해 증축을 하기로 했다. 그런데 증축 공사가 한창 진행이 되다가 어느 날 진척이 되지 않고 지지부진하더니 나중에는 거의 방치되다시피 했다.

목욕탕이 오랫동안 영업을 하지 못하자 먼저 이용자들 사이에서 불만이 일었다. 게다가 공사장이 흉물스럽게 방치되면서 주민들의 여론도 나빠졌다. 마침내는 지역 신문사 기자와 의회에서도 이와 관련하여 사업 진행 경위와 행정의 입장에 대해 물어오는 지경에 이르렀다.

행정 기관은 법인을 지도 및 감독해야 할 위치에 있기 때문에 그 책임으로부터 자유로울 수 없었다. 해당 업무를 관장하고 있었던 나는 실무 계장으로서 당초 법인으로부터 증축에 대한 구체적인 계획을 들어본 적도 없어 난처한 입장에 놓이게 되었다.

나는 우선 이 사업에 대한 이해와 정확한 경위를 파악하기 위해 법인의 기본 재산 중 수익용 재산의 증축 사업에 대한 절차가 적정했는지에 대한 검토를 시작했다.

건축 담당 부서에 알아보니 증축을 위한 건축 허가는 이미 받은 상태였다. 그런데 건축이 중단된 이유는 단순했다. 공사비가 애초 예상보다 크게 늘어나면서 법인이 이러지도 저러지도 못하게 된 것이다. 이런 상황에서 책임자인 법인 이사장은 규모가 커진 증축 공사를 감당하지 못하게 되자 손을 놓고 타 지역으로 장기간 출타해 있었다. 일종의 도피성 행보로 보였다. 대표와는 평소 잘 알고 지내는 터였기에 자초지종을 알아보려고 여러 차례 연락을 취해보았지만 무위에 그쳤다.

나는 법인과 증축 공사 상황에 대해 조사 및 검토한 결과를 군수에게 보고했다. 군수는 다른 문제는 없는지 감사 부서의 협조를 받아 특별 점검을 하라고 지시했다. 이에 즉시 4명의 점검반을 편성하여 법인의 회계와 운영, 기본 재산 관리, 시설 운영, 후원금 관리 등 전반에 대해 살펴보았다.

점검반은 특히 법인의 수익 사업인 목욕탕 운영에 대해 꼼꼼히 검토했다. 목욕탕은 운영 수입으로 현상만 유지하고 있었다. 수익 사업의 운영 수입으로 목적 사업을 지원할 여력이 전혀 없었다. 증축을 위한 적법성을 살펴보니 법인 이사회 회의와 절차를 거치기는 했으나 증빙 서류를 구비하는 데 미비한 점이 발견되었다.

그리고 법인 이사회에서 임명하는 이사장이 장기간 부재중이어서 법인 운영의 업무 공백이 예상되므로 새로운 이사장을 선임해야 했다.

애초 법인에서는 목욕탕 증축에 소요되는 공사비 충당을 위해 금융 기관으로부터 차입을 계획했으나 여의치 않아 우선 사채로 공사를 착수한 것으로 밝혀졌다. 관련 법률에 따르면 법인의 장기 차입은 이사회 결정을 통해 군으로부터 허가를 받아야 한다. 이사장은 그 과정을 따르지 않았고, 공사 규모가 생각보다 커지고 공사 대금의 미지급금이 늘어나자 더 이상의 공사를 진행하지 못하고 손을 놓아버린 것이다.

점검 결과 사업과 관련하여 몇 가지 의문점이 있었다. 사회복지법인의 회계는 법인 회계와 시설 및 수익사업 회계로 구분되어 회계별로 예산 편성안과 결산 보고서를 시·군에 제출하도록 되어 있다. 해당 법인의 경우 개별 회계는 제출되었지만 수익 사업을 포함한 법인 전반에 대한 회계가 누락되어 있었다.

그리고 법인의 기본 재산으로서 수익 사업용인 목욕탕 건물 증축에 대해 기본 재산 처분허가를 받아야 하는지 따져봐야 할 사안이었다. 또한 법인에서 장기 차입을 할 때 기본 재산 총액의 100분의 5 이상일 경우 장기 차입 허가를 받아야 하는데, 과연 단기 사채가 그에 해당되는지도 검토할 사항이었다.

이와 같은 사례는 예전에 경험한 적이 없었고 전라북도 내 어떤 법인에서도 수익용 재산을 운용하고 있지 않아서 어떻게 해결해야 할지 난감했다. 법인 재산과 향후 공사 방향에 영향을 미치는 중대한 문제였기에 고민을 거듭한 끝에 우리 군의 고문 변호사에게 직접 자문을 구하기로 했다.

점검 결과를 바탕으로 의문 사항에 대한 질의서를 작성하여 직원과 함께 전주에 있는 변호사 사무실을 찾았다. 사전에 미리 자료를 받아본 변호사는 우리가 고민했던 문제를 시원하게 설명해 주었다.

첫째로, 수익 사업을 포함한 법인 전체의 예·결산서의 보고 누락은 공익 법인의 설립 및 운영에 관한 법률에 의하여 벌칙을 적용해야 하는데, 이 건은 상위법인 사회복지사업법과 사회복지법인 및 사회복지시설 재무 회계 규칙을 적용하여 누락된 부분을 보완하여 보고를 받으면 되었다.

둘째로, 수익용 재산인 목욕탕의 증축과 용도 변경은 사회복지사업법에 의해 목적 사업을 수행하기 위한 증축과 용도 변경이 아니기 때문에 사전에 기본 재산 처분의 허가 신청이 필요하지 않다는 것이다.

다시 말해 공익 법인의 설립 및 운영에 관한 법률에서는 증축이나 용도 변경 등 수익 사업의 변경 시에는 승인이 필요하나 위와 같은 경우에는 사회복지사업법을 적용받아 목적 사업으로의 증축이나 용도 변경이 아니기 때문에 승인이 필요 없었다.

셋째로, 공익 법인이 개인에게 차입한 경우에도 그 기간이 1년 이하이거나 기본 재산의 100분의 5 이하일 때에는 차입 허가를 받지 않아도 되었다.

변호사의 설명은 명쾌했고 결론은 단호했다. 변호사와의 면담으로 우리가 고민했던 부분과 앞으로 어떻게 처리해 나가야 할지 실마리가 풀리는 듯했다. 앞으로의 업무 처리에도 자신감이 생겼다. 일단 중대한 첫 고비는 넘긴 셈이었다.

법인 운영 상황을 점검하고 자문한 결과를 정리해보니 관련 법에 의한 벌칙이나 처분 사항에는 해당되지 않고 미진한 사항을 시정 보완하면 될 사안이었다. 나는 감사 결과와 자문 결과를 내부 보고하고 지적 사항의 이행 내용을 법인에 통보했다. 법인에서는 군의 요구에 따라 지적 사항을 시정 조치하고 무엇보다도 사태 해결을 위해 법인 이사회를 통해 이사장을 교체했다. 법인을 지도 감독하는 기관으로서도 다행스런 일이었다.

이제 법인에서는 목욕탕 건물의 증축 공사를 어떻게 마무리하느냐가 관건이었다. 법인에서는 공사가 중단된 건물을 계획한 대로 완공하기 위해서는 장기 차입을 하거나 수익용 재산을 매각하는 두 가지 안을 놓고 고민했다. 모두 군의 허가를 거쳐야만 가능한 일이었다.

공사를 진행할 경우 처음부터 공사의 내용을 잘 알고 추진해왔던 이사장이 부재한 실정이라 난감한 상황이었고, 미지급된 공사비와 추가로 소요되는 공사비를 마련할 대안이 있어야 하는데 그에 대해서도 뚜렷한 해답이 없었다.

법인 측에서는 장기 차입의 허가 신청도 고려했지만 채권단이 결성되어 있는 상태에서 차입이 되면 순조로운 공사 진행도 장담할 수 없기에 행정 쪽에서는 부정적인 의견을 제시했다.

이후 법인에서는 더 이상의 사업 진행이 어려울 것으로 판단하여 기본 재산 중 공사 중인 건물을 포함한 수익용 재산을 매도하여 미지급된 공사 대금을 정산하기로 결정했다. 법인에서는 매도할 재산을 감정 평가하였고, 만약 감정 평가한 금액으로 순조롭게 매도가 진행된다면 모든 문제가 해결될 것 같았다. 급기야 법인으로부터 기본 재산 처분 허가 신청서가 군에 접수되어 나는 관련 서류들을 살펴보고 검토 보고를 했다.

재산을 처분할 시 현재 운영하고 있는 목적 사업(요양원 등)에 영향은 없는지, 그리고 재산 처분 후 현재 나타난 문제점이 해결될 수 있는지에 대해 면밀한 분석을 했다. 무엇보다도 공사 중인 건물이 장기간 방치될 경우 지도 감독 기관으로서는 편치 않는 일이었다.

법인 이사회에서 재산 처분이 의결은 되었으나 당초 법인의 설립 취지는 처분하려는 재산이 목적 사업의 수행에 도움을 주기 위한 것이며 법인 설립주의 선한 뜻에도 어긋나는 일이 될 수도 있는 일이기에 법인이나 행정의 입장은 난처하기 이를 데 없었다. 하지만 모든 측면을 두루 감안해 볼 때 현재의 난제를 타개하는 길은 매도가 최선의 방책이었다.

사실 나는 이 문제를 처리하는 과정에서 공사업자로부터 근거 없는 오해와 시달림을 받기도 했다. 검토 보고서의 내용은 기본 재산의 처분을 허가하는 방향으로 작성되었지만 쉽게 결정을 내리지 못했고 허가는 오랜 시간 엄격한 심사 후에 결정되었다. 상당한 진통 끝에 정관 변경의 인가와 처분 허가가 결정되었고 법인에서는 기본 재산의 매도를 위해 공개 입찰을 진행했다.

그 뒤 나는 2015년 8월 다른 부서로 자리를 옮기게 되었다. 그 후 목욕탕은 유찰을 거듭하다 결국 매도가 성사되어 수익용 증축 건물을 둘러싼 문제가 해결되었고, 현재 법인에서는 목적 사업만을 성실히 수행하고 있다. 목적 사업에 부정적인 영향이 없었으니 다행스러운 일이었다.

복지의 영역과 업무가 날로 증가하고 있다. 민간에서 수행하고 있는 복지의 영역 중 사회복지법인의 역할은 매우 중요하다. 복지의 최일선에서 주민들을 대상으로 직접 복지 서비스를 제공하기 때문이다.

행정에서는 그런 사회복지법인 관련 업무를 다소 소홀하게 대하는 경향이 있다. 지도 감독이 이원화되어 있고 잦은 인사 발령과 다른 업무로 인한 시간 부족으로 점검 시기를 놓치는 경우가 많기 때문이다. 그래서 현재 사회복지법인 관련 업무를 수행하고 있거나 앞으로 수행하게 될 공무원에게 몇 가지 제안을 드리고 싶다.

법인의 부실한 운영은 목적 사업에 영향을 미쳐 결국에는 서비스 대상자가 피해를 보기 때문에 사전에 주의를 기울여 정기적인 지도 감독에 신경을 써야 한다.

특히 농촌 지역은 법인 수가 적어 법인에 대한 행정 처리 사례가 많지 않은 실정이어서 자칫 법률의 적용과 처리에서 어려움에 직면할 때가 있다. 따라서 평소 많은 업무 연찬이 필요하다. 또한 어떤 복지 시설은 모법인과 멀리 떨어져 있어서 시설 운영 과정에서 법인과 충분한 교감과 소통이 되지 않아 문제를 일으키기도 한다.

나의 경우도 사례를 접해보지 않은 상태에서 생소한 사건에 맞닥뜨리며 해결에 어려움을 겪은 것이다. 하지만 그로 인해 법인 업무의 흐름과 대응 방법을 터득할 기회가 되기도 했다.

법인은 이사장과 이사회, 사무국 등 여러 구성원이 있다. 물론 이사장의 역할이 크지만 이사나 직원 등 실무 관련자들과의 소통도 간과하면 안 된다. 그리고 문제의 접근 방식을 너무 법률적인 기준이나 행정적 절차에만 의존하면 쉽게 해결되지 않는 경우가 있다. 현실에 입각한 다양한 접근 방식을 모색하는 과정에서 나름의 해결 방안이 나오기도 한다.

'행정은 최대의 서비스 산업'이라는 말이 떠오른다. 어떤 업무나 사건에 접할 때 문제가 해결되는 방향과 관련자들을 두루 배려하는 마음가짐으로 임하면 문제는 의외로 쉽게 풀리기도 한다. 그것이 긍정의 힘이 아닐까 생각한다.

2. 사회보장급여 신청자와 조사 공무원을 위한 제언

2006년 7월 사회복지 전달 체계가 주민생활 지원서비스의 방향으로 개편되면서 여러 업무가 조정되었다. 그중 가장 큰 변화가 일선 읍·면·동의 기초생활보장 수급자에 대한 조사 업무가 상급 기관인 시·군·구로 이관된 것이다. 이는 읍·면·동의 복지 업무 중 조사 업무가 차지하는 분량이 많아 시간과 인력이 과도하게 투여됨으로써 주민에게 제공해야 할 복지 서비스 제공에 한계를 보이기 때문이기도 했다. 체감 복지의 증진을 위해 수급자 조사에 매진했던 시간을 찾아가는 수급자 관리와 필요한 서비스 연계에 중점을 둔 개편이라고 할 수 있다.

나는 군에서 통합 조사 업무를 담당했고 수년간 다른 업무를 보다가 현재 통합 보장 업무를 다시 관장하게 되었다. 그래서 이제는 조사에 이골이 날 정도가 되었다. 국민 누구나 어려운 생활에 직면하게 되면 사회보장급여를 신청할 수 있다. 사회보장급여 신청서가 구비 서류와 함께 읍·면·동을 통해 신청 등록이 되면, 시·군·구에서 접수하여 30일 내에 조사 처리가 진행된다. 만약 특별한 사유가 있으면 60일까지 연장이 가능하다.

지금은 사회보장 정보 시스템에 의해 소득 및 재산 조사에 필요한 공적 자료 연동이 잘 되어 있어 상당히 효율적인 조사가 이루어지고 있지만, 시스템이 구축되기 전에는 신청자나 부양 의무자의 협조가 없이는 조사가 어렵고 법정 기간 내에 조사를 마치기가 빠듯한 실정이었다. 물론 현재의 시스템에도 장단점이 있다.

조사를 위한 체계가 거미줄처럼 연계되어 있어서 조사자 혼자서 서두른다고 신속하게 진행되는 것은 아니다. 입수가 가능한 76종의 모든 공적자료 회신이 제때에 이루어지지 않기도 하고, 자료가

상이한 경우에는 입증과 소명 절차를 거쳐야 하며, 특히 근로 능력을 판정하는 것은 신청자의 적극적인 협조가 필요하기 때문이다. 공적 자료나 금융 재산의 자료 회신이 지체될 경우에는 조사 기간이 부족해지고 민원 처리가 지연되는 부담이 있기 때문에 긴장을 늦추지 않고 신경을 곤두세워야 한다.

수급자 선정이 되면 연 1회 이상 확인 조사를 해야 한다. 이 또한 전산 시스템 및 수급자와 연중 부대껴야 조사 업무가 진행된다. 경우에 따라서는 직접 현장에 나가서 생활 실태를 파악해야 하고 정확한 정보를 습득하기 위해 다른 사람이나 기관과의 상담도 간과해서는 안 된다.

그 현장은 신청자의 집이기도 하고 일터나 병원, 복지시설이 될 수도 있다. 처음으로 신청하는 경우에는 반드시 현장을 한 번 이상 확인해야 정확하고 수월한 조사가 이루어진다.

급여 신청서가 등록되면 사회보장 정보 시스템에 수없이 반복하며 들고나야 한다. 그래서 통합 조사 부서를 속칭 '클릭계'라고도 한다. 수백 번의 컴퓨터 마우스 클릭과 검토를 통해 한 가구의 수급자가 결정되기 때문이다. 대부분의 복지 업무가 그렇듯 조사 업무 역시 조사가 끝나도 업무가 종결되는 것이 아니다. 조사가 끝남과 동시에 공적 복지 서비스의 제공이 시작되는 출발점이 된다. 본격적인 맞춤형 복지가 제공되는 것이다.

조사 업무는 모든 복지 대상자의 선정 여부와 복지 서비스 제공을 위한 기준이 되기 때문에 그 중요성은 말할 나위가 없다. 조사의 잘잘못을 떠나 소득이나 재산 등에 정확한 적용이 되지 않을 경우 한 가구의 어려운 삶이 구제받지 못할 수도 있고 넉넉한 가구가 서비스를 받을 수도 있기 때문이다.

복지 대상자의 소득이나 재산이 변동되어도 자진 신고를 소홀히 하기 때문에 확인 조사 시기를 일실할 경우 부정 수급자가 발생할 수도 있고, 변동이 확인되면 보장비용(급여 실시 비용)을 징수해야 하는데 이는 수급자와의 마찰을 초래하거나 행정력 낭비가 될 수도 있다. 때문에 아무리 바쁜 일이 있어도 조사 기간과 시기를 소홀히 해서는 안 된다.

그래서 그런지 조사 전담 공무원은 한번 자리에 앉으면 진드기처럼 들러붙어 수없는 클릭을 반복해야만 한다. 그 덕분에 목과 어깨 근육이 뭉치고 손목에 통증을 유발하는 손목터널증후군에 시달리기도 한다. 한곳을 오랫동안 보아야 하니 조기 노안이 발생하고, 정신적인 스트레스도 만만치 않다.

단순한 업무 같지만 모든 신경을 집중한 고밀도 업무가 오랜 기간 지속되고 반복되니 그 스트레스가 풀릴 틈이 없다. 이러한 조사 업무 환경에도 불구하고 조사원들에 대한 순환 근무가 활발히 이루어지지 않아 스트레스가 누적될 뿐만 아니라 다른 복지 업무를 접하지 못하는 원인이 되기도 한다.

이러한 환경에도 불구하고 날로 다양해지고 복잡해지는 복지 업무에 능동적으로 대처하기 위해서는 사회복지 공무원간의 슈퍼비전이 활발하게 이루어져야 한다고 본다. 그러기 위한 적절한 업무 연찬의 기회가 주어져야 하는데 그러지 못하는 점은 크게 아쉬운 일이 아닐 수 없다.

조사가 완료되어 대상자가 수급자로 선정되면 다행이지만 기준에 부적합하여 선정이 되지 않거나 중지가 되면 민원인의 억지와 폭언 등에 시달리기도 하며 심지어는 정신적인 스트레스로 인해 대인기피증까지 생기기도 한다. 이를 예방하기 위해 안내문을 부착하거나 녹음 기능이 있는 전화기를 설치해도 무용지물일 경우가 많다. 이런저런 어려움이 산재해 있지만 조사와 관련한 업무가 국정시책 평가에도 포함되어 있으니 게을리할 수 없는 형편이다.

지금까지 사회보장급여의 신청에서 조사 및 결정에 이르기까지의 과정에서 일어나는 현장의 실태를 열거해보았다. 이러한 실태를 통해 사회보장급여 신청자와 조사 공무원에게 몇 가지 제안을 해보고 싶다.

먼저 급여 신청자는 신청이나 조사 시 각종 구비 서류를 제출해야 하는데, 이 서류들은 조사의 신속성과 정확성을 위해 가급적 빠른 시일 내에 제출하는 것이 좋다.

또한 구비 서류에 나타나지 않은 생활 실태나 어려운 사정, 필요한 욕구 등은 조사자와의 면담에서 사실대로 설명하는 것이 좋다.

수급자 선정 여부와 관계없이 대상자의 고충과 욕구는 복지 서비스 연계에 중요한 자료로 활용될 수 있기 때문이다. 이때 어떤 사람은 어려운 상황을 부각시키고 동정심을 유발하기 위해 거짓 증언을 하거나 사실을 부풀려 왜곡하는 경우가 있는데, 당장은 넘어갈 수 있을지 몰라도 조사가 끝날 때면 결국 다 밝혀지기 때문에 삼가도록 해야 한다.

그리고 신청과 조사 과정 중 조사 결과에 영향을 미치고자 여기저기 청탁을 하는 경우가 있다. 이러한 행위는 공정한 조사에 역행할 뿐더러 오히려 조사자에게 역효과로 작용할 수 있기 때문에 삼가는 게 좋다. 조사가 완료되면 사회보장급여 결정 통지서를 받게 되는데 그 결과가 만족스럽지 못하거나 사실과 다를 경우 절차에 따라 이의 신청을 하면 된다.

조사 공무원은 국민기초생활보장사업 안내에 의한 조사 과정을 진행하면서 정보가 누락되지 않도록 유념해야 한다. 공적 자료의 적용도 중요하지만 겉으로 드러나지 않은 또 다른 어려운 여건은 없는지, 그리고 가족들과의 관계에 대해서도 면밀하게 체크하여 조사 후에 수급자 관리가 체계적이고 맞춤형으로 이루어질 수 있도록 세심한 주의가 필요하다. 조사 시 마을 이장이나 이웃 주민, 지역의 사회복지 기관 등과 면담을 통해서도 도움이 될 수 있는 정보를 얻을 수 있다.

급여 신청자와 면담할 때는 상투적인 응대보다는 신청자의 어려움에 공감하면서 무엇보다도 적극적으로 경청해야 한다. 신청자를 진실한 감정으로 대할 때 힘겨운 그들에게 조금이라도 위안이 될 수 있고 조사가 공정하게 진행된다는 믿음을 준다. 이는 조사 결과에 관계없이 조사의 진정한 목적이 될 수도 있다.

빠듯한 조사 일정에 이런 여유가 어디 있겠느냐고 반문할 수도 있겠지만 궁극적으로 공무원은 고되고 주민이 행복한 것이 행정이 나아가야 할 방향이라고 생각한다.

요즘 '영혼 없는 공무원'이라는 말이 회자된다. 공무원의 한 사람으로서 듣기 싫기도 하고 마음이 찔리기도 한 말이다. 그 '영혼'을 갖추기 위해서는 단순히 공무원 개인의 의식 전환만이 아니라 행정 환경도 뒷받침되어야 할 것이다. 그러나 행정 환경의 변화란 하루아침에 이루어질 수 없을 것이기에 나부터 분투하는 마음을 가지는 게 필요하지 않을까 싶다.

3. 의료급여제도의 올바른 정착을 위하여

생활이 어려운 저소득 주민의 의료 지원을 위한 의료보호법이 1977년 제정되어 1979년부터 의료보호사업이 본격적으로 실시되어 오다가 2000년 국민기초생활보장법 시행으로 2001년 의료보호법이 폐지되면서 의료급여법으로 전면 개정되었다.

그 후 여러 차례의 개정을 통해 의료급여 제한 범위를 축소하고 의료급여 사업을 대폭 확대하여 의료에 대한 공공성 보장을 한층 강화해 나갔다. 이로 인해 의료급여 대상자에 대한 의료 혜택이 확대되었고 대상자의 건강과 생활의 질을 높이는 데 기여했음은 물론이다.

하지만 그에 따른 부작용도 만만치 않다. 의료 급여자의 무분별한 의료 남용이 증가하면서 이를 방지하기 위해 의료급여 상한일수의 적용과 선택의료급여기관 제도를 시행했지만 농촌 지역의 진료비 지출은 크게 줄어들지 않고 있다. 예컨대 신규 수급자나 고위험군 환자, 장기 입원자, 집중관리군을 대상으로 2004년부터 의료급여 사례 관리를 실시하고 있는 이유도 궁극적으로는 의료급여 재정의 안정에 그 목적을 두고 있다.

의료급여 대상자의 사례 관리 업무는 시·군·구에 배치되어 있는 의료급여 관리사가 전담하는데, 해당 업무를 하다 보면 생각지도 못한 다양한 사례와 사건을 접하게 된다. 그중 2016년 말에 발생한 부당 이득금에 대한 사례를 소개하고자 한다.

의료급여 수급권자가 의료기관에서 진료를 받게 되면 국민건강보험공단으로부터 급여일수 통보서를 받는다. 그 통보서를 받은 한 수급자로부터 민원성 전화가 의료급여 관리사에게 걸려왔다. 자신은 안과에서 진료한 적도 없는데 통보서에 급여일수 내역이 기재되어 있으니 확인해보라는 내용이었다.

통보서에 나오는 광주 소재의 모 병원으로 전화하여 확인해 보니 수급권자는 2년 전부터 그 병원에서 진료를 받았으며 며칠 후 시술을 받기로 예약이 되어 있었다. 의료급여 관리사와 나는 병원 측에 간단히 경위를 설명하고 예약된 수술 날짜에 맞춰 병원을 방문했다.

사무장과 면담을 통해 수급자의 명의가 도용된 것을 확인할 수 있었다. 본래의 수급자는 당뇨로 진료를 받은 기록이 없는데도 당뇨망막병증 치료를 위해 의료급여증이 도용된 것이다. 도용자는 2년 전부터 안과 진료와 당뇨망막병증 치료를 받아 왔으며 백내장 시술을 하기로 예약이 되어 있었다.

우리는 예약된 수술 시간 3시간 전부터 병원에서 기다렸으나 도용자는 병원에 나타나지 않았다. 병원에서도 도용자에게 계속 전화를 했으나 연락이 닿지 않았다. 우리는 병원 측에 진료기록부와 진료비 명세서, CCTV 기록을 요청하고 도용자의 연락처를 받아서 돌아왔다.

그 후 우리는 도용자에게 계속 전화 통화를 시도한 결과 마침내 연락이 닿아 면담이 진행되었다. 도용자는 수급자와 평소 알고 지내는 사이로 명의를 도용한 혐의를 순순히 시인했다. 시술하는 날 병원에 가지 않은 건 군청에서 진료에 대한 확인 조사를 시작한 걸 알고 양심의 가책을 느껴 시술을 포기했다고 진술했다.

도용자의 개인적인 사정을 청취해 보니 그는 이혼 후 생계가 어려운 중에 질병을 앓게 되었고 의료급여증 도용의 유혹을 이겨내지 못한 것이었다. 그는 부당 이득금을 어떻게든 납부하겠으니 부디 선처를 바란다며 경찰에 신고만은 하지 말아 달라고 간곡하게 애원했다. 당뇨합병증으로 2년 동안 부당으로 이용한 기관부담금(진료비) 600여만 원도 큰 부담인데 거기에 벌칙까지 감당하기는 쉽지 않을 일이었다.

참으로 딱할 노릇이었다. 이 경우 의료급여법 제35조에 의하면 부당이득금을 징수할 수 있고, 그 벌칙으로 1년 이하의 징역이나 1천만 원 이하의 벌금에 처하도록 되어 있다. 나는 의료급여 업무 추진 중 다른 지역에서 의료급여 자격 도용이 종종 발생한 사례는 접해보았으나 우리 지역에서는 처음 겪는 일이었다. 일부 직원은 본때를 보여줘야 한다며 관련법에 의해 고발을 검토하라고 하기도 했는데 가혹하게 벌칙까지 적용하는 건 도용자의 형편에 감당하기 어렵겠다는 생각이 들었다.

이래저래 궁리한 끝에 나는 명확한 선례를 남기기 위해 보건복지부에 질의를 하기로 했다. 의료급여증 도용자가 혐의를 인정하고 부당이득금 납부 의사를 밝힌 경우에 반드시 벌칙 규정을 적용하여 고발해야 하는지에 대한 질의였다. 이에 대한 답변이 공문으로 회신되었다.

답변 내용은 이러했다. 일단 형사소송법 제234조 제2항에 따르면 "공무원은 그 직무를 행함에 있어 범죄가 있다고 사료하는 때에는 고발하여야 한다"고 정하고 있다. 그러나 판례에 따르면 고발 의무가 예외 없이 발생하는 건 아니었다. 공무원이 직무 집행 중에 범죄를 인지했다고 하더라도 가벌성이 없다고 인정되거나 기타 사정으로 고발하지 않을 상당한 이유가 있다고 판단되는 경우에는 재량에 따라 고발하지 않을 수도 있었다. 따라서 의료급여증 도용 자에 대한 고발 여부는 개별 사례의 사실 관계에 따라 적의하게 판단하여 결정해야 할 것이라는 내용이었다.

회신 내용은 엄격한 법적 규정보다는 공무원의 재량과 사례 상황에 따른 유연성 있는 처리가 가능함을 내포하고 있었다. 어려운 처지에 놓인 도용자에게는 다행스러운 일이었고, 처분을 집행하는 입장에서도 재량의 여지가 있는 내용의 답변이었다.

나는 의료급여증 도용에 따른 검토 보고서와 부당 이득금 환수 계획을 세워 결재권자로부터 결심을 받았다. 도용자가 부당 이득금을 납부하겠다고 확약하니 벌칙 적용을 위한 고발은 하지 않고 부당 이득금만 징수하는 선에서 마무리 하는 것으로 결정했다.

나는 처리 과정을 마무리하고 도용자에게 결정 사항과 고지서를 통보하고 기일 내에 부당 이득금을 납부해야 한다는 점을 주지시켰다. 그런데 뜻밖의 상황이 발생했다. 부당 진료비를 순순히 납부 하겠다는 도용자의 태도가 갑자기 돌변한 것이다.

도용자는 군청의 행정 행위를 강압에 의한 강제적 징수라며 납부액의 감면을 요구했다. 그는 최초 상담에서 "스스로 양심의 가책을 느낀다"고 실토한 말이 족쇄가 되어 자진 납부를 하겠다는 약속까지 하게 되었다고 주장했다. 게다가 상담 과정에서 공무원이 자신에게 강압적으로 응대했으며 그 내용을 녹취해놓았으니 알아서 하라는 식으로 나왔다.

참으로 황당한 일이었다. 도용자의 어려운 처지를 알고 조금이나마 도움을 되어 주기 위해 보건복지부에 질의까지 한 끝에 재량을 베풀어 관대한 처분을 결정했는데 이런 적반하장이 없다는 생각이 들었다. 물에 빠진 사람 살려주니 봇짐을 내놓으라는 격이었다.

그런데 다행히도 도용자와 최초 면담 시 사건 진술을 확인하기 위해 녹음해놓은 사실이 떠올랐다. 나는 의료급여 관리사에게 도용자와 연락하여 군청에서도 상담 내용을 녹취해놓았으니 부당진료비를 납부하든지 말든지 엄중하게 대응할 것을 주문했다. 또한 도용자가 부당 이득금을 기간 내에 납부하겠다는 의사를 보였기에 경찰에 신고하지 않고 벌칙을 면제했다는 점을 분명하게 주지시키도록 했다.

도용자는 원칙대로 대응하는 우리의 태도를 보더니 자신의 억지 주장을 접었다. 공격적이었던 그가 고분고분한 태도로 돌변하여 업무에 노고가 많으신데 죄송하게 되었다며 기한만 좀 연기해주면 납부하겠다고 나왔다. 그 후 부당 진료비가 전액 징수되어 의료급여증 도용 사건은 순조롭게 마무리가 되었다. 이 건은 처리 과정에서 다소 진통이 있기는 했으나 도용자의 어려운 사정에 대한 공감과 행정적 배려가 작용된 사례라고 생각한다.

의료보장은 사회보장 정책의 근간을 차지하는 중요한 정책이다. 의료급여 업무는 사회복지 업무나 예산에서 큰 비중을 차지하며, 저소득층의 건강한 삶을 보장하고 생계에 도움을 주는 긍정적인 효과를 보고 있다. 이는 일선에서 의료급여 업무에 매진하는 담당자와 사회복지 전담 공무원, 의료급여 관리사 등의 노고와 헌신의 결과이기도 하다.

의료급여 사업이 확대되는 만큼 상대적으로 의료 재정은 안정적이지 않을 수 있다. 때문에 관계자와 기관에서는 재정 악화를 초래하는 부당 진료, 부당 청구, 의료 쇼핑, 상해요인 등에 의료급여 재정이 낭비되는 일이 없도록 사후 관리와 꼼꼼한 확인에 더욱 주의를 기울여야 할 것이다.

부당한 의료 행위는 의료보장제도의 정착을 저해하고 결국은 국민 건강을 해치는 비도덕적 행위이므로 국민 모두가 정상적이고 건전한 적정의료 이용에 힘써야 할 것이다.

4. 봉안 시설 설치의 갈등 해결사례

2013년부터 2년 동안 노인복지 업무를 관장했던 나는 그 어떤 업무보다 재미있고 신명나게 일했던 기억을 갖고 있다. 고령화에 따른 노인 인구가 증가하면서 노인복지에 관한 업무도 증가하는 추세였으나 힘들다기보다는 어르신들의 건강하고 품위 있는 노후 생활에 일익을 담당하는 업무에 발을 담고 있다는 생각으로 마음이 뿌듯한 시기였다.

그러던 2014년 말의 어느 날, 혈기가 왕성한 40대 남자가 사무실을 찾아왔다. 그는 납골당과 관련해서 문의를 하러 왔다고 했다. 납골당은 장사 업무로서 노인복지계 관할이었고 당시 한 여직원이 담당하고 있었다. 사무실을 방문한 남자의 표정과 태도는 뭔가를 따지려고 단단히 벼르고 온 것이 틀림없어 보였다. 심상치 않은 일임을 간파한 나는 먼저 상담실로 안내하고 차를 한 잔 대접했다.

"제가 장사 업무를 관할하는 담당 계장입니다. 무슨 일로 오셨는지요?"

"저는 민속 마을에서 전통 고추장을 제조하는 주민입니다. 우리 마을 앞에 있는 절에 납골당을 설치한다고 해서 그에 대해 저와 주민들의 의견을 전달하기 위해 왔습니다."

"납골당 때문에 어떤 문제가 있는 거군요?"

"고추장 민속 마을은 우리 순창의 상징과도 같은 장소 아닙니까? 수많은 관광객이 찾는 명소고요. 그런 곳에 봉안 시설이 생겨 장의차나 유족들이 왕래하면 민속 마을을 찾는 사람들의 눈에 어떻게 보이겠습니까? 우리 마을에서는 결사적으로 반대합니다. 행정에서도 이런 민원을 간과하지 말고 봉안 시설 설치 신고나 수리와 관련하여 심사숙고해주시길 바랍니다."

"무슨 말씀인지 잘 알겠습니다. 아직 설치 신고가 들어오지 않았으니 주민들의 여론을 충분히 참작하도록 하지요. 장사 등에 관한 법률에 의하면 종교 시설인 사찰에 봉안 시설의 설치를 제한하는 조항이 없으니 난처한 일이긴 합니다만, 그래도 사찰 관계자에게 주민들의 여론을 충분히 알리도록 하겠습니다. 또한 반드시 봉안 시설 설치를 하겠다는 입장이라면 사전에 주민 동의를 구하도록 안내하겠습니다."

민원인은 나의 제안과 태도에 납득이 되었는지 만족한 표정으로 돌아갔다.

얼마 후 민속 마을 앞에 있는 사찰 관계책임자와 대리인이 사무실을 찾아왔다. 앞서 민원인의 말대로 그들은 봉안 시설을 설치할 계획을 가지고 있었으며 필요한 구비 서류와 절차를 물었다. 나는 절차에 대해 자세히 설명해주고 법적인 절차보다는 인접해 있는 민속 마을에서 대다수 주민이 강력하게 반대를 하고 있으니 행정 기관으로서도 난처한 입장에 처해 있음을 설명했다.

"그럼 어떻게 해야 이 일을 수월하게 처리할 수 있을까요?"

"이런 경우 일처리가 참 난처하지요. 며칠 숙고해보고 저와 다시 면담을 하시면 어떻겠습니까?"

사찰 관계자의 반문에 나는 그 즉시 만족할 만한 답변을 줄 수 없었다.

나는 민원인이 왔다간 뒤로 이 일을 어설프게 처리하다가는 수년 전에 겪었던 읍내 마을 앞의 장례식장 설치 때처럼 시끄럽고 어려운 난관에 봉착할 것이라는 예감이 들었다.

2004년 당시 나는 업무 담당자로서 마을 주민들의 극렬한 장례식장 반대 시위로 수개월을 시달린 적이 있었기에 신중을 기할 수밖에 없었다. 자칫 그와 같은 상황이 반복될 수도 있었기에 단호하고도 뒤탈이 없을 일처리가 필요했다.

며칠 후 나는 사찰 관계자와 다시 만났다.

"이렇게 하시죠. 집단 민원이 발생되면 피차가 힘든 상황이 되니 민속 마을과 인근 마을 주민들의 동의서를 미리 받는 게 어떻겠습니까? 모든 주민의 동의를 받기란 사실상 불가능할 테니 최대한 많을수록 좋겠지요."

"최대한 많은 인원이라면 어느 정도나 되어야 할까요?"

"제 생각으로는 대부분의 주민이 동의한다는 수준의 수치여야 할 겁니다. 이런 일은 아주 민감한 사안이기 때문에 90% 정도라면 정말 좋겠지요."

"하, 90%라면 거의 모든 주민들이 찬성해야 하는데, 그건 어렵지 않을까요?"

"그렇긴 하지만 갈등을 일으키지 않으려면 무리가 될지라도 시도해야 할 일이라고 봅니다. 주민들을 만나서 필요성을 잘 설명하고 설득하면 의외로 좋은 결과를 얻을 수 있을 거라는 생각입니다."

나의 제안과 설명에 사찰 관계자도 결국 동의했다.

그리고 얼마 후 이번에는 나이가 지긋한 마을 이장과 개발위원장이 사무실을 찾아왔다. 아마도 사찰 측에서 동의서를 받으러 온 마을을 들쑤시고 다니니 불안했던 모양이었다. 그들 역시도 마을 앞에 봉안 시설을 운영하는 건 절대 반대한다고 했다. 나는 일부 주민들의 의견도 청취했고 사찰 관계자도 만나 충분히 이야기를 나눴으니 쉽게 신고서를 접수하지는 않을 것이며 더구나 불시에 설치하는 일은 결코 없을 것이라고 안심시켰다.

그래도 못 미더웠는지 그들은 마을 앞에 시설 설치를 반대하는 현수막을 내걸어 주민들의 강력한 의사를 표명하겠다고 했다. 나는 그런 현수막을 내걸면 오히려 민속 마을의 이미지에 좋지 않고 양측의 감정 또한 격해질 수 있으니 일단은 행정을 믿고 기다려 달라고 설득했다. 그들은 썩 만족한 표정은 아니었으나 앞으로 잘 처리해줄 것을 당부하고 돌아갔다.

그런데 어느 날 난데없는 일이 터졌다. S 광고사의 사장이 찾아와 민속 마을에서 납골 시설을 반대하는 내용의 현수막 제작을 의뢰하여 지금 당장 마을 앞에 걸어달라고 하는데 어떻게 해야 할지 모르겠다고 말했다. 그는 평소 나와 잘 알고 지내던 사람이라 업무 담당인 내가 곤란한 상황에 처할까 염려하여 미리 언질을 준 것이다.

나는 현수막을 마을 앞에 걸면 안 되니 일단 가지고 있으라고 부탁하고 무슨 일이 일어나면 통지해줄 것을 당부했다. 그리고는 곧바로 마을 이장에게 연락했다.

"이장님, 지금 플래카드를 내걸면 사태가 더 악화될 수 있습니다. 광고사에는 일단 보류하라고 부탁했으니 이장님께서도 주민들께 잘 말씀해주십시오."

"주민들은 지금 마음이 다급해요. 들리는 말로는 벌써 사찰 안에 유골들이 안치되고 있다고 하고, 주민들은 불안한 마음에 당장 플래카드를 내걸자고 난리라니까."

"그 심정은 이해하는데요. 유골이 실제로 안치가 되었는지는 제가 직접 확인해서 연락을 드리겠습니다. 일단은 안심하시고 기다려 주시면 좋겠습니다."

겨우 이장을 설득시키고 나는 여직원과 함께 사찰로 향했다.

사찰 관계자를 만나 방문한 연유를 설명하고 봉안당으로 사용할 계획인 건물을 꼼꼼히 둘러보았다. 이장의 말과는 달리 유골이 안치된 흔적은 없는 듯했다. 그러나 시설 설치 신고가 수리만 되면 유골을 곧바로 안치할 수 있도록 모든 준비가 되어 있었다. 나는 사찰 관계자에게 신고 수리 이전에는 절대 봉안당으로 사용하면 안 된다는 점을 주지시키고 사찰을 나왔다.

그 후 내가 만류한 대로 마을에서는 플래카드를 폐기했고 사찰 측에서는 주민 개개인을 상대로 동의 서명을 받는 데 여념이 없었다. 그렇게 몇 개월이 지났을까. 사찰 대리인 측으로부터 주민들을 상대로 80% 가까이 서명을 받았다며 신고서를 접수하겠다는 연락이 왔다. 생각보다는 많은 주민이 동의한 것이 놀라웠으나 나는 당초 약속한 대로 90%를 채워달라고 부탁했다. 갈등을 최소화하기 위해 나는 무리일 수도 있지만 좀 더 확실한 결과를 보고 싶었다.

그 후 결국 90%의 주민 동의가 달성되어 신고서가 접수될 즈음 나는 인사 발령으로 부서를 옮기게 되었다. 2015년 봉안당은 신고 수리가 되어 현재 순조롭게 운영이 되고 있다. 90%의 주민 동의라는 언뜻 불가능해 보이는 목표를 실현하기 위해 오랜 시간을 들여 서로 만나고 설명하고 설득하는 과정에서 민속 마을 주민들과 사찰은 서로를 이해하게 되어 마침내 큰 갈등 없이 문제를 해결할 수 있었던 것이다.

내가 이 일을 통해 새삼 얻은 교훈은 일선 대민 행정은 법률과 규정만으로 해결되지 않은 일들이 많다는 점이다. 그렇다고 법규를 정확히 이행하는 원칙을 등한시하라는 것은 아니다. 어떤 사안이 대립되었을 때는 서로의 입장과 처한 상황을 존중하고 사전에 갈등 방지와 해결을 위한 노력을 기울이지 않으면 안 된다는 것을 다시 한 번 실감했다.

민원해결을 위해서는 무엇보다도 첫 단추가 중요하다. 해당업무의 전문성을 숙지함은 물론이고 상대방의 입장에서 인내심을 가지

고 잘 경청하고 설명하는 자세로 신뢰감을 형성하면 해결되지 않
은 민원은 없다고 믿는다. 즉 역지사지의 마음가짐과 자세가 문제
해결의 열쇠가 아닐까 생각한다.

5. 관용과 양보의 정신이 중요하다

2012년 11월 어느 날, 행정 전화의 수화기 너머로 단호하고도
결기 있는 목소리가 흘러나왔다
"주민생활과의 김규완 계장 맞으시죠?"
"예, 그렇습니다만, 어디십니까?"
전화를 걸어온 사람은 자기소개를 간단하게 마치고는 곧장 본론
으로 들어가서 모 사회복지법인과 전 복지시설장 A씨에 대해 이야
기했다. 양측에 큰 갈등이 생겼으니 행정에서 법인업무를 담당하
고 있는 김 계장이 적극 개입하여 잘 해결해달라는 내용이었다. 민
원이라기보다는 일종의 부탁에 가까웠다.
그 사람은 전 복지시설장 A씨의 지인으로, 우리 지역 F면 출신
의 재경향우회장이며 활발한 사회 활동을 하는 사람이었다. 향우
회장의 말에 의하면 법인이 A씨에 의해 고발을 당하기 직전 상황
이며, 양측이 법정 싸움까지 가기 전에 순조로운 문제 해결의 실마
리를 찾기 위해 복지 업무를 담당하고 있는 내게 전화한 것이라고

했다. 그는 작은 고장에서 복지 사업을 하는 사람들끼리 송사에 휘말린다는 건 결코 보기 좋은 모습이 아니지 않느냐고 하소연했다. 전화 통화로 나눈 길지 않은 대화였지만 향우회장의 말은 매우 합당하게 들렸다.

나는 예상치 못한 향우회장의 전화를 받고 그 사회복지법인의 문제에 대해 실상을 파악해 봐야겠다고 마음먹었다. 하지만 법인 내부의 갈등 문제에 복지행정 담당인 내가 선뜻 개입하는 건 매우 조심스러운 일이었고, 설령 개입을 하게 되더라도 문제가 쉽게 해결될 수 있을지는 의문이었다.

그 법인의 내부 사정을 언급해보자면 이렇다. 모 복지시설장 이었던 A씨는 평소 나와도 안면이 있는 사람인데 오래전부터 개인 운영 시설인 소규모 노인 요양시설을 운영해왔고, 2011년에는 법인에서 운영하는 시설장을 역임하기도 했다. 그는 오래전부터 사회복지 시설 운영에 대한 열의가 남달라서 자신이 살고 있는 주택을 개조하여 요양 시설 용도로 만든 사람이었다.

당시 A씨의 시설은 입소 인원이 10명 내외인 소규모인데다 개인 운영 시설이다 보니 보조금이나 운영비가 지원되지 않아 시설환경이 매우 열악할 뿐만 아니라 자력 운영에 어려움이 많았다. 그러던 중 A씨는 관내에서 사회복지법인을 설립하려던 B씨를 만나게 된다.

A씨는 오래전부터 법인 설립을 시도했으나 여건과 실행이 여의

치 않아 개인 시설을 운영해온 터였고 B씨 역시 시설 운영과 복지 사업을 위한 관심이 많아 법인 설립을 계획하고 있으나 마땅한 기본 재산이 없어 난감한 상태에 있었다. 두 사람은 법인 설립에 필요한 부족한 부분을 상대방이 갖추고 있음을 알고 의기투합하여 함께 법인을 설립하기로 약속했다.

그 후 A씨가 자신의 시설을 법인의 기본 재산으로 출연하고 B씨도 소유 재산 일부를 출연하여 두 사람이 임원으로 법인 설립 허가를 받았다. 장애인 시설 운영을 목적 사업으로 설정한 법인에서 B씨는 법인 대표를 맡고 A씨는 시설장이면서 이사로 참여했다.

기존에 운영해오던 노인 시설이 장애인 시설로 바뀜에 따라 입소해 있던 노인들은 다른 노인 요양시설로 이동 조치하고 장애인 입소자를 확보하기 위해 백방으로 뛴 결과 금세 10여 명을 확보했다. 그러던 중 시설 운영과 관련하여 상급 기관에서 점검 및 감사가 있었다. 그 과정에서 시설과 관련하여 여러 지적 사항이 발생하여 시정 조치를 받게 되었다. 노인시설을 운영해본 경력이 있는 경험자 치고는 의외의 운영 결과였다. 법인에서는 이와 관련하여 시설장인 A씨에게 시설 운영에 대한 개선 사항의 실행과 법인 방침의 준수를 요구했다.

이런 상황에서 법인 대표 B씨와 시설장인 A씨 간에 법인 운영에 관한 크고 작은 마찰이 생겼다. B씨는 법인 입장에서 시설의 원활한 운영을 위해 미비된 서류의 보완과 변화된 운영 방식을 요구했으나 A씨는 자신의 책임하에 법인의 간섭을 받지 않는 독립적인 시설 운영을 고집한 것이다. 법인의 요구와 시설장의 운영 방식에 대한 의견이 대립되며 서로 합의점을 찾지 못하자 법인에서는 시설장을 교체하기에 이르렀다.

이렇게 되면서 본격적으로 갈등이 수면 위로 표출되었고 시설장인 A씨는 법인 설립 시 출연했던 기본 재산인 시설 건물과 대지를 돌려달라고 요구했다. 법인 측에서는 그 재산이 관련 법률에 의거한 절차에 따라 법인에 출연된 것이기 때문에 이제는 개인 재산이 아니라는 입장이었다. 양측의 갈등이 시설 운영의 문제에서 법인 재산의 소유권 문제로 비화된 것이다.

내가 향우회장의 전화를 받은 시점은 양측 간의 대립이 최고조에 이르러 서로 폭언과 고소를 운운하는 일촉즉발의 상황이었다. 향우회장의 당부가 아니어도 감정의 골이 깊어질 대로 깊어진 양측을 어떻게든 중재해서 해결의 실마리를 찾아야 할 것 같았다. 나는 우선 법인 대표에게 연락하여 점심 약속을 잡았다.

평소 나는 법인 대표 B씨와 복지 문제와 관련하여 나름의 유대관계가 있었기 때문에 좀 더 소상한 사정을 들을 수 있었다. 법인 갈등의 내용을 세세하게 청취한 후 나는 법인 재산을 시설장의 요구대로 그냥 돌려줄 수는 없는 문제임을 설명했다. 법인의 재산 처리는 사회복지사업법과 보건복지부 지침에 따른 법인이사회나 적법한 처분 절차를 밟아야 했다. 그렇지만 관건은 누가 옳고 어떤 절차에 따라야 하느냐가 아니라 갈등의 해결이었다. 선의의 취지로 어렵게 설립된 법인을 두 임원의 갈등으로 와해시켜버릴 수는 없는 일이었다.

나는 다시 전 시설장에게 연락하여 법인 문제의 해결책을 찾아보자고 설득했다. 그 역시 향우회장의 말대로 그동안 쌓였던 감정이 폭발 직전이었으나 다행스럽게도 나와 법인 대표와 함께 모여 대화를 하는 데 동의했다. 세 사람이 함께 만나 식사하면서 의견을 조율하고 서로의 입장을 충분히 나눈 덕분인지 법인 대표와 전 시설장은 서로 법적인 해결만은 접기로 했다.

그로부터 며칠 후 그들에게서 연락이 왔다. 더 이상의 분란을 잠재우기 위해 기존 시설을 처분하고 새로운 시설 운영을 위한 신축부지를 찾고 있으니 내게도 적당한 장소를 알아봐달라고 부탁했다. 나 역시 빠른 해결을 위해 부지를 찾는 데 동분서주했다. 한동안 적정 부지를 찾지 못해 시달림도 받았지만 마침내 읍에서 떨어진 곳에 시설 부지가 마련되었다.

건설업체가 선정되고 건축이 시작되자 법인 대표와 전 시설장과의 분쟁은 사그라졌다. 그 대신 건축이 신속하게 이루어지게 해달라고 전 시설장으로부터 무수한 독촉이 이어졌다. 바삐 먹는 밥이 체한다더니 시설 건축에 대한 민원이 생겨 중단이 되고 재건축을 거듭하며 우여곡절 끝에 겨우 완공이 되었다.

법인 대표는 시설 건물이 마련되자 법인에서 실행해야 할 행정적인 절차에 대해 문의했다. 이 법인의 경우 기존의 기본재산 일부를 처분하고 새로운 재산을 취득해야 하는 상황이었다. 그에 따라 기본재산 처분 허가와 재산의 변동으로 인한 법인 정관이 변경되기 때문에 법인 정관 변경 인가가 필요한 상황이었다.

기본재산 처분 허가 시 검토해야 할 사항은 목적 사업에 영향을 미치는지의 적정성 여부와 재산의 세부 내용, 법인 이사회 결의 절차의 적법성 등에 대해 확인해야 했다. 이러한 사항을 법인 대표에게 자세하게 설명해주었다.

얼마 후 법인으로부터 기본재산 처분 허가 신청서와 정관 변경 인가 신청이 접수되었다. 이 경우 기본재산 처분과 취득이 동시에 이루어지는데 처분된 재산보다 취득한 재산의 평가액이 높고 재산이 처분되어도 취득한 재산을 이용하여 목적 사업을 수행할 수 있기 때문에 처분 허가는 적정할 것으로 판단되었다. 신청 서류와 내용을 검토한 결과 법인 이사회를 거쳐 결의하였고 그 절차가 적정하기에 계속적인 목적 사업(장애인 시설 운영) 수행을 위해 처분 허가와 정관 변경 인가를 했다. 그 뒤 전북도로부터 사회복지법인에 대한 일제 점검이 있었는데 기본재산 처분과 정관변경 인가 등 법인운영에 대해 꼼꼼히 처리한 덕분으로 지적사항 없이 점검을 받을 수 있었다.

이로써 법인과 시설을 둘러싼 오랜 기간의 공방과 반목이 해소되었다. 그동안 오해로 인해 감정이 격해지기도 했고 대체 재산 마련을 위해 동분서주하고 재건축을 하면서까지 불신이 쌓이고 심신이 지칠 대로 지쳤다. 이제 지난 갈등을 모두 털어버리고 새로운 시작을 위한 동력이 필요했는데 허가의 시점이 새로운 시작을 알리는 분기점이었다.

현재 이 사회복지법인의 장애인 시설은 정상적인 운영을 하고 있으며 지역 사회에서 장애인 복지 증진을 위해 역할을 다하고 있다. 복지는 독선과 아집이 아니라 협의와 합리성, 그리고 관용과 양보가 앞서야 함을 보여준 사례였다.

김규완

1991년 순창군에서 사회복지전문요원으로 시작하여 현재까지 공공사회복지 업무를 맡아서 일해오고 있다. 제도와 정형화된 틀보다는 '사람이 먼저다'는 복지철학을 가지고 있는 그는 오늘도 현장에서 소리 없는 가난을 찾기 위해 다양한 계층의 삶을 들여다보고 있다. 그는 어려움에 처한 이웃들이 스스럼없이 손 내밀 수 있도록 곁에서 더불어 살아가는 설레는 삶에 감사하며 살고 있다.

주요 저서로는 《사회복지공무원의 시골복지 이야기》가 있다.

04

늘 처음처럼

채수훈

나를 키워준 복지현장, 용지면

2017년 1월에 익산시청에서 8년간의 근무 후, 영등1동 맞춤형 복지계로 자청하여 내려왔다. 복지현장에서 후배 공무원들과 자연스럽게 마주하면서 공무원 초년시절 나의 모습이 새록새록 떠올랐다.

"호랑이를 잡으려면 호랑이 굴에 들어가야 한다."

1993년 12월에 사회복지 전문요원(현 사회복지 전담 공무원)으로 김제시 용지면에 첫 발령을 받을 때 마음속으로 한 각오였다. 젊은 패기가 있었다. 당시 면내 생활보호자(현 기초생활보장수급자)가 760가구 1,760명이었다. 한센병력자 및 실향민 정착촌이 각각 3개 농원이나 밀집된 특수 농촌지역이었다. 재미삼아 부르는 용(용죽겠)지는 사회복지 공무원 유배지나 다름없었다. 젊어서 고생은 사서도 한다고 했는데 잘 왔다 싶었다. 그 누구도 관심조차 없었던 볼 모지에서 10년 8개월간 장수했다.

그후 폭주하는 공공복지업무 속에서도 풍부한 현장 경험을 바탕으로 틈틈이 전공서적 발간, 대학교 겸임조교수, 사회복지 강의, 사회복지 행정연구회·전북사회복지사협회 임원, 사회복지 실습지도, 보건복지부 자문위원 등 다양한 복지연구와 활동을 해왔다. 어느새 공무원 생활 24년이란 세월이 흘렀다.

지금도 대학동창들을 만나면 "너는 대학교 때나 지금이나 생각이 하나도 변하지 않았다"고 한다. 그런 뒤 "역시 채수훈답다"고 한마디씩 거든다. 돌이켜 보건대 어느 시구에 빗대어 보자면 '나를 오늘날 공무원으로 키워준 것은 8할이 용지면이었다'고 해도 과언이 아니다. 전국을 다니며 이름만 팔고 다녀도 굶어 죽지 않을 정도의 명성을 얻었다고 감히 자부해본다.

사회복지사이자 공무원이 힘든 복지현장에서 초심을 잃지 않고 한 길만을 걷기는 무척 어렵다. 그간 3분의 2는 앞만 보고 열심히 잘 달려왔다. 앞으로 3분의 1인 9년여가 남았다.

향후 50대 공직생활 계획을 궁리해보았다. 현장에서 무엇을 할까. 우선 '찾아가는 복지서비스'와 '익산문화답사기'를 책으로 집필하기로 마음먹었다. 그러던 찰나에 새내기 사회복지공무원들을 위한 원고를 제안받고서 망설임 없이 선뜻 허락을 해버렸다. 방향을 바꾸어 좀 돌아가기로 했다. 새내기의 풋풋함을 느낄 수 있다는 것만으로도 큰 동기부여가 되었다.

이 글은 크게 4가지 주제 즉 사회 관계성, 가치관과 윤리성, 전문성과 기술성 및 도전정신으로 나누어져 있다. 새내기가 대다수 근무하는 읍·면·동 복지현장 중심으로 기술하였고 사례가 곁들어 있다. 선배 사회복지 공무원의 수많은 경험과 실패 속에서 깨달은 산지식이라 할 수 있다. 후배들이 걸어가는 긴 여정에 이정표가 되길 희망해본다. 자 그럼 이야기 속으로 한번 들어가 보자.

1. 사회적 관계를 잘 맺고 유지하자

사회복지 출발, 인사가 절반이다

언제인가부터 공직 사회에 '부모님과 함께하는 신규 공무원 임용식'이 부쩍 늘어나고 있다. 또한 이와 별도로 시·군·구 사회복지행정연구회에서도 새내기 공무원 환영식을 개최하기도 한다. 새내기 공무원과 가족들이 시장·군수·구청장과 함께 서로 인사하면서 임용장을 받는 모습이 무척 부럽다.

은근 슬쩍 첫 임용 당시가 떠올랐다. 24년 전 겨울 어느 날 김제시 내무과로부터 갑작스런 전화연락을 받고서 얼떨결에 임용장을 받으러갔다. 다음 날 근무지인 용지면사무소에 아침 일찍 출근했다. 총무계장에게 인사하니까 왜 발령받았는지도 잘 모르고 있었다. 그 당시와 지금을 비교해보면 격세지감이 느껴진다. 새내기들에게 예의를 차려서 축하해주는 것이 공직 사회의 아름다운 새문화로 정착된 것 같아 기쁘다.

그렇다면 갓 발령 후 어떻게 하면 공무원 생활에 잘 적응할 수 있을까? 인사만 잘해도 절반의 성공을 거둔다. 공무원 조직은 피라미드형 계급사회로 다분히 권위적인 구조이다. 또 우리나라는 유교 영향으로 장유유서 의식이 생활 속에 스며있다. 인사는 당연히 아랫사람이 윗사람에게 먼저 해야 한다는 인식이 강하다. 어찌 보면 먼저 보는 사람이 인사를 건네는 것이 당연한 것처럼 보이지만 조직의 질서는 결코 그렇지 않다. 분명 갑을 관계이기 때문에 상하질서를 결코 간과할 수 없다.

사무실에 출근하면 문을 열면서 큰소리로 "안녕하세요!" 하면서 인사하는 직원, 읍·면·동장(과장)에게 먼저 인사하는 직원, 형식상 인사하는 직원, 인사 없이 자리에 앉는 직원 등 각양각색이다. 옷깃만 스쳐도 인연이라 했다. 언제 어디서 누구와 근무할지 모르니까 평소 좋은 이미지와 호감을 가질 수 있도록 잘 가꾸는 것도 자기관리의 첫 걸음이다.

복도에서 만나도 그렇다. 공무원증을 패용하지 않으면 서로 직원인지 모르기 때문에 무심코 지나칠 수 있다. 자주 얼굴을 접하면 먼저 목례로 가볍게 인사하는 것도 좋을 듯하다.

시청에 발령받아 인사 때문에 곤혹을 치른 적이 있다. 고향 선배

공무원은 나의 얼굴과 이름을 알고 있었다고 한다. 마주쳤을 때 먼저 인사할 줄 알았는데 아는 체하지 않았다고 다른 직원들에게 오랫동안 험담했다고 들었다. 하지만 개인적으로는 전혀 일면식이 없었다. 그 후 향우회에 참여했을 때 선배라는 것을 처음 알게 되었지만 이미 물은 엎질러진 뒤였다.

공무원 전화친절도 조사를 정기적으로 한다. 평소 친절이란 단어가 익숙하지 않으면 인사하는 말투도 다분히 딱딱해질 수밖에 없다. 오래전 어양동에 근무할 때 일이다. 민원인들이 찾아오면 유독 한 직원에게만 자주 소리 높여 민원을 제기하곤 했다. 이유인즉 인사성도 없을 뿐 아니라 말투도 억양이 높아서 처음 듣는 사람에게는 쌀쌀맞게 대한다는 느낌 때문이었다.

우리 속담에 "웃는 얼굴에 침 못 뱉는다"고 했다. 친절의 기본은 먼저 인사를 주고받음에서 시작한다. 이는 고객인 사회복지 수급(권)자에게도 마찬가지이다.

흔히 행복은 성적순이 아니라고 한다. 공무원 임용 성적도 합격을 위한 하나의 결과물일 뿐 그 이상도 이하도 아니다. 기본적인 실력도 중요하지만 사람 됨됨이가 먼저이다. 특히 시·군·구는 연고주의 때문에 직원들과 안면 관계가 중요하다. 조직생활을 하는데 있어서 기본적인 예절을 지키는 것은 고리타분한 관습이 결코 아니다. 인사는 돈들이지 않고서 자신의 평판을 쌓을 수 있는 소중한 무형의 자산임을 잊지 말자. 예나 지금이나 인사가 만사다.

사회복지 수급(권)자와 관계 형성을 어떻게 할 것인가

사회복지 공무원의 담당 업무는 크게 공공부조, 사회복지 서비스 및 일반복지로 나뉜다. 그 대상은 대부분 법정 저소득층인 기초생활보장 수급자, 차상위 계층 등이다. 이들은 대부분 선별적 조사방식에 의하여 일정 소득 인정액 미만인 계층으로 이루어져 있다. 사회복지 공무원은 사회복지 수급(권)자와 신청 · 상담에서 지원 · 관리에 이르기까지 마치 바늘과 실처럼 뗄 수 없는 관계를 가지고 있다. 직장에서 사회복지 수급(권)자와 마주하는 시간이 대부분을 차지한다. 60세 정년까지 관계를 유지해야 하므로 그들을 나의 가족처럼 여기고 좋은 인연을 맺어야 직장 생활이 행복해지지 않을까.

공무원이 되어서 첫 방문 가정은 소년소녀가장이었다. 마을 초입 오두막 단칸방에서 장애인 아버지와 초등학교에 다니는 딸이 생활하고 있었다. 어느 겨울철 방안의 문을 여는 순간 악취가 진동하여 숨이 턱 막힐 것 같았다. 우여곡절 끝에 생계비 통장을 직접 관리하며 지속적인 복지 서비스 지원을 실시했다. 지금도 그 집과 두 사람의 얼굴이 눈에 선하다.

이를 시작으로 면내 생활 보호자 760가구에 대하여 방문 · 조사를 실시했다. 200여 가구가 넘는 나환자촌도 예외 없이 찾아다녔다. 오히려 그분들이 방문 자체를 난감해 했다. 찾아오는 민원과 업무처리 때문에 오후에 가정방문을 주로 다녔다. 늦은 밤 시간까지 조사하다가 숙직실에서 자는 경우도 있었다. 대상자들의 집, 성명과 얼굴을 알아가는 데 무려 5년이란 시간이 걸렸다.

실전에서 수많은 상담 경험을 한 덕분에 반 관상쟁이가 되어 갔다. 그간 선정기준에 적합하지 않거나 부정수급 대상자 800여 명을 보호 중지시켰다. 누군가는 한번쯤 정리해야 할 대공사였다. 그로부터 사회복지 공무원의 역할에 관한 주민 인식전환이 시작되었다. 당시 생활 보호자를 비롯하여 면장, 직원, 이장, 새마을지도자, 부녀회원, 주민으로부터 사회복지사의 존재 가치를 비로소 인정받기에 이르렀다. 그 뒤부터 지역사회 주민들과 함께 여러 가지 지역사회복지 사업이 일사천리로 진행될 수 있었다.

그러면 사회복지 공무원과 사회복지 수급(권)자의 관계형성에 중요한 요소는 무엇이 있을까.

첫째, 직접 찾아가서 자주 만나야 한다. 사무실 책상에 놓여 있는 행복e음이나 공적 서류에만 의존하면 안 된다. 업무가 많아서 출장이 어렵다고 할 수 있다. 그래도 틈새 시간을 활용하여 수급(권)자를 자주 찾는 습관을 길러야 한다. "열 길 물 속은 알아도 한 길 사람 속은 모른다"고 했다. 당사자를 찾아가서 묻고 경청하다 보면 분명코 그 마음을 헤아림으로써 해결방안을 찾을 수 있다. 발품 파는 수고로움 없이 어찌 사람을 마음을 움직일 수 있다고 하겠는가.

둘째, 사회복지 수급(권)자와 눈높이가 중요하다. 수직적 관계가 아닌 수평적인 관계여야 한다. 수급(권)자가 사무실에 상담 시 찾아오면 공무원은 컴퓨터에서 정보를 확인하느라 의자에 앉아 있고, 수급(권)자는 공무원의 얼굴이 잘 보이지 않기 때문에 서 있는 경우가 있다. 특히 어르신이 내방했을 때 손자 같은 젊은 직원이 그런 모습을 하고 있으면 누가 봐도 민망스럽다. 항상 상대방의 입장을 고려한 상담과 복지서비스를 지원함으로써 불편해 하지 않도록 신경써야 한다. 따뜻한 마음을 먼저 내밀어줄 때 감동서비스가 된다.

셋째, 배려의 마음이 있어야 한다. 배려란 여러 가지로 마음을 써서 보살피고 도와주는 것이다. 사회복지사는 사회적 약자에 대한 기본적인 배려의 마음가짐이 중요하다. 필자도 지금까지 사회복지 수급(권)자와 상담하고 전화 통화를 하면서 참으로 많은 실수를 저질러왔다. 말 한마디에 천 냥 빚을 갚는다고 했다. 오고 가는 말 속에서 무심코 던진 말 한마디가 당사자에게는 비수가 되어 꽂힐 수도 있다. 사회복지사는 오는 말이 곱지 않더라도 그것을 수용하거나 이해할 수 있는 자세와 민원인의 말을 적극 경청하며 공감할 수 있는 기술을 스스로 갖추도록 노력해야 한다.

지역사회-주민, 관계망을 어떻게 맺어갈 것인가

읍 · 면 · 동에서 추진하는 '찾아가는 복지서비스'가 2018년부터 전국 3,503개소로 전면 확대된다. 맞춤형 복지계를 신설했고 인력을 확대하고 있다. 핵심 업무에는 찾아가는 상담을 비롯하여 복지

사각지대 발굴, 민·관 협력 활성화 및 통합사례 관리가 있다. 종전 대상자들이 행정복지센터 방문에서 가정과 지역사회로 직접 찾아가는 복지 서비스로 전환을 꾀하고 있다. 그러면서 자연스럽게 사회복지 공무원은 지역사회-주민과의 관계 형성이 무엇보다 중요해졌다. 또 공공 간 및 민관 간, 협력 관계를 새롭게 정립해야 할 과제도 안게 되었다.

최근 '찾아가는 복지서비스' 업무 때문에 새내기 공무원들이 계속 충원되고 있다. 이들에게는 결코 만만치 않은 업무들이다. 그래서 맞춤형 복지에 경력자를 우선 배치토록 권장하고 있다. 하지만 지역 실정에 따라서 인력 부족으로 찬밥 더운밥 가릴 수 있는 형편이 못 된다. 그렇기 때문에 누구나 업무가 주어지면 맡을 수밖에 없다.

한편 정부에서는 사회복지사라면 능히 업무를 수행할 수 있다고 믿고 있기 때문에 계속 인력을 뽑고 있다. 왜 사회복지 공무원이 되었는지 결코 간과해서는 안 된다. 화장실 들어갈 때와 나올 때의 마음이 달라지지 않도록 해야 한다.

이 같은 복지업무를 추진하기 위해서는 반드시 지역사회에서 주민과의 관계망 형성이 필수적이다. 어떻게 실천해 나갈지 몇 가지 대안을 제시하고자 한다. 이는 반드시 주민 참여를 통해서 함께 손잡고 나아가야 한다.

첫째, 지역사회 복지조사를 실시해야 한다. 기초자치단체인 시·군·구와 읍·면·동-마을·통은 지역사회 단위로 연결되어 있다. 그 규모에 따라서 대·중·소로 나눌 수 있다. 그 지역의 특성을 파악하기 위해서는 가장 먼저 지역사회 복지조사를 실시해야 한다. 이 조사에는 크게 기초조사, 욕구조사, 자원조사가 있다.

기초조사는 읍·면·동의 지형·기후, 역사·문화, 일반 지역통계, 사회복지 통계 등 기본적인 자료 수집·정리, 분석·도출 등을 통해서 지역사회를 파악하는 것이다.

욕구조사는 사회복지 수급(권)자를 포함한 주민의 가정방문을 통한 실태파악을 함으로써 지역사회사업의 기본 틀을 세우는 작업이라 할 수 있다. 지역마다 수급(권)자의 편차에 따라서 조사 기간이 다른 만큼 그 실정에 맞게 계획을 수립하여 실시해야 한다.

자원조사는 인적·물적, 유형·무형의 자원을 총체적으로 파악하여 이를 지역사회사업의 기본 자원으로 활용할 수 있도록 자원망을 구축해야 한다.

둘째, 지역사회 조직을 파악해야 한다. 읍·면·동 지역사회에도 수많은 공·사조직이 있다. 행정복지센터의 유관기관으로는 지구대(파출소), 농협, 우체국, 학교 등이 있다. 위원회에는 지역사회보장협의체를 비롯하여 주민자치위원회, 통장·이장협의회 등이 있다. 민간 단체에는 새마을부녀회, 자율방범대, 사회·봉사단체 등이 있다. 이처럼 수많은 조직들이 유기체적인 연관성을 가지면서 지역사회를 지탱해가고 있다. 사회복지 사업이 지역사회에서 주민의 행복을 위한 공동체를 지향해가는 만큼 지역조직과의 역동적인 관계성을 가져야 한다.

사실 새내기가 지역사회 조직을 파악하여 조직화를 시키는 데는 경험상 한계성이 있다. 그래서 관리자급인 읍·면·동장과 계장이 맡아야 할 업무들이라 할 수 있다. 새내기 입장에서는 실무적인 차원에서 관리자와 중간 관리자가 어떻게 수행해 나가는지 배우는 자세가 필요하다. 그러면서 몸으로 체계화시키도록 노력해 나가야 한다.

셋째, 읍·면·동 지역사회보장협의체를 조직화해야 한다.

읍·면·동 지역사회보장협의체 위원은 20명 안팎으로 구성되어 있다. 대부분 앞서 얘기한 지역사회 조직에 속해 있는 장(長)들이 주축을 이루고 있다. 좁은 지역사회에서는 조직이 유사·중복되어 있다. 그래서 효과적인 민·관 협력 복지사업을 위해서는 위원들의 조직화가 필수적이다. 읍·면·동에서 '찾아가는 복지서비스' 사업을 추진하기 위해서는 반드시 지역사회보장협의체의 심의를 거쳐야 한다. 이제 읍·면·동 복지업무가 일반복지에서 맞춤형 복지로 영역이 확장된 만큼 그 중심축인 위원과 밀접한 관계형성을 해야 한다. 즉 사회복지 공무원은 지역사회 복지사업 활성화를 위해서 위원들과 주민들 간의 중간매개자 역할을 해야 한다.

새내기도 그 사회복지사로서 계획자·조정자·촉진자·변화

매개자가 될 수 있도록 지식과 기술을 연마할 수 있는 각오가 되어 있어야 한다. 특히 사회복지 공무원의 80% 정도가 여성으로서 사회적인 조직 활동에 익숙하지 않기 때문에 더욱 관계 기술을 익혀야 할 필요성이 있다.

2. 사회복지사 + 공무원의 지향 정신은?

최고의 덕목은 올바른 가치관과 윤리정신이다.

사회복지 실천의 3대 중심축으로는 가치·윤리, 지식 및 기술을 꼽는다. 동료들에게 어떤 후배들과 일했으면 좋겠냐고 질문했을 때 가치관이나 윤리정신이 뚜렷한 사람이라고 입을 모은다. 사회복지사에게는 업무 특성상 지식과 기술, 능력 못지않게 인간성이 중시된다. 흔히 머리만 좋고 조직 갈등만 일으키기보다 성실히 발로 뛰는 사회복지사를 선호하는 것은 당연지사일 것이다. 물론 사회복지 실천 덕목들을 골고루 잘 겸비한다면 금상첨화라 할 수 있다. 그 중요시하는 가치와 윤리를 한번 살펴보자.

먼저 가치란 인간이 대상과의 관계에 의해 지니게 되는 중요성을 뜻한다. 사회복지에서 가치는 믿음과 같은 것으로 좋고 바람직한 것과 적합한 행동 선택에 대한 지침이다. 사람의 가치는 결국 올바른 인성을 결정하는 중요한 요소이다. 사회복지를 하려면 인성이 좋아야 한다. 인성이란 사람의 성품을 뜻한다. 이는 가치관, 도덕성, 윤리의식 등 다양한 의식들이 결합되어 만들어진다고 할 수 있다. 인성은 사람이 태어나서 가정, 학교, 사회생활 속에서 성장하며 길러진다. 인성 교육은 어려서부터 시험 지상주의와 취업 경쟁 때문에 가정과 학교에서 뒷전으로 밀려나 있다. 이 같은 20 · 30대 사회복지 공무원들의 비율이 갈수록 늘어나고 있다. 개인주의 문화에 익숙한 이들이 집단 조직문화 속에서 슬기롭게 살아가기 위해서는 포용적인 인성을 길러야 한다. 나는 어떤 사람이 되기를 원하는가. 아래 물음에 스스로 답해보기를 바란다.

"일은 잘하지만 인성은 좋지 않다."

"인성은 좋지만 일은 잘 못한다."

"일도 잘하고 인성도 좋다."

"일도 못하고 인성도 좋지 않다."

둘째, 윤리란 어떤 행동에 옳고 그름에 대한 판단이다. 사회복지 가치기준에 맞는 실천을 하였는가에 대한 판단기준을 제시한다. 이 판단기준을 위해 윤리강령을 만들어놓고 있으며 해당 전문가로 하여금 그에 준하는 행동을 하도록 지침을 제시하고 있다. 여기서 〈사회복지사 윤리강령〉의 주옥같은 전문을 한번 들여다보자.

"사회복지사는 인본주의 · 평등주의 사상에 기초하여, 모든 인간의 존엄성과 가치를 존중하고 천부의 자유권과 생존권의 보장활동에 헌신한다. 특히 사회적 · 경제적 약자들의 편에 서서 사회정의와 평등 · 자유와 민주주의 가치를 실현하는 데 앞장선다. 또한 도움을 필요로 하는 사람들의 사회적 지위와 기능을 향상시키기 위해 저들과 함께 일하며, 사회제도 개선과 관련된 제반 활동에 주도적으로 참여한다. 사회복지사는 개인의 주체성과 자기결정권을 보장하는 데 최선을 다하고, 어떠한 여건에서도 개인이 부당하게 희생되는 일이 없도록 한다. 이러한 사명을 실천하기 위하여 전문적 지식과 기술을 개발하고, 사회적 가치를 실현하는 전문가로서의 능력과 품위를 유지하기 위해 노력한다. 이에 우리는 클라이언트 · 동료 · 기관 그리고, 지역사회 및 전체사회와 관련된 사회복지사의 행위와 활동을 판단 · 평가하며 인도하는 윤리기준을 다음과 같이 선언하고 이를 준수할 것을 다짐한다."

그 윤리기준의 종류에는 사회복지사의 기본적 윤리기준, 사회복지사의 클라이언트에 대한 윤리기준, 사회복지사의 동료에 대한 윤리기준 및 사회복지사의 사회에 대한 윤리기준이 있다. 〈사회복지사 윤리강령〉은 사회복지사로서 성찰과 양심을 느끼게 하며 우리가 진정한 사회복지사의 역할을 할 수 있도록 안내하고 있다. 올바른 가치관 정립과 윤리 함양을 통해 실천력을 길러나가야 한다. 또한 사회복지 공무원은 〈공무원 행동강령〉까지 준수해야 하니까 이만저만한 소명의식이 따르지 않는다고 할 수 없다.

사회문제 인식을 갖고 참여하자

사회과학은 사회를 대상으로 한 학문이다. 사회란 공동생활을 하는 사람들의 조직화된 집단이나 세계를 말한다. 바로 사람이 그 대상이다. 사회과학 중 주민생활과 가장 밀접한 학문은 사회복지라 할 수 있다.

이는 지방자치단체 복지현장에서 주민의 삶의 질 향상을 위한 응용·실천으로 이어진다. 지역사회에는 다양한 계층과 욕구를 가진 사람들이 얽히고설키며 살아가고 있다. 사회복지 공무원은 그 문제 해결을 위한 사회복지 서비스와 사회사업을 실천에 옮기고 있다. 그 대상자가 저소득층이기 때문에 특히 더 세심한 주의가 더 필요하다.

우리나라는 사회문제와 관련한 출산, 교육, 주거, 고용, 노후, 건강 등 사회적 불안 순위가 세계 경제협력개발기구(OECD) 35개국 중 상위권에 속한다. 자살률, 초저출산율 등이 부동의 1위를 기록 중이다. 사회적 양극화가 심화되면서 사회문제의 골이 깊어지고 있다.

실례로 폐지 줍는 노인문제를 들여다보자. 사회적으로 이들의 생활고와 안전사고 문제가 매스컴과 언론에 자주 오르내린다. 근무처인 영등1동도 상가 밀집 지역이라서 의외로 폐지 줍는 노인들이 많이 눈에 띄었다. 이는 서민생활이 팍팍해졌다는 증거일 것이다.

이분들의 안전, 생계 등 문제를 해결하기 위해 제1단계로 2017

년에 3개월여에 걸쳐서 실태조사를 실시하였다. 폐지 줍는 노인 20가구를 찾아내어 생활이 어려운 가정은 사회복지 서비스를 연계시켜주었다. 또, 부양 의무자의 소재를 파악하여 보다 안전한 부양책임을 할 수 있도록 상담을 해나갔다.

2단계로는 익산경찰서 신동지구대에 의뢰하여 동행정복지센터에서 폐지 줍는 노인을 대상으로 교통안전교육을 실시했다. 영등1동지역사회보장협의체 희망동행 후원금으로 안전용품(야광조끼, 야광스티커, 방한복)과 방한복을 지원해주었다.

3단계로는 영등자율방범대에서 정기적으로 폐지를 모아주고, 1:1 결연을 통해서 지속적으로 대상자의 안부를 확인하도록 하는 업무 협약식을 맺기도 했다. 익산 시내에 자동차로 운전하고 다니다 보면 리어카, 오토바이, 손수레, 자전거 등 다양한 짐 싣는 기구를 동원하여 도로변을 누비고 다니는 노인들을 흔히 목격할 수 있다. 동 차원이 아닌 시 차원에서 해결방법 모색이 필요한 사회문제라 할 수 있다.

속담에 "소 잃고 외양간 고친다"고 했다. 사회문제가 발생한 후 사후대책을 세우기보다 사전예방을 통해서 미연에 문제 발생의 소지를 없애는 것이 최선책일 것이다. 그러지 못해 사회 문제가 발생되면 그 원인과 문제점을 면밀하게 파악하고 그 대책방안을 구체적으로 마련해야 한다. 사회 문제를 해결하기 위해서는 현상과 본질을 꿰뚫어볼 수 있는 시각과 의식이 있어야 한다. 시시각각 변화하는 사회 뉴스에 민감하게 반응할 줄 알아야 한다.

사회복지학 전공교과목 '인간행동과 사회환경'과 '사회문제론'이 있다. 전자를 통해서 사전 복지 예측과 선제적 대응책이 필요하다. 후자의 경우 사람들의 문제를 해결하기 위한 방법들도 적극적으로 강구되어야 한다. 사회복지에 있어서 사회와 사람 관계를 좀 더 깊이 이해하는 데 꼭 필요한 이론이라 할 수 있다.

사회복지사는 단순히 정부의 복지 서비스를 전달하는 역할에만 그쳐서는 아니 된다. 지역사회 내에서 주민들과 복지 관계망을 구축하여 주민들이 스스로 문제를 해결할 수 있도록 조정자 역할을 해나가야 한다. 사회적으로 자살, 고독사, 유괴 등 사건이 발생할 때마다 사회복지 공무원은 결코 강 건너 불구경하듯 손 놓고 있을 수 없다.

온 나라를 떠들썩하게 하는 사건이 발생할 때마다 뉴스에서 사회복지 공무원이 인터뷰하는 모습을 어렵지 않게 볼 수 있다. 또 사전 예방대책을 마련하지 않아서 담당 공무원이 징계 또는 파면 당하는 경우를 지켜봐왔다.

사회복지 공무원은 공무원 중 유일하게 전담이라는 칭호가 뒤따라다니는 만큼 대표적인 공인이 되어버렸다. 누구보다 사회적 안테나를 높여야 한다. 예전 어린이집 업무를 담당할 때는 도로변 노란 차의 안전이행 여부가 관심사였다. 올 겨울철에 폐지 줍는 주민들의 복지안전을 위한 실태조사 할 때는 리어카가 유독 눈에 많이 떴었다.

한편 뉴스, 기관, 주민들이 사회복지에 관한 왜곡된 보도와 그릇된 편견을 조장할 때는 서슴없이 그 잘못되었음을 바로잡는 것도 작은 사회참여이자 복지실천임을 잊지 말자.

복지현장에 답이 있다

TV 뉴스에서 아동 유괴 사건을 접할 때마다 경찰의 초동수사 부실 논란이 도마 위에 오른다. 세월호 침몰 사건(2014년) 이후 골든타임(Golden Time)의 중요성이 더해가고 있다. 소방방재청은 화재가 나거나 환자가 발생했을 경우 최초 5분 이내에 현장에 도착하는 재난대응 목표시간 관리제도인 골든타임제를 실시하고 있다.

최일선 공공복지 현장도 2016년 '읍·면·동 찾아가는 복지서비스' 실시 후 복지 사각지대 해소를 위한 현장 중심의 복지 서비스가 더욱 강화되고 있다. 그간 공급기관 중심의 찾아오는 복지에서 수혜자 중심의 찾아가는 복지로 탈바꿈해나가고 있다.

영등1동에서는 2017년에 '지역사회 복지조사 계획 연구서'를 작성 후, 제1단계로 기초생활보장 수급자 313가구 584명에 대하여 전수조사를 실시했었다. 그중 기초생활보장 수급자이자 장애인 1인 가구에 방문을 했을 때 일이다.

월셋집이었는데 한사코 방문을 열어주지 않아서 문 밖에서 상담을 실시했다. 부엌 쪽에 폐품들이 일부 쌓여 있는 모습이 살짝 눈에 띄었다. 직감적으로 방 안에 폐품들을 적재해놓았다는 것을 느낄 수 있었다. 집 주인과 상담을 하니까 "밖에 나갔다 하면 무슨 물건들을 들고 와서 방안에 쌓아놓는지 지저분해 죽겠다"고 했다. 마치 주인과는 전혀 상관없다는 말투였다. 다시 수급자와 얘기를 나누었지만 집안의 잡동사니를 치우는 것에 완강히 반대했다.

그 후 한 달 보름 간 다섯 번의 방문과 별도 전화 상담을 통해서 주거환경 개선사업 실시를 위한 설득 작업을 해나갔다. 결국 집 주인과 수급자로부터 주거환경 개선 동의를 받아냈다.

우선 영등1동 지역사회보장협의체와 유관기관 자원봉사자들이 참여하여 방안 쓰레기를 치웠다. 익산시 주택문화창의센터에서 문수리와 도배, 장판 깔기 작업을 해주었다. 지속적으로 쾌적한 주거환경에서 생활할 수 있도록 장애인 돌봄서비스 연계와 통장이 안전 관리토록 이웃관계를 맺어주었다. 지금도 그 골목을 지날 때는 한 번씩 들여다본다.

이처럼 가정방문을 실시하다 보면 전혀 예기치 못한 상황들에 직면하기도 한다. 누군가 제보해주면 모를까 직접 방문을 하지 않고는 파악할 수가 없는 노릇이다. 한편 기초생활보장 수급자가 동행정복지센터에 직접 찾아와서 어려운 가정생활에 대하여 도움을 요청하거나 전화로 하소연하려면 큰 용기가 필요하다. 그래서 우리나라가 2016년에 연간 13,092명, 하루 평균 36명이 자살로 생을 마감한 것과도 결코 무관하지 않다.

새내기 공무원들이 방문조사를 잘하기 위해서는 몇 가지 갖추어야 할 조건이 있다. 첫째, 행복e음을 통해서 정보·자료를 명확히 파악해야 한다. 둘째, 사회복지 대상자별 복지서비스를 충분히 숙지해야 한다. 셋째, 대상자별 욕구에 따른 문제 해결을 위한 상담, 실천기술을 갖추어야 한다. 넷째, 공공–민간 복지서비스를 즉시 연계시킬 수 있도록 자원체계를 파악하고 있어야 한다. 다섯째, 가정방문을 왜 하는지 정확한 목적의식이 있어야 한다.

책상 위에 놓여 있는 행복e음은 요술 방망이가 아니다. 눈에서 보이지 않으면 멀어진다고 했다. 행복e음이 현장과 접속되어야 한다. 사회복지 수급(권)자를 직접 찾아가서 인사하고 여쭙고 경청하다 보면 그 속에 복지 실천의 길이 있고 답이 있다. 그래서 현장은 항상 옳다.

사회복지사가 현장을 찾을 때 실천과 경험을 중시해야 한다. 좋은 실천과 경험을 위해 먼저 철저히 준비하고, 나아가 신중하게 실천과 경험에 임해야 한다는 것이다.

실천은 머리로 알고 있는 것을 현장에서 행동으로 옮기는 것이 되어야 한다. 고 김수환 추기경은 "사랑이 머리에서 가슴으로 내려오는데 칠십 년이 걸렸다"고 했다.

복지 실천은 몸과 마음이 하나가 될 때 말보다 행동이 항상 앞설 때 그 꽃을 활짝 피울 수 있다.

3. 전문가는 전문적 기술로 답하라

알아야 면장 한다

정부부서 중 법 종류가 가장 많은 곳은 어디일까. 당연히 보건복지부이다. 사회복지법은 크게 사회보험법, 공공부조법, 사회복지 서비스법 및 관련 복지법으로 나눌 수 있다. 사회복지 공무원의 업무와 직접 관련성 있는 법은 공공부조법과 사회복지 서비스법이다. 이와 밀접한 '사회복지사업법'에 사회복지 사업과 관련된 법의 종류가 자그마치 27개나 된다. 이들 법들은 대부분 국회에서 법이 제정되면 하위법령인 시행령(대통령령)과 시행규칙(장관령)과 함께 삼위일체를 이룬다. 여기에 최일선 현장에서 신주단지처럼 모시는 각종 사회복지사업 지침까지 포함하면 그 숫자는 1천여 개가 훨씬 넘는다.

사회복지법은 몇 가지 특성을 가지고 있다. 먼저, 사회적 변화에 따라서 자주 내용이 변경된다. 둘째, 일반법 못지않게 특별법이 많은 편이다. 셋째, 임의규정이 많다. 넷째, 국민을 대상으로 한 법들이다. 다섯째, 법의 종류가 다양하여 중첩성이 있다.

초임시절인 1990년대에는 대한민국 법령집 중 사회복지 분야인 38권을 항상 책상에 두고서 틈틈이 읽고 또 읽었다. 당시에는 법령 인쇄물이 읍 · 면 · 동에 우편 배달되어 법령집에 편철되어야만 볼 수 있었기에 불편했다. 지금은 법제처 홈페이지 국가법령정보센터를 클릭하면 대한민국 모든 법을 한 번에 파악할 수 있어서 매우 편리해졌다. 법 전체 내용을 아래 한글 파일로 다운로드를 받을 수 있게 되었다. 국한문 혼용이 아닌 한글화 작업을 해놓아서 읽기에도 수월하다. 3단 비교(법-시행령-시행규칙)을 해놓아 위임법령 조항들을 물 흐르듯 쉽게 파악할 수 있다. 또한 법의 개정 연혁을 일목요연하게 제시해놓았고, 그 개정 사유를 명시하여 취지를 정확히 이해할 수 있도록 편리하게 제공하고 있다.

사회복지 공무원들은 대부분 읍·면·동에 근무하면서 사회복지서비스 신청·접수 처리와 현금·현물 서비스 업무에만 국한되어 있다 보니까 상대적으로 법령에 소홀하기 쉽다. 컴퓨터 즐겨찾기에 법제처 홈페이지를 저장해 두고 수시로 기획, 공문서 작성시 법적 근거를 확인하는 습관을 가져야 한다. 필자도 즐겨찾기 1순위가 언제나 법제처이다. 특히 사회복지 시설 또는 민원 관련한 행정심판, 행정처분 등과 관련된 문서를 작성할 때는 반드시 법률 전문가의 조언을 받도록 해야 한다. '사회복지 법제론'을 재학습한다면 더할 나위 없겠다.

5년 전 여성보육과에서 보육업무를 담당할 때다. 후배가 읍·면·동에만 근무하다가 처음으로 시청 보육계에 발령받아 왔었다. 사회복지 공무원이면 누구나 기피대상 1호 업무가 보육이다. 이 후배가 오자마자 어린이집의 행정심판과 관련한 업무를 처리하는데 어쩔 줄을 몰라했다. 무료자문 변호사처럼 문서 검토·보완을 해주면서 자상하게 가르쳐주었더니 무척 고마워했다. 지금도 나의 팬이 되어 잘 따르며 오히려 적극 지지해준다.

사회복지 공무원은 사회복지 업무가 방대하기 때문에 업무 연찬을 꾸준히 해나가야 한다. 가끔 민원전화를 받다보면 "사회복지 공무원이 그것도 모르고 있느냐"고 볼멘소리를 듣곤 한다.

정부의 복지정책은 19개 중앙부서에서 370여 개의 사회복지 사업을 추진하고 있다. 지방자치단체 복지시책까지 더하면 엄청난 숫자이다. 소관 기관 업무가 아니면 모를 수도 있는 것이 당연하다. 하지만 민원인은 업무 파악을 못하는 것으로 오해하기가 쉽다.

관련 업무에 대해서는 말하는 의도를 정확히 파악하여 눈높이에 맞게 답변과 안내를 해주어야 한다. 업무를 정확히 알지도 못하면서 얼렁뚱땅 설명해주면 안 된다. 담당업무인데도 불구하고 소극적으로 안내하여 복지 서비스를 지원받는 데 불이익을 주어서는 더더욱 안 된다. 선무당이 사람 잡는다고 했다. 잘 모르면 솔직하게 잘 모르니까 확인 후 자세히 안내해드린다고 양해를 구하는 것이 도리이다. 또, 업무적으로 바쁘다고, 꼬치꼬치 캐묻는다고 귀찮은 식으로 건성건성 상담하다 보면 마음의 상처를 안겨 줄 수 있다.

예를 들면 기초생활보장 수급자 가구를 상담할 경우 7가지 급여 즉 생계·주거·의료·자활·교육·해산·장제급여 내용뿐 아니라 가구원들의 사회복지 서비스 및 감면제도 등 폭넓게 숙지하고 있어야 비로소 깊이 있는 상담을 통해서 복지 서비스를 지원할 수 있다. "아는 만큼 보인다.", "지식이 곧 힘이다"라고 했다. 평소 사회복지 업무를 충분히 숙지하여 언제 어디서나 자연스럽게 상담함으로써 사회복지 수급(권)자가 신뢰감을 가질 수 있도록 해야 한다. 그게 바로 사회복지사의 전문적 자질이 아닐까.

멘티가 찾아오니 이 또한 기쁘지 아니한가

2014년에 불과 4개월여 동안, 전국에서 사회복지 공무원 4명이 자살하는 사건이 발생했었다. 신의 직장이라 불리는 공공기관의 공무원이 스스로 목숨을 끊었기 때문에 사회적 충격이 매우 컸다. 이에 보건복지부에서는 부족한 인력 충원, 시·도에서는 치유 행사, 정신건강 프로그램이 우후죽순 도입되었다. 시·군·구에서는 선배가 후배 공무원들이 공직에 잘 적응하고 배울 수 있도록 '멘토·멘티 결연식'이 성행했다.

그 후 약 4년이란 세월이 흘렀다. 지방자치단체마다 어떻게 지속적으로 추진하는지 알 수 없다. 전라북도와 익산시 두 가지 사례를 소개하고자 한다. 전라북도에서는 2015년부터 '사회복지 전담 공무원 행복멘토링 대회'를 해마다 개최하고 있다. 이 행사에 '시·군별 새내기 공무원 멘토·멘티식'이 있다. 선배가 후배들에게 꽃과 선물을 전해주고, 후배가 선배에게 전하는 글을 통해서 서로 공감하며 우의를 다진다. 멘토와 멘티가 활짝 웃으며 포옹하고 사진을 찍으면서 친밀감을 형성한다. 서로 알아가고 느끼며 공감할 수 있기에 유익하다는 평을 받았다. 아마도 사회복지 공무원들에게서만 볼 수 있는 아름다운 광경이지 않을까 싶다.

익산시도 '멘토 · 멘티결연식'을 2회 개최했었다. 익산시 사회복지행정연구회가 주관하여 강의, 오락, 선물 증정 등 몸과 마음이 하나되는 시간을 가졌다. 또, 익산시 사회복지행정연구회에서는 새내기 공무원을 위한 '1박 2일 수련회'를 7년째 실시해왔다. 선배들이 행사계획에서 숙소, 음식장만, 오락, 문화탐방 등 일체를 준비한다. 청춘남녀들과 선배들이 숙박을 하고 나면 뭔가 찡한 느낌이 든다. 후배들이 근무할 때 선배에게 쉽게 다가갈 수 있어서 업무 적응력도 빠른 편이다. 또 동기들 간에 사랑의 짝짓기도 덤으로 따라오는 묘한 매력이 있다.

이처럼 1박 2일 수련회는 후배들에게 공직생활 동안 영원히 잊지 못할 추억의 선물이 되고, 선배들과 후배들의 교류를 통한 세대 간에 가교 역할을 하고 있다. 선배가 먼저 손을 내밀고 잡아줄 수 있다는 것은 사회복지 공무원 특유의 조직문화라 할 수 있다. 그래서 타 직렬 공무원들의 부러움과 시기를 사기도 한다.

공자는 《논어》에서 "친구가 멀리서 찾아오니 이 또한 기쁘지 아니한가"라고 했다. 이처럼 반가운 새내기들이 공직생활에 첫발을 내디딜 때는 선배들이 솔선수범해서 맞아주며 이끌어주어야 한다. 후배들은 이를 간섭으로 받아들이면 곤란하다. 어느 정도 공무원 환경에 적응되면 후배들이 먼저 선배들에게 이것저것 묻고 적극적인 모습을 보여주어야 한다. 선배들은 이를 귀찮아해서는 안 된다. 복지업무는 협력 없이는 독불장군 혼자서 추진할 수 없다.

선배와 후배, 즉 멘토와 멘티는 의사소통이 잘 되어야 한다. 선배는 후배에게 정확하게 업무를 숙지할 수 있도록 객관적이고 정밀하게 학습지도를 해주어야 한다. 후배는 선배에게 배우려는 적극적인 의지를 보여주는 게 무엇보다 필요하다. 무조건적으로 선배에게 의존하는 것도 잘못이지만 업무연찬을 소홀히하여 발생하는 피해는 고스란히 주민들의 몫이 됨을 기억해야 한다. 반대로 선배가 제대로 잘 알려주지 않거나 잘 몰라서 업무를 배우기 어려운 경우도 있을 것이다. 이때는 다른 선배나 멘토를 찾아서 문제를 해결하는 지혜를 길러야 한다.

사실 선배 입장에서 볼 때 후배가 하루빨리 업무를 정확히 습득하여 제대로 된 복지 서비스를 지원할 수 있으면 직원관리란 측면에서 볼 때 후배 덕분에 누이 좋고 매부 좋다 할 수 있다.

1990년대에 최초 임용된 사회복지 공무원들에게는 선배가 없다. 그들 스스로 새로운 길을 개척해왔고 지금도 그렇게 걷고 있다. 후배들에게 있어서 선배란 듬직한 등대와 같고, 방향을 찾을 수 있는 불빛이라고 생각한다.

공직생활 하는 동안에 한 명쯤 롤-모델 또는 멘토를 잘 사귀어서 선배들보다 더욱 일일신해가는 후배들이 된다면 더할 나위 없이 기쁘다 하겠다.

선배의 발자국을 답습하지 마라

공무원 업무 중에 가장 기본적인 행정이 바로 문서작성이다. 지방공무원교육원의 새내기 교육과정 중 문서작성에 관한 구체적인 교육이 부족하거나 없다. 대부분 선배 공무원이 작성한 공문서를 불러오기 해서 재작성하는 것이 관례화되어 있다. 아무런 의심 없이 재기안하다 보니까 서너 줄 밖에 안 되는 문서작성을 하는 데도 오류가 발생하곤 한다.

그 사례로 '장애인 전출'과 관련한 공문서를 살펴보자. 아래 5가지 사례는 각기 다른 읍·면·동에서 작성한 문서를 있는 그대로 인용했다. 모두 제각각이다. 그 문제점으로는 띄어쓰기(등록장애인과 등록 장애인, 장애인복지법시행규칙과 장애인 복지법 시행규칙 등), 용어 중복·오류(통보→알림, 송부, 참고), 법적 근거 부적합(장애인복지법 제32조), 문맥 불일치(법적 근거 우선), 붙임 자료 생략(장애진단서) 등 나타났다. 이중 사례5가 가장 잘 작성된 문서라 할 수 있다. 나머지 4가지 사례의 밑줄 친 부분을 중심으로 한번 자세히 비교하여 살펴보기 바란다.

사례1

제목 : 등록장애인 전출 통보 및 관련서류 송부

(2017.12.15.-2018.1.18.)

1. 귀 읍·면·동의 무궁한 발전을 기원합니다.

2. 장애인복지법 시행규칙 제10조 제2항(등록현황의 기록 및 관리)의 규정에 의거 관내 등록 장애인이 귀 읍·면·동으로 전출하였기에 붙임과 같이 전출 통보하오니 업무에 참고하여 주시기 바랍니다.

붙임 : 등록장애인 전출 내역 1부

　　　장애진단서 1부(별송). 끝.

사례2

제목 : 등록장애인 전출 알림

1. 귀 기관의 무궁한 발전을 기원합니다.

2. 장애인복지법 제32조 및 동법 시행규칙 제10조 등록현황의 기록 및 관리와 관련하여 등록장애인 전출사항을 붙임과 같이 통보하오니 업무에 참고하시기 바랍니다.

붙임 : 전출 장애인 명단 1부. 끝.

사례3

제목 : 등록 장애인 전출 알림(2017.8.1.~8.30.)

1. 귀 기관의 무궁한 발전을 기원합니다.

2. 우리 동에 거주하던 등록 장애인이 귀 읍·면·동으로 전출하였기에 장애인 복지법 시행규칙 제10조의 규정에 의거하여 붙임과 같이 알려드리오니 업무에 참고하여 주시

기 바랍니다.

붙임 : 장애인전출자명단 1부.

　　　장애진단서 각 1부(별송). 끝.

사례4

제목 : 등록장애인 통보 및 관련서류 송부

1. 귀 기관의 무궁한 발전을 기원합니다.

2. 우리 동에 거주하던 등록 장애인이 귀 동으로 전출하였기

　에 장애인복지법 시행규칙 제10조제2항에 의하여 붙임

　과 같이 통보하오니 업무에 참고하시기 바랍니다.

붙임 : 장애인 전출자 명단 1부.

　　　장애진단서 각 1부(별송). 끝.

사례5

제목 : 등록장애인 전출 알림

1. 귀 기관의 무궁한 발전을 기원합니다.

2. 「장애인복지법시행규칙」 제10조 제2항 규정에 의거하여

　등록장애인이 붙임과 같이 전출하였기에 알려드립니다.

붙임 : 전출 장애인 명단 1부

　　　장애진단서 1부(별송). 끝.

속담에 "세살 버릇 여든까지 간다"고 했다. 공무원 초기에 잘못된 습관이 한번 몸에 배면 정년이 될 때까지 바꾸기가 어렵다. 또 공조직에서 잘못된 것이 관행으로 굳어지면 특유의 관료 문화 때문에 바로 잡기가 쉽지 않다. 적폐가 된다.

단편적인 '장애인 전출' 관련 공문 작성내용도 이럴진대 사회복지 행정의 8대 과정 즉 계획, 조직, 인사, 지시, 조정, 보고, 재정, 평가관련 보고서 작성은 어떻게 해야 할까. 고민스럽다.

이를 교육시키는 공무원 교육과정이 있으면 충분히 활용해야 한다. 공람이 되면 문서와 기획서가 잘 작성된 것을 저장해둔 후 향후 필요시 사용하는 것도 한 방법이 되겠다. 한편 글쓰기와 보고서 관련한《대통령의 글쓰기》,《대통령 보고서》등의 책이 출간되었다. 스스로에게 적합한 책들을 선택하여 배우는 것도 적극 권장하고 싶다.

꺼진 불도 다시 보라 했다. 문서를 작성할 때는 항상 '행정 효율과 협업 촉진에 관한 규정'에 의거하여 작성해야 한다. 잦은 법 조항 변경과 행정용어 변화를 파악하자. 되도록 누구나 이해하기 쉬운 용어를 사용해야 한다. 무분별한 영어, 한자어 사용보다 한글표기 습관을 기르자. 빛깔 고운 떡이 먹기에도 좋듯이 군더더기 없이 깔끔하게 문서를 작성한 직원에게 왠지 신뢰가 더 가는 법이다.

열심히 일하는 사람은 즐기면서 일하는 자를 이길 수 없다

지방공무원 직렬 중 사회복지 공무원 직업은 흔히 3D(더럽고, 어렵고, 힘들고) 업무에 속한다. 업무량도 많고 복잡하고 어렵기 때문에 누구나 기피한다. 익산시 일반직 공무원 1,300여 명 중 사회복지사 자격증을 취득한 직원들이 200여 명이 넘고 있다. 하지만 출산휴가, 휴직 등으로 복지업무를 대행해주는 직원은 별로 없다. 고스란히 사회복지 공무원 몫으로 전가되기 일쑤다.

반면 미래 가장 오랫동안 살아남을 직업군 중 하나가 바로 사회복지사이다. 사회복지 공무원은 임용되는 순간부터 퇴직할 때까지 사회복지 업무만을 전담해야 한다. 20대의 경우 30여년, 30대의 경우 20여 년이란 만만치 않은 세월을 올인해야 한다.

사회복지 업무 대상자가 대부분 사회적 약자계층이기 때문에 해결해야 할 문제와 지원해야 할 복지 서비스가 많아서 업무적 스트레스가 높다. 실제 정신과병원에 공무원이 상담 받을 때 의사가 "혹시 사회복지사입니까"라고 묻는 경우가 많다고 한다. 정확한 통계자료는 없지만 주변을 둘러봐도 사회복지 공무원 유산, 질환, 질환사망자 등 비율이 일반 공무원에 비하여 높은 편이다.

2007년 영등1동에 근무할 때 보육료 지원이 4계층으로 확대되었다. 1개월여 동안 신청건수가 영유아 1천 명이 넘었다. 후배와 둘이서 도저히 처리할 수 없어서 지인들이 업무에 동원되었다. 3월 중순경에 마무리되어야 할 조사가 4월까지 지연되었다. 낮에는

신청서 접수와 전화상담하고, 밤과 휴일 구분 없이 2개월여 하다
보니까 업무적 압박감과 정신적 긴장상태가 이만저만이 아니었다.
보육료 신청이 기한 내 처리되지 않는다는 부모들의 항의가 빗발
쳤다. 아침에 사무실 출근하기가 두려웠었다. 다른 복지업무도 누
적되자 정신적인 피로도가 극에 달했다. '아 이래서 사람들이 과로
로 자살할 수도 있겠구나'하는 생각이 들었다.

　돌이켜보면 지난 공직생활 24년 동안 야근을 밥 먹듯이 해왔다.
휴일에도 출근해서 밀려 있는 일을 처리하는 경우도 많았다. 대통
령이 바뀌는 5년마다 새로운 복지정책이 도입되면 인력부족으로
혼란과 어려움이 더욱 악순환되었다. 지금까지 온갖 고난을 견뎌
오면서 대가없이 복지업무를 수행해올 수 있었던 것은 무엇 때문
이었을까?

　대학교 다닐 때부터 사회복지에 확실한 철학을 가지고 있었다.
교수님의 여러 취업 제의를 뿌리치고 공무원 길을 스스로 선택했
다. 일할 때는 항상 중·장기적인 목표와 계획을 세워서 추진하는
것이 습관화되어 있다. 특히 과다한 업무 처리에만 급급하지 않고,
그 문제 해결을 위해 끊임없이 연구하면서 실천방안을 찾았다. 공
문과 계획서를 작성할 때도 법령과 지침, 정보와 자료 및 맞춤법과
글쓰기 요령에 맞는지 꼼꼼하게 훑어보았다.

　이처럼 현장에서 꾸준히 일과 학습을 병행하면서 공무원 연수
가 더해갈수록 경험과 지식은 차곡차곡 쌓여갔다. 현장 업무 → 학

습 · 글쓰기 → 연구 · 강의 작업을 꾸준히 해오고 있다. 겹 벌이가 가능하여 일거양득이기도 하다. 한눈 팔지 않고 한 우물만 파온 덕분이다. 새로운 일을 하거나 배울 때는 호기심과 재미가 쏠쏠하다. 인사 이동 시 어떤 업무를 분장해주건 간에 업무과다에 대하여 좋다 싫다 탓해 본 적이 없다. 맡겨주면 자신감 있게 그 두 배 이상 업무능력을 창출해 왔다. 지금도 어느 자리에 있건 간에 일을 창의적으로 만들어서 하는 편이다. 일에 대해서는 두려움보다 당당함이 항상 먼저였다.

공무원과 지인들은 가끔 "머릿속에 온통 사회복지 생각만 가득한 것 같다.", "너무 열심히 하지 말고 쉬엄쉬엄하라.", "여기는 동사무소이지 본청이 아니니까 적당히 하라"고 한마디씩 거든다. 이건 순전히 상대방이 보는 단편적인 시각일 뿐이다.

일을 많이 하는 만큼 개인적인 충분한 시간을 갖는 것도 생활화되어 있다. 일에 쉼표만 있고 마침표가 없으면 일의 능률을 올리는데 한계성이 있다. 혼자서 여유롭게 생각할 수 있는 시간이 많아야 창의적인 일이 가능하다. 사실 일을 밀려오는 파도타기 하듯이 즐기면서 할 수 있었던 요인 중에는 개인적인 취미생활을 빼놓을 수 없다.

가족들과는 주로 역사 · 문화여행을 많이 다녔다. 혼자서는 주로 독서, 글쓰기, 산행, 유적답사를 즐겨 하는 편이다. 그래서 연가 21일을 대부분 이곳에 투자하는 편이다. 서재의 책 1,500여 권이

다독·다작·다상량의 밑받침을 해주는 싱크탱크(think tank) 같은 역할을 톡톡히한다. 배움과 재충전을 통해서 일을 즐기면서 할 수 있는 선순환 구조가 자연스럽게 형성되면서 새로운 일에 거침없이 도전할 수 있었다. 남은 공무원 9년여도 주저없이 그럴 것이다.

헨리 포드는 "휴식은 게으름도 멈춤도 아니다. 일만 알고 휴식을 모르는 사람은 브레이크 없는 자동차와 같은 위험하기 짝이 없다. 그러나 쉴 줄만 알고 일할 줄 모르는 사람은 모터 없는 자동차와 마찬가지로 아무 쓸모가 없다"고 했다.

사회복지 공무원의 길이 결코 만만치가 않다. 사회복지사라고 해서 자원봉사처럼 누구나 쉽게 일할 수 있는 직업이 아니다. 피할 수 없으면 즐기라 했다. 단순히 월급 받고 일하는 직장이라는 생각에서 한 발 비껴나 스스로 사회복지란 직업의식과 공무원 소명의식을 가져야 일이 좀 흥미로울 수 있다. 직원들의 전화상담 목소리만 들어도 상대방을 대하는 태도가 쉽게 짐작이 간다. 나 하나의 나쁜 기운은 조직에 쉽게 전염되어 오염시킬 수 있다. 특히 이기적 개인주의를 경계해야 한다.

공자는 《논어》에서 말했다. "아는 것은 좋아하는 것만 못하고, 좋아하는 것은 즐기는 것만 못하다." 기왕 하는 일, 유쾌·상쾌·통쾌하게 대하자. "열심히 배우겠습니다." "열심히 일하겠습니다." 선배들한테 첫 신고식 할 때 마음과 젊음 그 자체로 공조직에 신바람을 불러일으켜보자. 아울러 삶에 여유를 갖고 나 자신과 가족의 삶을 즐기기 시작하면서부터 나도 타인도 내 가슴에 들어오게 된다. 사회복지사가 즐거워야 사회복지 수급(권)자가 행복해진다. 사람은 누구나 일과 휴식이 적절히 조화로운 삶을 이룰 때 더욱 행복해질 수 있다.

4. 도전하는 삶이 아름답다

첫 번째 펭귄처럼

책《보이지 않는 차이》에 〈첫 번째 펭귄처럼〉이란 글이 있다. 펭귄들은 바다에 뛰어들기 전에 서로 눈치를 보면서 한참 동안 머뭇거린다. 한 녀석이 뛰어들어야 비로소 바다로 향한다. 펭귄들이 주저하는 까닭은 천적 때문이다. 섣불리 바다에 들어갔다가는 바다표범이나 물개에게 잡아먹힐 수도 있다. 배가 고플 때에는 한시라도 빨리 바다에 들어가 먹이를 잡고 싶지만, 물속에서 바다표범들이 노리고 있을지 알 수 없다. 그래서 감히 뛰어들지 못하고 어슬렁거리는 것이다. 안전이 확인되기 전까지는 눈치 보기가 이어진다. 한참동안 굶주릴 수도 있다. 이럴 때 한 마리가 과감하게 바다에 뛰어든다. 그 뒤를 이어 수백수천 마리가 다이빙을 하는 장관이 연출된다.

'첫 번째 펭귄'이라는 말은 불확실하고 위험한 상황에서 용기를 내어 도전하는 사람을 가리키는 영어의 관용어다. 그 펭귄처럼 사회복지 공무원 선배들도 앞장서왔다. 이제 새내기 공무원들도 복지부동과 무사안일에 안주하려는 중간 또는 마지막 펭귄이 아닌 젊은 기상과 진취적인 사고로 각자 개성에 걸맞게 공직사회의 첫 펭귄이 되길 희망해본다. 언제나 청춘은 바라만 봐도 소중하고 아름답다. 역으로 더욱 안전 빵만 좋아하거나 한 치의 손해를 보지 않으려고 이해타산을 추구하는 후배에게서는 왠지 살가운 정을 느끼기가 어렵다.

나 하나 꽃피어

대부분 신규 공무원들은 낙타가 바늘구멍 뚫듯이 어려운 관문을 통과해서 합격의 영광을 안았다. 그만큼 실력도 뛰어나고 개성들도 뚜렷한 것 같다. 환경적응과 업무 처리 능력도 빠르다. 반면 선배 입장에서 볼 때 약간 우려되는 측면도 있다. 국민의 공복이라는 의식보다 단순 직업적 인식이 팽배해 있는 것 같다. 공인으로서 사명감도 희박하다. 치열한 시험경쟁에서 살아남아서 그런지 협동심이 부족하고 타인을 위한 배려가 왠지 낮아 보인다.

한편 사회복지는 업무 특성상 협업 · 협동 · 협치가 필수적이다. 특히 동료 간의 소통과 연대정신이 중요하다. 협恊이라는 호숫가에 재미삼아 무심코 던진 돌에 개구리가 맞아 죽을 수도 있다. 결국 물이 썩어서 물고기가 전혀 살지 못할 수도 있다. 나 하나쯤이 아닌 나 하나 꽃필 때 사회복지사의 존재 가치는 더욱 빛난다. 그것이 바로 공무원으로서의 존재 이유이기도 하다. 조동화 시인이 "나 하나 꽃피어 풀밭이 달라지겠냐고 말하지 말아라. 너도 꽃피고 나도 꽃피면 결국 풀밭이 꽃밭이 되는 것이 아니겠느냐"라고 한 그 의미를 되새겨보았으면 한다.

청출어람청어람

사회복지전담공무원 제도는 1987년에 96명을 시작으로 2017년에 22,739명이 되었다. 30년의 역사가 된 셈이다. 대한민국 공공복지 최일선 현장에서 황무지를 개척해왔다. 누군가 첫발을 내딛은 선구자가 있었기에 오늘의 풍요로운 영광을 누리고 있다. 그들이 있었기에 대한민국 공공복지 현장의 서비스는 비약적인 발돋움할 수 있었다. 하지만 강산이 세 번 바뀌는 동안 업무과중으로 인한 자살, 질환으로 인한 사망, 유산, 민원인 난동으로 인한 부상, 수많은 이직 등 이루 형용할 수 없는 아픔과 희생도 많았다. 그럼에도 불구하고 "흔들리지 않고 피는 꽃이 어디 있으랴"처럼 저 들판의 들꽃처럼 끈끈한 생명력 있게 지켜왔다. 공공부조와 사회복지서비스가 선별적 복지에서 보편적 복지로 진화하는데도 최일선 음지에서 혁혁한 공을 세웠다.

선배들이 걸어온 발자취와 그 뜻과 마음을 후배들이 조금 더 헤아려주었으면 한다. 예를 들면 사회복지수당 최초 3만 원 신설에

서 월 10만 원 인상에 이르기까지 거저 월급 통장에 넣어주는 수당
이 아니다. 선배들의 사망, 자살 등 희생과 한국사회복지행정연구
회 투쟁의 산물이기도 하다. 선후배가 서로 마음을 열고 대화를 하
다보면 돈독한 관계 속에서 지금까지의 역사와 그 복지정신을 더
깊게 이해하며 교감할 수 있을 것이다. 동행이란 선후배가 한 방향
으로 걸어가는 것이 아니라 같은 마음으로 가는 것이다. 같이 걸
어 줄 누군가가 항상 곁에 있다는 것, 그것처럼 우리 삶에 따스한
것은 없다.

제1기 사회복지전담공무원으로서 살아있는 전설이라 불리는 김
진학 선배는 사회복지사 30년 회고록인 《소명》에서 이렇게 말했다.

"현재에 만족하고 안주한다면 우리들의 미래는 발전하기는커녕
퇴보의 길을 걷게 될 것이다. 훗날 사회복지 역사가 우리에 대한 평
가가 있을 때 사회복지전담공무원 제도가 실패로 끝나 사회복지계
의 발전을 퇴보시켰다는 평가가 아니길 바란다. 우리나라 사회복지
역사에 있어 새로운 장을 연 개척자로서 역할을 완수하여 대한민국
의 공공복지 발전의 밑거름이 됐다고 기록되게 만들자."

순자는 《권학》에서 말했다. "청출어람청어람靑出於藍靑於藍"이라
하였다. 즉 "푸른색은 쪽에서 취한 것이지만 쪽보다 푸르다"는 뜻
이다. 제자가 스승보다 또는 후배가 선배보다 더 푸르게 학문을 진

작시킨다는 의미를 담고 있다. 새내기 공무원들도 언제까지나 신참일 수는 없다. 선배들로부터 좋은 유산만을 물려받아서 늘 처음처럼 설렘과 꿈을 가지고 더욱 푸르게 복지현장을 가꾸어 나가기를 소망해본다.

채수훈

24년간 공공복지현장에서 한결같이 실사구시 정신으로 주민들 곁에서 사회복지 응용과 실천에 앞장서왔다. 저것은 넘을 수 없는 절망의 벽이라 말할 때 그때마다 틈틈이 복지서적 발간, 대학겸임조교수, 강의와 연구, 사회복지행정연구회 활동 등을 통해서 바로 그 절망을 잡고 놓지 않았다. 흔들리며 피지 않는 꽃이 없듯이 사람이 꽃보다 아름다운 지역사회복지공동체사회를 갈망하며 오늘도 가장 낮은 곳에서 무소의 뿔처럼 나의 길을 걷고 있다.

05

___

겨울의 끝에서 봄을 시작하는 그대에게

이정숙

1. 겨울 제주 여행에서 배운 것들

매년 1월이면 보건복지부에서는 자활담당들을 위해 "자활지원 정책설명회"를 제주에서 연다. 전국 지자체 자활담당 공무원들과 직업상담사 선생님들을 불러 1박 2일 정책 설명회를 하고 난 후, 제각기 여행 계획을 세워 하루 이틀 정도는 더 머물다가는 제주 겨울 여행이 작년에 이어 올해도 주어졌다.

제주 설명회는 보건복지부의 속 깊은 배려가 숨어 있다. 제주도는 멀지 않은 곳에 있지만 사실은 마음을 크게 먹고 비용과 시간 그리고 용단을 내려야만 갈 수 있는 곳이다. 1박 2일이지만 풍광 좋은 곳에서 잠을 자고 맛있는 음식을 함께 나누며 일 년 동안 쌓인 스트레스를 내려놓고 수고했다는 위로와 격려가 있는 휴식을 통해 새해를 잘 계획하고 준비하라는 배려가 숨어 있는 것이다. 운 좋게도 자활담당을 하면서 나는 두 번씩이나 주어진 제주 겨울여행을 통해 제주의 매력에 푹 빠졌으며 겨울여행의 묘미를 알게 되었다.

2016년 1월 제주에서 설명회를 마치고 하루를 더 머물렀다가 폭설과 강풍으로 공항이 마비되는 바람에 5박 6일을 더 머물러야 했던 사건은 아마도 평생 기억에 남을 것이다. 예상치 못한 자연 재해 앞에서 아무것도 할 수 없었던 나약한 인간의 무력감을 온몸으로 체감하면서 초조하고 걱정스러웠지만 제주를 좀 더 자세히 볼 수 있는 기회로 삼자고 마음을 먹고 나니 훨씬 마음이 편안해졌다.

모든 관광객들이 제주 탈출을 위해 공항으로 줄지어 향했지만 우리 일행은 공항과 정반대의 방향으로 탈탈거리면 이동하기 시작했다. 제주에 고립되었다는 소식을 듣고 지역 자활센터장님이 갖고 있던 콘도 회원권 사용을 기꺼이 허락해주어 제주 깊숙이 들어가 편안하게 쉴 수 있었다.

제주에서 제일 먼저 내 눈에 들어온 것은 까만 돌담이었다. 집과 주차장, 학교나 관공서, 귤밭, 채소밭에도 심지어 무덤 주위에도 돌담이 둘러쳐져 있었다. 제주 사람들은 모두 돌담을 쌓는 기술을 가진 장인들인가 보다. 아담하고 정갈하게 높지도 낮지도 않게 균형을 잡고 있는 돌담은 정겹고 포근하다. 돌담의 기능은 울타리의 보호기능과 구역을 구분짓는 경계선의 기능을 동시에 하고 있었다. 제주 돌담이 강한 바람에도 군건하게 버티고 서 있는 것은 돌담 사이사이에 바람이 다니는 길이 뚫려 있기 때문이란다.

우리 앞에 전혀 예기치 못한 고난이나 어려움에 직면했을 때 안달복달하지 말고 그것이 지나갈 길을 비켜주어야겠다는 생각이 들었다. 맞서지 않고 길을 비켜준다는 것은 어쩌면 소극적이고 수동적인 대처 방법일 수도 있다. 그러나 어차피 내게 온, 내가 감당해야 할 파도와 바람이라면 맞서서 넘어지고 깨어지면서 온통 상처만 남기기보다는 길을 내주고 나를 통과하게 함으로써 또 다른 기회와 시간을 기다리는 현명함도 필요하다는 생각이다. 그렇게 바람이 지나고 나면 내 앞에 분명히 변화와 성장이라는 평화가 오고 드디어 내 차례가 다가올 것이라는 믿음이 있기 때문이다.

2017년 1월 제주 여행도 여지없이 바람이 불고 눈발이 날렸지만 자연 재해의 수준은 아니었다. 겨울이라는 관광 비수기이기도 하지만 작년 11월 한한령(한류 금지령) 이후 눈에 띄게 유커(중국 관광객)들이 줄었다. 가는 곳마다 쓸쓸하고 조용한 분위기의 제주를 마음껏 즐길 수 있었다.

제주는 사계절이 다 좋지만 나는 겨울에 보는 제주가 가장 좋다. 옥색 바닷물이 통통통 하얀 파도를 굴리면서 날아오다 곧 사라지는 바다를 바라보는 것도 좋다. 숨을 제대로 쉴 수 없을 만큼 바람살이 강한 바람에도 아랑곳 않고 손님을 부르는 제주 해녀 할머니들의 억센 생활력을 볼 수 있어 좋다.

게다가 정겨운 돌담 너머 올망졸망 널려 있는 빨래와 신발, 순한 백구 한 마리, 지붕 낮은 집을 들여다보며 사람들이 살아가는 소박한 일상을 고스란히 느낄 수 있어 좋다. 그리고 소문난 맛집에 줄을 서지 않고서도 맛있는 음식을 먹을 수 있는 것도 좋다.

해변에서 몸이 날아갈 듯한 바람에 맞서 먹이를 구하는 갈매기를 보았다. 강한 바람에 파도가 바다를 뒤집어놓으면 그 속에 떠밀려오는 먹잇감을 낚아채기 위해 바람을 거슬러 간신히 균형을 잡고 있는 갈매기가 세찬 바람에 조금도 앞으로 나아가지 못하지만 날개를 쭉 펴고 버틴다. 그러다가 갑자기 바다로 곤두박질치면서 먹이를 낚아챈 후 의기양양하게 파도를 타면서 먹이를 먹고 있었다.

바람이 셀수록 파도가 높은 위기일수록 먹이라는 기회를 주고 있었고 갈매기는 이 기회를 놓치지 않았다. 사회복지 현장에서 앞길이 보이지 않거든, 도전하는 일이 뜻대로 되지 않거든, 거센 바람을 거슬러 날개를 쭉 펴고 매의 눈으로 먹이를 구하는 갈매기를 보러 제주 겨울 해변으로 떠나보자 .

제주 사려니 숲길도 추천하고 싶은 곳이다. 사려니 숲길은 제주시 조천읍 교래리 비자림로에서 서귀포시 남원읍 한남리까지 이어지는 15km 치유와 명상의 숲길이다. 사려니란 신성한 공간이라는 의미를 담고 있다고 한다.

내가 오른 곳은 비자림로 삼나무 군락지였는데 오후 2시 정도였음에도 불구하고 울창한 삼나무 아래는 컴컴해서 어두웠고 찬바람이 불고 스산한 기운을 느끼게 했다.

1938년부터 삼나무를 식재하기 시작했고 시원스레 뻗어올라간 삼나무 숲은 초록 이끼가 잔뜩 낀 나무기둥이 신비스럽기까지 했다.

휴休라는 한자는 나무에 기대어 있는 사람의 형상을 본뜬 것이라 한다. 수십 년 자랐을 삼나무에 기대어 보니 저절로 휴식이라는 쉼이 이해가 되었다. 세상의 근심과 걱정이 저절로 내려가고 내 호흡만이 친구가 되어 나를 따라오는 듯 한 걸음 한 걸음 내딛는 걸음이 명상이고 사색이다. 적막하리만치 고요하다. 금방 어둠이 내릴 듯하고 가끔 보이는 산 담(무덤 둘레에 쌓아놓은 돌담)이 둘러쳐진 무덤들이 보여 무섭기도 했다.

숲은 같은 장소에서 오랜 시간 진행되는 천이(장소와 시간에 따라 진행되는 식물 군집의 변화)를 겪다가 극상(안정된 군락)을 이루고 다시 교란(기존 생태계가 파괴)을 거쳐 천이와 극상을 되풀이한다.

숲이나 우리 인생이나 이렇게 닮아 있다. 시간의 흐름에 따라 우리 삶도 많은 변화를 겪다가 더디어 안정되게 사는가 싶다가도 어느 날 예기치 못한 풍파를 만나 바닥으로 떨어지는 경험을 하게 된다. 천이와 극상과 교란의 반복인 셈이다.

우리를 찾아오는 많은 사람들도 이런 삶의 순환, 한 접점인 상황에 놓여 있을 가능성이 크다. 따라서 사람을 세우고 변화에 유연한 사회복지사가 되어야 한다.

몸담고 있는 조직에 실망했을 때, 이제 더 이상 여기에 머물러 있을 이유가 없다는 생각이 들 때, 무엇을 할지 결정하지 못했을 때, 머리가 복잡하고 끊임없는 상념으로 불안할 때, 제주도 사려니 숲으로 가보자, 신성한 길, 삼나무 숲의 정령들이 우리를 위로해줄 터이니, 이제 천이를 거쳐 극상으로 가는 길목임을 온몸을 흔드는 바람으로 가르쳐줄 터이니.

2. 부디 따뜻한 사회복지사가 되자

어려움에 처한 사람들은 대부분 마음을 굳게 닫는다. 상처 입은 짐승처럼 홀로 웅크리고 앉아 고통을 견디어내는 것이다. 어려움의 나락에 떨어지기까지 수많은 갈등과 문제들이 엉켜 있어 풀 수 없는 지경에 도달했음으로 차라리 싹둑 잘라내야 하는 것이 더 쉬울 수 있는 처지에 놓여 있는 경우가 대부분일 것이다.

어려움의 갈등 속에서 겪어야 했던 사람에 대한 불신과 실망, 더 이상 어찌할 수 없다는 절망감에 빠져 온통 허우적거리다 보며 자신도 모르게 안으로 안으로만 깊게 침몰할 수밖에 없는 것이다. 사람에 따라서는 사회와 타자를 공격하는 성향으로 변하는 사람이 있는가 하면, 알코올 중독이나 정신병을 키워 자신은 물론 가까운 가족들과 이웃들을 괴롭히는 사람들도 있다.

어려움에 처하기 전 살가웠던 부모 형제들이나 끔찍하게 서로를 걱정하며 챙겨주던 친구도 이미 옛날의 그들이 아님을 깨닫게 되는 현실 앞에서 이제 혼자구나라는 생각으로 스스로 벽을 만들어 고립을 자초하는 사람도 있다. 고립을 자초하는 그 밑바닥 정서에는 초라해질 대로 초라해진 자신의 모습을 부모 형제 또는 친구들에게 보이고 싶지 않다는 마지막 남은 자존심일 수도 있고 이 지경까지 상황을 몰고 온 자신에 대한 분노와 서러움과 원망 등 복합적인 감정일 수도 있다.

하지만 홀로 고립되어 있어서는 아무리 발버둥을 쳐도 상황은 좀처럼 나아지지 않는다. 훌훌 털고 밖으로 나와야 한다. 묵은 인연과 묵은 생활습관을 털어버리고서야 조금씩 변화를 이끌어올 수 있다. 깊은 상처로 몸과 마음은 이미 만신창이가 되고 더 이상 기댈 곳도 없는 사람이 집을 나서봐야 대체 어디로 가야 할까?

친구를 찾아 나서기도 자존심 상하고 부모 형제를 찾아가도 무슨 아쉬운 소리나 할까 봐 반가워하지 않을 때, 떨어지지 않는 발걸음을 옮겨 내가 살고 있는 지역의 동주민센터를 정말이지 미루고 미루다 떨어지지 않는 마지막 순간에서야 찾아가는 곳일 수 있다.

옛날부터 우리나라 사람들은 관공서에 대한 인식이 그리 긍정적이지 않았다. 관공서라는 곳은 늘 주민들 위해 군림하는 기관이었고 그곳에서 일하는 공무원들은 다가가 말조차 붙일 엄두도 나지 않을 만큼 냉정하기 그지없었다. 한 번쯤 관공서를 방문하면서 공무원으로부터 법규와 지침을 조목조목 짚어가며 모멸감을 받았던 경험들이 있었던 사람들은 아무리 어렵고 힘들어도 선뜻 행정기관을 방문해 내 어려움을 구구절절 호소할 생각들을 하지 못하는 것이 보통 우리네 모습이다.

그럼에도 불구하고 동주민센터 사회담당 공무원을 찾아온 사람들에게 천사까지는 아닐지라도 적어도 그들의 이야기에 귀를 기울이고 따뜻한 시선으로 바라본 사회복지사로 기억되기를 바란다.

"같은 일을 하는 너희 엄마한테 참 미안하지만 난 아직도 ○○동 주민센터 그 사회담당만 생각하면 기분이 잡쳐. 고등학생인 나와 나의 어머니에게 그런 식으로 모멸감을 준 그녀를 잊을 수가 없어. 내가 잘 되어 한번 찾아가서 복수라도 해주고 싶어."

이제 서른 살이 된 아들 녀석의 친구가 한 말이다. 고등학교 1학년 때 엄마와 함께 수급자 신청 상담을 하러 어렵게 용기를 내어 찾아간 주민센터 사회담당으로부터 받은 모멸감을 서른이 된 지금까지도 잊지 못하고 복수를 하겠다는 생각까지 하고 있다.

아버지가 사업에 실패하고 암에 걸리고 말았다. 대학생이 2명, 고등학생이 1명으로 먹고 살기에 막막한 엄마는 아이들이 공부라도 계속할 수 있기를 바라면서 동주민센터를 찾았다. 하지만 재개발 예정으로 허름한 집 한 채를 소유하고 있다는 이유만으로 냉정하리만치 단칼에 안 된다는 말을 했단다. 조근조근 안 되는 이유를 설명해주고 어머니의 힘든 상황을 공감해주는 말 한마디만 해주었다면 고등학생의 뇌리에 복수의 대상으로까지 남지 않았을 것이다.

하루에도 수없이 많은 민원인들을 상대해야 함으로 지치고 힘들기도 하겠지만 한 사람 한 사람을 정성들여 상담하고 이야기를 들어주어야 하는 그 막중한 책임과 의무가 사회복지 공무원들에게 있는 것이다. 더 이상 갈 곳이 없었고, 더 이상 방법을 모를 때 어쩌면 마지막이라는 생각으로 정말 떨어지지 않는 발걸음으로 찾아온 동주민센터에서 "안 돼요"라는 세상 무너지는 소릴 듣고서 집으로 돌아가 극단적인 선택을 했던 선례를 우리는 이미 송파구 3모녀에서 보았다.

설사 수혜를 주기 어려운 조건에 놓여있는 상황이더라도 냉정하게 말 한마디로 싹~뚝 자를 것이 아니라 이런저런 서비스를 연계해주는 온정溫情이 사회복지 공무원에게는 반드시 필요한 덕목이다.

"우리가 왜 그렇게까지 해야 하는데요? 안 되는 것을 안 된다고 했는데 뭐가 잘못된 건가요?"

실제로 신규 직원이 이렇게 볼멘소리를 한 적이 있었다. 과장님을 비롯해 선배들이 질타를 하자 눈물을 쏙 빼고 말았지만 이런 신규 직원들이 의외로 많아지고 있는 추세이다. 안정된 직업을 얻기 위해 사회복지 공부를 날림으로 하다 보니 사회복지 현장에서 복지사다운 사회복지사를 만나기 어려워졌다.

클라이언트들의 권익옹호를 최우선의 가치로 삼고 행동하며 인간으로서 존엄성을 존중해야 하며 전문적 기술과 노력을 최대한 발휘해야 한다는 사회복지사의 윤리강령을 알고나 있는지 되물어보고 싶다. 마음이 내키지 않고 이해가 되지 않거든 영리한 두뇌만으로 차지한 사회복지 공무원의 자리를 전문성을 가진 따뜻한 사회복지사들에게 양보해야 한다. 더 이상 사람들에게 상처주지 않도록 말이다.

3. 단단하고 강한 맷집을 키워라

요즘 자주 듣는 소식이 젊은 후배들이 질병 휴직으로 들어간다는 이야기다. 얼마나 아프길래 휴직까지 하느냐고 물어볼 때 유방암과 갑상선암 등 암 이야기가 나오면 할 말이 없어진다. 조직은 있는 그대로의 질서를 유지하려는 경향이 있다. 내가 없어도 어제와 같은 오늘이 계속되고 조직은 잘 굴러가며 아픈 나의 존재는 곧 잊혀진다. 그러니 부디 아프지 마라.

어린 시절 입양되어 노부부에게서 자란 동료는 가족애가 유난했다. 아이들에 대한 관심과 남편에 대한 사랑이 극진했다. 그런데 어느 날 간암이 발견된 남편이 한 달 만에 너무도 갑작스럽게 세상을 떠났다. 장례를 치르고 핼쑥한 얼굴로 출근한 동료는 예전의 성실한 모습 그대로 아무렇지 않은 척 업무에 복귀했다.

세상을 살면서 우리는 모두 가면(Persona)을 쓰고 산다. 아파도 아프지 않은 척, 큰 좌절 앞에서도 무너지지 않는 척하면서 살아간다. 힘든 모습 약한 모습 그대로 보여줘도 괜찮으니 부디 아프지 마라.

승승장구 제일 먼저 승진하며 잘 나가던 그녀가 암이라는 소문이 점점 퍼졌다. 의례적인 인사치레로 걱정하는 말들은 허공에 뿌려지고 뒤돌아서면 그녀의 빈자리에 누가 올라가느냐가 가장 큰 관심사였다. 조직은 아픈 나를 위해, 내가 돌아올 자리를 비워놓지 않는다. 그러니 내 자리를 굳건히 지키고 부디 아프지 마라.

모든 행사가 집중되는 오월의 어느 날, 행사지원을 나간 직원들이 많아 소수의 여직원들만 사무실을 지키고 있었다. 빡빡 머리를 민 키 작은 남자가 사무실로 거침없이 들어왔다.

"긴급지원 담당하는 ××년이 누구야? 어딨어?"

스물여섯 살 어린 직원이 겁먹은 얼굴로 눈빛을 보내며 나를 쳐다본다.

"야! ×년아! 그래 이 돈으로 니가 한 달을 살아봐, 살아지는지! 니들은 잘 처먹고 따뜻한 곳에서 잘 거 아니야. 그래, 나 30년을 교도소에서 살다 나왔다. 너 같은 ×년 죽여버리고 또 들어가면 그만이야!"

"우리가 할 수 있는 것은 다해드린 거예요. 그것이 최고금액이며 더 이상 해줄 수 있는 게 없다고요."

여직원이 대꾸하자 그는 살기어린 눈빛으로 당장 덮칠 듯이 팔을 들어올렸다.

"야, 이 ×년아! 사회 안정망이라는 민간자원이 있다면서 그것으로라도 살게 해줘야 할 게 아니야! 그런 것도 못해주면서 세금 아깝게 왜 여기 앉아 있어?"

그의 목소리와 태도는 너무 위압적이고 당당했다. 마치 빌려준 돈을 받으러 온 당당한 채권자 같은 모습이었다. 옆 사무실 남자 직원들이 달려와서 사무실 밖으로 밀어내면 또 다시 들어와서 온 갖 욕설을 퍼붓다가 또 다시 밀려나고를 반복했다. 이상하게도 그 는 덩치가 큰 남자직원들 앞에서는 고분고분하다가 여직원들만 있 다는 생각이 들면 더 큰 폭력성을 드러내며 참기 힘든 욕설을 뱉 어냈다. 경찰이 오고서야 일단락되었다. 사무실은 고요한 정적만 이 흐르는가 싶었는데 책상에 엎드린 채 통곡하는 그녀의 울음소 리가 들려왔다.

세상의 모든 생명체는 비록 아메바라 할지라도 주어진 여건 속 에서 생존과 성장을 위해 최선을 다해 힘껏 살아간다는데 사람은 아닌 것 같다. 그는 스스로 노력하기보다는 어떤 방법으로든 더 많 은 수혜를 받고자 자랑스럽지 못한 자신의 밑바닥을 거침없이 드 러내놓고도 부끄러워할 줄도 몰랐다. 인간의 가장 밑바닥을 드러 내보이고 있었다.

사회복지 현장에서 예측할 수 없는 사람들을 만나야 하는 우리 는 정신적 맷집을 단단하게 키워야 한다. 시간과 경험을 통해 자연 스럽게 맷집을 키우게 되겠지만 세상에는 공짜 경험은 없다. 그러 니 울지 말고 단단하고 강한 맷집을 키워라.

4. 분노하는 사람들에게 대처하는 법

사람에게는 에너지파가 있기 마련이다. 이 직원에게는 우선 싸늘한 에너지가 풍겨 나온다. 분명하고 딱딱 끊어내는 말투는 정나미가 뚝뚝 떨어지고 단정하다 못해 한 치의 흐트러짐도 없는 옷차림은 내게 가까이 오지 말라는 경고 같았다.

정확한 지침과 법규대로 처리하는 업무 태도는 융통성을 발휘하고 인간적인 상담을 원하는 민원인들에게는 분노를 샀고, 그녀의 전화는 악다구니와 큰소리가 끊이질 않았다.

조목조목 따지듯 반박하는 어투는 지침과 법규를 철저하게 따르고 있으며 맞는 말이기는 하지만 융통성이나 공감을 느끼지 못하는 사무적인 태도와 말투에서 민원인들은 기분이 더러워지고 감정이 상하기 일쑤였다. 민원인들은 물론이고 심지어 옆에 앉은 직원과의 갈등도 만만치 않았다.

오늘도 여지없이 큰소리가 나고 있었다. 민원실로 들어온 불친절 민원이 감사실까지 갔고, 감사실에서는 어쨌든 팀장인 나에게 민원 해결의 책임을 떠넘겨버리는 것이었다.

우리가 늘 만나는 사람들은 기초생활 수급을 신청하기까지 그들의 삶도 온통 상처투성이다. 수많은 좌절과 고뇌와 상처가 겹겹이 쌓여온 삶이다 보니 공격적이기도 하고 진상을 부리기도 하며 어처구니없는 것을 요구하기도 한다.

살아오면서 받은 수많은 모멸과 상처를 타인을 향해 분출하기 시작하고 그로 인해 또 다른 상처를 입고 입히는 사람으로 살아갈 수밖에 없는 것 같다. 요즘 부쩍 서럽고 야속하고 원망스러워 불같은 화를 토해내는 사람들이 많아졌다.

옛날에는 속절없는 한숨만 쉬면서 팔자타령만 했을 터이지만 지금은 모두 달라졌다. 세상에 살면서 받았던 상처와 독기를 품고 마지막으로 찾아오는 곳이 국가의 공적 부조를 신청하는 민원 창구다.

모든 자존심을 내려놓고 관공서를 찾아와 나이 어린 직원 앞에서 구구절절 살아온 자신의 어려운 이야기를 털어 놓고 도움을 청해야 하는 사람들이 느낄 수 있는 주체 훼손이 어떠하랴쯤은 충분히 짐작하고도 남을 것 같다.

"아이구, 다행이여. 당신은 나이가 있어 이해하고 받아들이는 것이 다르구먼. 내 맘이 훨씬 편하고 좋아."

이렇게 말씀하시는 어르신들이 계신다. 적은 나이를 어쩌라고 반문한다면 뭐라 할 말은 없지만 나이 여부를 떠나 적어도 상담하러 오시는 분들이 편안함을 느낄 수 있는 상담 스킬과 인성을 갖추었으면 한다.

벼랑 끝으로 내몰릴 때까지 켜켜이 쌓인 수많은 상처와 모욕과 쓰라린 실패에 대한 독기를 품고 관공서를 찾아왔을 때, 마주 앉은 공무원의 말투와 상담 태도는 냉정하기 짝이 없고 주어진 지침과 법률의 잣대를 들이밀고, 가능하면 짧게 부디 짧게 끝내고 가라는 얼굴 표정과 건조한 태도에 화가 머리끝까지 치밀어 고성을 내지르고 만다.

"어디서 갑질이야. 너흰 부모 잘 만나 공부해서 그 자리에 앉아 있는 거 아냐. 어찌 살다보니 밑바닥에 떨어지고 몸은 아프고 도움을 받을 수밖에 없는 처지에 몰렸다. 바닥에 떨어져 본 적이 없는 너희들이 뭘 알아!"

참고 참았던 감정이 불덩이로 분노가 봇물처럼 터져 나온다. 정치, 경제, 사회에 대한 분노가 뒤죽박죽 섞여 꼬리에 꼬리를 물면서 나온다. 그 분노가 얼마나 강한 기를 뿜어내는지 심약한 직원들은 슬그머니 자리를 피할 정도였다.

그럼에도 진정이 되지 않는 그녀는 민원실로, 감사실로 연이어 불친절 민원을 제기하면서 성난 뿔소처럼 걷잡을 수 없을 정도로 헤집고 다녔다. 이런 민원을 수습하고 진정시키는 과정에는 많은 에너지가 들어간다. 오랜 시간 들어주고 기다려주어야 하며 온몸의 기운이 다 빠져 소진되어야만 끝이 난다.

그녀가 다 옳고 우리 직원이 전부 잘못한 것만은 아니다. 반대로 우리 직원이 전부 옳고 그녀가 전적으로 잘못했다는 것도 아니다. 공무원 조직을 자세히 살펴보면 공무원이라고 다 같은 공무원이 아니다. 공무직도 있고 계약직도 있으며 기관에서 파견나온 사람들도 있다. 그들 역시 소시민으로 살아가는 힘없고 나약한 존재들이다.

분노를 표출하는 대상이 아닌 한 가족을 책임져야만 하는 가장들이고 어쩔 수 없이 힘겹게 버티며 사는 사람들이다. 바닥은 아닐지라도 생계유지의 바닥에 넘어지지 않으려고 용을 쓰며 살아온 사람들임을 알아주었으면 한다.

경제가 어렵고 가난의 세습은 고리를 물고 이어지며 계층 간의 이동은 이제 거의 불가능에 가깝다. 우린 이 자리에 결코 갑질을 하기 위해 있는 것은 아니다.

사회복지 공무원은 갑이 될 수 없는 존재들이다. 서로에게 최소한의 예의와 존중이 필요한 안타까운 사건을 오늘 또 한 번 치러내고 나니 온몸의 기운이 다 빠져나가고 헛헛해진다. 폭풍이 휩쓸고 지나간 자리에 팀원들은 모두 서로 말이 없고 어색한 정적만이 감돈다.

폭풍민원을 경험한 직원은 한동안 자괴감에 시달릴 것이고 자기 분에 못 이겨 바닥에 쓰러지기까지 하면서 분노를 표출했던 민원인 또한 마음인들 편하겠는가?

파울로 코엘료는 그의 저서 《마법의 순간》에서 이렇게 말한다.

"내 앞에서 눈물을 보이는 사람들의 편이 되어라. 눈물이란 영혼을 씻어내는 비누다."

내 앞에서 온몸으로 오열하며 삶의 상처를 드러냈던 그녀의 눈물을 닦아주지 못했다면 그녀의 편이라도 되어주어야겠다. 온 힘을 다해 오열과 분노로 감정을 토해냈으니 이제 그녀의 영혼이 깨끗하게 정화되어 새롭게 시작할 수 있는 힘이 되었기를 바라면서 말이다.

5. 겨울의 끝자락에 서서

24년이라는 긴 시간을 보내고 새해 1월부터 공로연수 6개월에 들어갔다. 겨울의 끝자락에서 이제 책상을 정리해야 하는 시간이 온 것이다. 컴퓨터에 있는 행정과 코리아 메일, 공인인증서도 삭제하고 여기저기 써 놓았던 글 조각 모음들도 깨끗하게 정리하고 나니 바탕화면이 아주 간소하고 심플해졌다. 온갖 서류들로 잔뜩 쌓아놓기만 했던 책상도 간소하게 정리가 되었다. 이제 나는 떠나고 이 자리에 새로운 주인이 올 것이다.

한 달 전부터 동장님은 각 자치단체 회의 때마다 마지막 인사를 하는 기회를 주셨다. 주민자치위원회, 통장 월례회, 민방위위원회, 청소년위원회, 동 지역사회보장협의체, 새마을부녀회 등 그리고 나서도 부족하셨는지 또 직원들 송년회까지 살뜰하고 정성스럽게 챙겨주셨다. 그런데 참 이상하다.

평소에는 연락조차 하지 않고 지냈던 사람들이 여기저기서 공로

연수 들어간다는 소식을 듣고 어떻게 알았는지 전화를 해오고 작은 정성을 전해주기 시작했다.

오히려 평소에 자주 교류하고 지냈던 사람들은 너무 잘 알고 있어서일까 연말이라 바쁘다는 이유에선지 오히려 소원했고, 시간과 공간의 거리를 두고 살았던 사람들이 살가운 마음을 표현해주는 것에 매우 놀랐다. 인간관계의 묘한 아이러니다. 어쨌거나 나는 쿨한 관계가 좋다.

마지막 인사를 나누던 날, 마음은 천근만근 뭔지 모를 서러움이 곧 터져나올 것만 같아 간신히 참아야만 했다. 서둘러 업무 인수를 해주고 눈물을 보일세라 큰 소리로 인사를 하고 뛰다시피 사무실을 나왔다. 아침저녁으로 때론 주말도 마다하지 않고 늘 다니던 이 길조차도 이제 올 일이 없겠구나 하는 생각에 눈물이 터져 나올 뻔했으나 꾹 참았다. 이렇게 인생에서 중요한 매듭 하나가 만들어지고 있었다.

시간은 어제와 똑같이 흐르는데 나는 어제의 내가 아닌 또 다른 나를 만들어가야 한다는 것에 막막함이 밀려왔다. 이제 무엇을 해야 하고, 어떻게 살아야 하지?

황금개띠 해라는데 58년 개띠들은 생활 현장에서 완전히 물러나야 하는 처연한 상황 속에 놓여 있다. 정말 최선을 다해 일을 했고 두 아이를 키웠으며 IMF때 완전히 폐허가 된 가정을 다시 일으키며 살아왔다.

가진 것이라고는 성실하게 책임을 다하는 것만이 내가 할 수 있는 최고의 가치인 줄 알고 살았다. 우직한 진돗개처럼 앞만 보고 달려온 내게 남은 것이라곤 24년 직장생활로 쌓인 뱃살과 치솟는 당 수치였다. 그래도 건강을 수습할 여유와 시간이 주어졌다는 것에 감사하고 또 감사할 뿐이다.

첫날은 늦잠을 늘어지게 잤다. 얼마나 좋은지 모르겠다. 쉬임없이 울려오는 전화도 없고 큰소리치는 악성민원에 스트레스 받을 일도 없고 상사와 팀원들과 신경을 곤두세울 일도 없다. 조용한 아침시간에 조용한 평화가 있을 뿐이었다. 아침 겸 점심을 먹고 내가 제일 먼저 찾은 곳은 보건소였다. 대사증후군 기초검사를 하고 주 3일 시작하는 운동을 신청하고 집으로 돌아왔다.

대사증후군 증세를 갖고 있는 사람들을 1개월, 3개월, 6개월 운동 프로그램에 참여하게 하고 경과를 관리해주는 프로그램이었다. 비로소 나도 보건소 서비스 수혜자가 된 셈이다.

단 하루 사이에 나는 서비스를 수행하던 사람에서 서비스를 받는 대상자가 된 셈이다. 아무것도 변한 것이 없음에도 시간이 그어놓은 바로 경계선 넘어 완전히 정반대의 영역에 서게 된 것이다.

조직이나 현장을 제대로 객관적으로 파악하기 위해서는 조직 밖으로 현장 밖으로 나가봐야 비로소 객관적인 시선을 가질 수 있고 제대로 된 판단을 할 수 있다. 보건소 직원의 상담하는 말투와 태도를 보면서 내 모습이 저랬겠구나, 하는 생각이 들기도 했다. 보건소에서도 도서관에서도 나는 자꾸만 버릇처럼 근무하는 그들의 모습을 일거수 일투족을 관찰하고 있었다.

가끔 쉬는 날이 있거든 내가 살고 있는 동주민센터나 동네 도서관, 보건소나 복지관을 방문해보는 것은 어떨까? 그곳에서 근무하는 직원들의 모습을 보면서 내가 어떤 모습이어야 하는지를 보게 될 테니 말이다.

사회복지 현장은 뭐니뭐니 해도 사람이 가장 중요한 중심이다. 지역사회에 변화를 만들어 내고 사람들의 행복을 만들어내는 일을 할 수 있다는 것, 그 자체만으로도 우리는 행복한 사람들이며 가장 중요한 사람들이다. 이제부터 무엇이 어떻게 내게 다가올 것인지 모른다. 그러나 분명한 것은 어디서 무엇을 하든 나는 사회복지사다. 행복한 사람으로 가장 중요한 사람으로 살 것이다. 겨울의 끝자락은 끝이 아니다. 다시 봄의 시작으로 연결됨으로 마음을 단단히 부여잡고 지켜봐야 할 것 같다.

이정숙

인천대학교 행정 대학원 사회복지 전공. 사회복지 공무원으로 24년 근무. 현 부평구 부평2동 맞춤형 복지 팀장. 생계유지와 자녀 양육이라는 무거운 짐을 지고 홀로 고군분투하며 헌신하는 어머니들에 대한 애정이 넘친다. 이들과 함께 연대하고 지지하며 돕는 일에 남다른 열정이 있다. 삶은 간소하고 담담 하게 일은 성실하고 책임 있게 책은 진솔한 위로를 건네는 글을 쓰고 싶어 하는 글 쓰는 사회복지사이다.

제2장

노인과 아이는
우리의 미래다

조명희 · 이건일 · 이가영

버티는 힘은 그거야

- 청장년층의 먹거리 사각지대

조명희

짧은 만남 그리고 긴 여운

내가 바라는 사회복지사는 그들과 천천히 뚜벅뚜벅 한 발자국을 남기며 걸어가 주는 것이다. 어깨를 내어주고, 손잡아주고, 안아주고, 지팡이가 되어주기도 하면서 그렇게 천천히 걸어가는 것이다. 그 대상이 누구든지 반갑게 맞이할 준비가 되어 있어야 한다.

사회복지현장의 실천기술을 가진 전문가이기에 아름다운 동행자로 있어 주면서, 전문가로서의 우리는 그 품위를 지키는 자세 또한 필요하다고 생각한다. 공공영역의 사회복지사로 여기까지 오면서 겪었던 많은 일들 중 최근에 있었던 장애를 가진 부자가정과의 만남이 생생하다.

먹거리는 물론 주거, 의복의 사각지대, 정서적 의료적 사각지대

142

에 있던 통합적이면서 총체적인 문제로 손사래를 치게 하던 고질 민원이자 풀리지 않는 숙제를 가진 가정이었다.

하체마비 장애로 걷지도 못하고, 휠체어에 의존하면서 집안에서 는 기어다니며, 술친구들과 어울려 집안을 난장판으로 만들고 곳곳 에는 술병과 오물과 배설물이 가득한 이불과 옷가지가 함께 항상 널브러져 있었다. 매일의 식사는 술친구들과 함께 술과 안주용 찌 개 등이었던 그에게는 품행장애와 언청이 장애를 가진 성장한 아 들이 있었지만 감당할 수 없는 사고뭉치로 병원 입원을 시키면서 사실상 가족관계가 단절되다시피 하였다.

오랫동안 반복된 생활은 그에게 당연한 일상생활의 연속이었지 만, 지역사회와 기관들과의 협력으로 먹는 즐거움과 아빠와 아들 의 관계의 소중함을 느끼게 하면서 술과 오물로 범벅이던 집안 청 소는 물론 늘 함께였던 술친구들이 하나 둘 떠나게 되자 사람 사는 냄새가 나는 집안환경으로 변화하는 기회를 가졌다.

이웃들과의 관계를 회복하고, 어려서부터 부모의 사랑을 받지 못해 품행장애를 겪었던 아들과의 생활은 부자지간의 관계의 소중 함을 알게 되었다. 관계의 빈곤으로 입원치료 중이었던 아들은 법 적조치의 대상이었지만, 장애를 가진 아빠를 위해 휠체어를 밀어 주고 그 아들과의 새로운 출발을 위해 보금자리를 마련하여 떠나 던 날 내게 고맙다는 말을 했던 사람이다.

"지금까지 살면서 복지사님 같은 분은 없었다. 평생 잊지 않고 잘 살겠다.", "사람 만들어 줘서 고맙다"는 말을 했었다. 관심과 인정이 내게도 있었다는 생각을 하면서 "잊을 수 없는 분이다, 고마운 분이고 평생 기억할 것이다"라고 말했던 기억이 난다. 일회용 커피 한잔으로 나눴던 마지막 인사였다.

말도 많고 탈도 많은 가정으로 고질적이고 문제의 대상으로 지역사회에서 이웃은 물론 사회복지사인 우리들에게조차 인정을 받지 못했지만 인내와 배려로 그들을 지켜보고 닦달하고 용기를 주면서 새로운 출발을 한 가정이다.

1. 무료급식을 생각해보며

> 최근 일부 지자체에서 보편적 복지로 시행하던 학교 무상급식을 재정난을 이유로 가구 내 소득 재산이 증빙된 저소득 아동에게만 지원하는 선별적 복지로 지원 방법을 변경하고, 남은 예산으로 저소득 아동의 학습능력 향상에 지원하겠다고 밝혀, 시민단체와 학부모로부터 거센 비난을 받고 있다.   _보도자료

보편적 복지로서의 아동급식이 정부가 지방자치단체에게 그 책

임을 전가해야 하는 것인지, 굶는 아동이 없는 사회를 위해 어른들이 베푸는 제도적 지원이 아동의 자존감과 정서적 발달에 낙인을 주는 효과는 아닌지, 편의점에서 컵라면, 김밥 등을 먹도록 하는 것이 제도 본래의 목적과 부합하는 것인지?

"먹기 위해 산다, 살기 위해 먹는다." 먹는 즐거움과 먹어야 하는 기쁨이 있지만 배고픔과 배부름 사이에는 중간이 없기에 먹는 즐거움이 중요하고 배고픔의 설움이 크다는 말을 생각해본다.

의식주는 사람이 살아가는 데 필요한 가장 중요한 기본적인 욕구이자 보편적인 복지로서 생존과 직결되는 부분으로 최소한의 의식주의 보장은 보편적인 복지로서 모든 사람에게 지원되어야 할 서비스이다.

경제가 급격히 성장하고 발달하면서 사회의 양극화 현상은 더욱 뚜렷하게 나타나고 있어 이러한 기본적 욕구조차 해결하지 못하는 대상들이 늘어나고 있지만 사회적 관심은 상대적으로 떨어지고 있는 실정이다. 이러한 상황은 대상에 따라, 법적 장치에 따라, 사회적 여건에 따라 그 정도의 차이는 있지만, 먹어야 사는 것에도 사각지대가 있음을 보여주고 있다.

다양화된 사회현상은 먹고 사는 것에 대해서도 그 차이가 나타나고 있다. 하루 벌어 하루 먹는 사람, 하루 벌어먹기도 어려운 사람, 굶기를 식은 죽 먹듯이 하는 사람, 하루 벌어 하루 먹여 살려야 하는 사람 등은 우리가 복지 현장에서 늘 만나는 사람들의 모습이다.

공공전달체계 속에서 영유아, 아동, 청장년, 노인의 먹거리를 짚어보면서 사회적 관심에서 비교적 소외되어 있는 청·장년의 먹거리 사각지대를 생각해본다.

2. 분유 지원과 사회적 관심 그리고 영유아

영유아는 모유 또는 분유 수유를 한다. 요즘은 대부분 모유 대신 분유 수유를 하므로 그 비용이 만만찮다. 아이 하나 키우는 데 들어가는 비용이 출산 후 처음으로 맞이하는 비용 중의 하나이자 저소득 세대에는 큰 부담이 되는 지출 비용이다. 이런 이유에서 종종 언론보도를 통해 분유 도둑에 대한 사연을 접하게 되고, 언론보도를 통한 영유아의 먹거리 사각지대 발견으로 제도적 지원은 물론 후원 등이 여러 경로를 통해 지원될 뿐 아니라 동정과 관심을 받게 되기도 한다.

또한 제도적으로도 국가와 지방자치단체에서 모성보호와 영유아보호법에 의해 다양한 이름으로 지원이 되기도 하고, 양육 지원을 보조하고 있다. 하지만 모든 상황을 다 지원할 수 없는 한계로 당사자들이 받아들이는 체감도는 낮을지도 모른다.

현재 소득 중위 가구 40% 이하 만 2세 미만의 영아 양육 가구

에게 산모가 질병, 사망 등으로 모유 수유가 불가능한 경우에 한해
지원하고 있다. 저소득 중위 소득 40% 이상의 맞벌이 가구, 질병
은 없으나 모유 수유가 어려운 가정은 그 사각지대에 놓이게 된다.
　애매한 경계범위의 저소득 가구는 자녀 양육의 부담이 점점 생
존의 문제로 부각되면서 어려움에 처하게 되어 이런 경험을 가진
세대는 자녀를 낳지 않거나 줄이게 되는 상황으로 놓이게 된다. 이
러한 저출산의 위기를 극복하기 위해서는 기본적 지원 범위에 대
한 정책적 배려가 필요하고, 아이를 낳아 잘 키울 수 있는 사회적
여건이 마련되어야 한다.

⋮ 절망 속에서도 작은 사랑의 손길이 희망을 싹트게 합니다.

　안녕하세요 23세 여성입니다. 아르바이트를 하면서 몇 가
지 기억 남는 일들이 있어서 이렇게 끄적여보려고 해요. 19살
때 부터 홈*** 입사하여 매장 입구 도우미로 아르바이트를 했
습니다.
한 스토어에서 오래 있다보니 제 업무는 매장 입구 도우미가 아
닌 절도 검거가 주 담당이 되었습니다. 마트에서 훔치는 사람이
별로 없을 것이라 생각하시겠지만 의외로 정말 많습니다. 그러
나 세상살이 힘들어 훔치는 분은 극소수일 뿐, 대부분 훔친 물
건들을 보면 힘이 들어서 훔쳤다는 물건들은 전부 다 고가의

상품들이었습니다. (……) 그날도 어김없이 방재실에서 CCTV 를 보는데, 어느 한 아주머니 고객님이 유모차에 아이를 태우고 매장을 이곳저곳 누비셨습니다. 약간 꾀죄죄한 모습이었고 아이는 칭얼대는 모습이 보였죠. (……) 물론 분유 2통 이외에 다른 것은 훔친 것 하나 없었습니다.

대부분 절도한 사람들을 보면 자기 욕심만 채우려는 물품들로만 가득했는데 막상 그 상황을 보니 그분의 절박함 (……) 어른들이 먹는 것이 아니라 갓난쟁이 아기가 먹는 것이잖아요. 얼마나 절박했으면, 얼마나 힘이 들었으면, 얼마나 아이가 배가 고팠으면… 이 생각이 들었어요. (……) 그러나 지금 CCTV 는 아주머니를 찍고 있었고 보관되는 자료이기 때문에 모른 척 지나갈 수도 없었습니다. 그래서 일단 밖으로 나가서 아주머니 따라가서 상황을 설명했습니다. 보통 대부분 절도하신 분들은 단호히 아니라며 화를 내거나 들먹거렸는데 이 아주머니는 제가 잡자마자 주저앉고 잘못했다면서 미안하다면서 펑펑 우시더군요. 아주머니가 우니 칭얼대는 갓난아기마저 같이 울더군요. 같은 여자잖아요. 아기가 먹을 밥이잖아요. (……) 그래서 아주머니에게 제가 일단 계산을 해드린다고 했습니다. 세상에… 분윳값이 그렇게 비싼 줄 미처 몰랐습니다. 2통 사는 데 5만 원이 넘어가더군요. (……) 석 달이 지난 후 회식 자리에서 팀장님께 솔직하게 말씀드렸습니다. 혼날 줄 알았는데… 팀장님께서 지갑에서 저에게 10만 원짜리 수표 한 장을 주셨습니다. 분유 2통 값이랑 나머지 잔돈은 잘했다는 칭찬의 의미 보너스라고 저에게 주셨습니다.

지금 약 2년이나 지난 일인데 그 아기는 지금쯤 아장아장 걸어 다니고 있겠죠? http://blog.daum.net/kfa365/15 _ 보도자료

3. 행복드림카드와 아동 청소년

아동은 법과 제도적으로 보호를 받고 있는 대상이다. 법적인 보호 장치 속에서 '행복드림카드'를 이용하여 급식지원을 받고 있다.

아동복지법과 국민기초생활보장법에서 지원 대상(미취학, 취학 아동)과 지원 연령(18세 미만의 취학 및 미취학 아동), 급식 지원 내용(조·중·석식 구분, 학기 중, 방학 중 지원), 지원 방법(음식점, 편의점, 도시락 배달, 부식지원 등) 등에 대해 명시를 하고 있어서 국가는 물론 지방자치단체에서 아동의 건강한 성장을 위해 법적 제도적으로 시스템을 갖추고 사각지대를 없애기 위해 노력하고 있다.

법적 제도적으로 지원을 하고, 사각지대를 없애기 위해 지방자치단체는 당연히 노력하고 지원해야 할 책임이 있기에 경상남도에서 무상급식 예산을 삭감하자 언론은 물론 국민들로부터 회자되었

던 이유이기도 하다.

또한 유해 음식과 안전한 먹거리 제공을 위한 안전지대 확보와 다양하지만 건강한 성장과 정서적 지원을 돕고 당연한 권리로서의 먹거리를 제공하기 위해 노력하고 있다.

아동의 먹거리를 어른들의 부 축적을 위한 상술에 의한 소비자로 보기보다 관심을 갖고 내 자식이 먹는다는 소비자로서의 권리와 책임감도 필요한 대상이자 사회적 관심의 대상이다.

그러하기에 사회복지 현장에 있는 우리는 법과 제도에 의한 전달자가 아닌 그들의 먹는 즐거움과 행복을 보장하고 안전한 먹거리를 제공하기 위해 노력해야 한다.

4. 먹을 권리와 숨는 청장년

청장년층은 주로 취업준비생부터 60세까지의 경제활동인구를 보편적으로 일컫고 있다. 이들은 사회적으로 관심이 적을 뿐 아니라 사각지대의 대상자가 발견되면 동정보다는 사회적 지탄의 대상이 된다. 마치 취업 실패와 실업, 이혼, 만성질환, 장애 등은 청장년층의 먹거리를 위협하는 사회적 위험 요인으로 취급받는다.

또한 청장년은 공공현장에서도 물론이거니와 민간기관에서도 접근이 어렵고, 관리가 어려운 대상이기도 하다. 이들은 바깥세상으로 나오기 보다는 숨는 경우가 더 많다. 그러니 지원을 받는 자들은 자존감이 낮은 대상자로 사각지대에 존재하게 된다.

특히 사업실패와 가정불화로 가족이 해체되면서 알코올 및 만성질환, 정신질환 등으로 외톨이가 되면서 고독사의 요인이 되기도 하여 언론에 종종 보도되는 등 사회문제로 작용하고 있다.

하루 중 세끼를 챙겨 먹기보다 한 끼를 라면과 술로 대신하거나, 하루 종일 술로 끼니를 대신하기도 하며, 마지막에는 움직일 기력조차 없어 굶는 경우가 대부분이다. 이런 경우 누군가에게 발견되면 다행이지만 그렇지 않을 경우에는 고독사로 이어진다.

장애인이거나 노부모, 아이들과 함께 지내는 경우에는 다행스럽게도 법적으로 사회복지 서비스의 대상자가 되기도 하고, 이웃과 지역사회에서 관심을 가져주지만, 홀몸 청장년층은 안전한 먹거리 지원체계와 방법 등 제도적 장치가 필요한 대상임에도 불구하고 사회적으로 소외된 사각지대에 놓여 있다.

청장년층의 고독사에는 외톨이로 변화되면서 외부 세계와의 정서적 관계 단절은 물론, 경제적 사회적 관계가 끊어지면서 먹을 수 있는 기회의 상실에 의한 먹거리 사각지대도 함께하고 있다.

점점 젊어지는 무연세대無緣世代 중에서

#1. 아들이 이상해진 건 군대를 다녀온 이후였다. 그전까지는 평범한 학생이었다. 경남과 서울에서 두 곳의 대학도 졸업했다. 그러나 제대 후 사회 적응에 실패했다. 취업도 못 하고 매일 술을 마셨다. 보다 못한 부모는 서울의 집 근처에 보증금 3000만 원짜리 방을 얻어줬다. 자립심을 키워주기 위해서였다. 하지만 아들의 생활은 변함없었다. 방에는 온통 술병 등 쓰레기가 넘쳤다. 방을 더럽게 쓰는 걸 못마땅하게 여긴 집주인의 요구로 이사를 나갈 수밖에 없었다. 그렇게 이사도 여러 번 했다. 한 번은 아들이 며칠째 연락이 안 되고 자취방을 찾아가도 인기척이 없자 부모는 119구조대를 불러 문을 열고 들어갔다. 방 안에는 아들이 있었다. 아들은 부모를 보고 불같이 화를 냈다. (……)

"날 다시 찾아오면 가만두지 않을 거예요." 아들과 연락이 끊긴 건 2년 전 그때부터였다. 2년 뒤인 올해 9월 추석 답답했던 부모는 다시 아들의 행방을 찾기 시작했다. 주민등록등본상 주소지로 가니 아들은 없었다.

집주인은 "맨날 술만 먹고 방도 더럽게 써서 쫓아냈다. 부산으로 간다더라"고 했다. (……) 그로부터 두 달 뒤인 지난달 초 경찰에게서 청천벽력 같은 소식을 들었다. 아들이 부산의 한 원룸에서 백골 상태로 발견됐다는 연락이었다. 아들은 이미 여덟

달 전 목을 맨 것으로 추정됐다. 방에는 역시 빈 술병이 널브러져 있었다. 'ㅇㅇ대학 졸업, 워드프로세서 자격증 취득' 등 경력이 쓰인 이력서도 보였다. 시신은 집주인이 발견했다. 주인은 월세가 자꾸 밀리자 방문을 열고 들어갔다. 백골로 변한 아들은 고작 서른네 살이었다.   국제신문(2013·12·10) _ 보도자료

5. 경로 식당과 무료 도시락 배달 그리고 노인

노인은 경로 식당, 경로당, 무료 급식소 등 그들을 위한 법적 제도적 장치가 마련되어 있으며, 지역별 노인을 위한 급식 행사들이 다양하게 펼쳐지고 있어서, 보행을 할 수 없는 경우를 제외하고는 저소득 노인뿐만 아니라 적은 숫자지만 일반 노인들도 급식의 혜택을 누리고 있다.

복지관 등에서 외출이 어려운 노인을 대상으로 찾아가는 급식을 하기도 하고, 무료 급식소에서도 재가 노인을 위한 급식 도시락을 별도로 준비하여 자원봉사자들이 나눠주고 있기도 하다.

노인 부부, 홀몸 노인은 자녀들의 부양 능력과 상관없이 민간 기관 또는 단체의 무료 급식 도시락을 지원 받기도 하고, 무료 급식소를 찾아서 급식을 챙겨드신다.

경로 식당은 복지기관에서 운영하다 보니 대상자를 선정하여 저소득층 노인, 장애노인 등으로 구분하여 대접을 하고 있으며, 주로 점심을 지원하고 있는데, 토, 일요일 그리고 공휴일은 운영을 하지 않고 있다. 무료 급식소는 주로 민간단체 등에서 월 1회, 주 1~2회 등 그 단체의 인력, 예산, 장소 등 운영 여력에 따라 다양하게 운영하고 있다. 어쨌건, 노인은 먹거리에서 경제적 능력이 크게 작용하지 않아서 보편적 복지의 혜택을 누리고 있다고도 할 수 있다. 또한 가사 간병 사업과 방문 간호사 등 정기적인 방문에 의한 영양을 비롯한 지원체계가 마련되어 있기도 하다.

이렇듯 대부분의 급식 지원은 아동과 노인, 장애인 등 사회적 약자로서 거동이 불편하거나 경제활동이 어려운 대상자에게 주로 이루어지고 있다.

6. 청장년층 먹거리 평등은 보편적 복지다

우리는 청장년층의 먹고사는 것에 대해 배려와 관심을 가져볼 필요가 있다 청장년층의 먹거리 사각지대 해소는 어려움이 많다. 가정방문 등 찾아가는 그 자체를 싫어하는 경우가 대부분이어서 접근이 어렵고 관계 형성이 어려워 지원이 쉽지 않다. 그러나 지원을 하게 되면 적극적인 지원이 가능한 대상이기도 하다.

또한, 이혼에 의한 편부가구, 독신가구, 만성질환 중 정신질환과 알코올 등 사회적 관심이 필요한 이들은 사회복지사가 쉽게 접근하기 어려운 대상이면서 복지서비스 지원이 가장 필요한 대상이기도 하다.

2014년부터 2016년까지 부산 해운대구 반송2동 복지팀장으로 근무하면서 그들의 먹거리와 생활에 대해 고민하게 되었다. 말은 하지 않지만 도움의 손길이 필요할 것이라는 생각으로 청장년 1인 가구, 한부모 가구에 대해 전수조사를 실시했다.

조사 결과 150여 가구가 어려움을 겪고 있었다. 주로 한부모 가정으로 일용근로와 장기 출타 등으로 자녀 양육은 물론 끼니를 해결하는 어려움이 있었으며, 알코올과 정신질환, 만성질환 등으로 일을 하지 못하는 1인 청장년층도 있었다.

그중 100여 가구를 관리하면서 주로 먹거리 지원을 진행했다. 복지관과 지역자활센터를 연계하여 밑반찬과 도시락을 정기적으로 지원하도록 했으며, 종교기관에서 주 1회 생필품과 밑반찬을 동시에 지원하도록 하면서 동 복지기능 강화사업의 일환으로 사각지대 발굴과 관리는 물론, 서로의 안부를 확인하는 지역자원으로서의 인적 안전망의 역할을 하게도 했다

특히 설, 추석과 같은 명절에는 후원자로부터 매번 500만 원 상당의 쌀과 먹거리 생필품을 지역 내 대형 마트에서 구입하여 지원을 받은 후 이들에게 우선 지원하는 체계를 갖췄다. 후원자 역시

그 지역 출신이자 그 지역에서 사업을 하는 지역주민으로 적극적인 지원을 아끼지 않았다.

설에는 떡국, 일회용 팩 제품 및 통조림(곰국, 김, 장조림, 장아찌, 깻잎, 라면 등)을 직접 구매해서 일일이 포장하여 대상자에게 전달했으며, 추석에는 쌀을 지원했다. 명절이 되면 직원들이 물품을 분류하고 포장지에 담는 과정을 함께했으며, 지역사회보장협의체 위원들의 참여로 주민과 직접 소통하는 시간이 되기도 했다.

발렌타인데이가 겹치는 기간에는 초콜릿을 포함하여 사회적 정서를 함께 느낄 수 있는 기회를 제공했다. 그들이 알든 모르든 복지기관의 정기적인 지원에 의한 관리와 동시에 동주민센터에서 연 2회 먹거리를 직접 나눠주면서 상담을 통한 생활실태 파악으로 대상자의 관리(전출입, 입퇴원, 신규 대상자 선정 등)가 가능해졌다.

첫 만남과 지원은 퉁명스럽고 불만이 있는 관계였지만, 정기적이고 반복적인 만남이 이루어지면서 복지서비스 제공이 법적 · 제도적 장치에 의한 국가의 지원만이 있는 것이 아니라는 것을 알게 되었다. 가까운 이웃과 지역 자원의 관심이 있음을 알게 되면서 지역사회의 일원으로 감사와 고마움을 가지게 되고, 배려하는 마음이 자연스럽게 배어나오는 것을 느낄 수 있었다.

: 사상구 덕포2동, '청장년층 고독사 예방' 두유 배달 실시

부산 사상구 덕포2동 주민센터(동장 김향섭)와 서울우유 사상점은 지난 6일 두유 전달 사업인 '하우 두유 두?' 업무 협약을 체결하고 관내 저소득 나홀로 청장년층을 대상으로 두유를 배달할 예정이다.

이 사업은 최근 사회문제로 대두되고 있는 청장년층의 고독사를 예방하기 위해 두유 배달원을 '희망지킴이'로 위촉하고 주 2회 관내 혼자 사는 청장년층 30세대에 두유를 지원한다.

'희망지킴이'가 대상자의 안부 및 건강상태를 확인하고 위기 상황 발생시 동주민센터에 알린다. '희망지킴이' 김득순 씨는 "최근 사회문제로 떠오른 고독사를 막기 위한 대책이 필요함에 공감해왔다. 좋은 취지로 협약이 체결된 만큼, 책임감을 가지고 활동을 하겠다"고 말했다. 부산일보 (2017-09-11) _ 보도자료

우리 조상들은 지역사회에서 공동체로서의 생활을 하면서 먹거리는 물론 이웃의 어려움을 지역사회라는 공동체에서 주로 해결했다. 그러나 사회가 핵가족화 되고 빠르게 변화하면서 지역 공동체도 무너지고 있으며, 전 하나를 구워도 나눠먹으며 정을 느끼고 서로의 지지체계가 되어주던 이웃과 가족의 긍정적 기능도 무

너지고 있다.

먹거리는 물론 많은 소중한 것들을 잃어가고 있는 시대이지만, 아직은 공동체의 힘이 남아 있기에 기대를 가지며 내가 살고 있는 지역에 대한 관심을 가지도록 하면 사각지대라는 말이 없어질 것이라는 생각을 하게 된다. 이를 위해선 제도적으로라도 공동체의 힘을 길러주기 위해 법적 지원이 필요하다. 그 속에서 사회복지는 힘을 가지게 될 것이다.

사회복지사인 우리는 표적 집단인 그들에게 서비스를 제공하고 보호하여 지역사회에 복귀하도록 도와주는 일을 하고 있다. 사회복지 서비스의 지원은 자존감을 키워주는 방향으로 다가가야 할 것이다. 많은 사회 서비스 중 아동급식의 '행복드림카드'가 대표적인 먹거리 바우처이다.

이제 사각지대에 놓여 있는 청장년층을 위한 먹거리 사회복지 서비스 사업인 바우처도 고민해야 할 때이다. 그들의 자존감을 건드리지 않는 먹거리 바우처, 평등한 먹거리 제공은 보편적 복지이기도 하다.

건강한 삶, 안전한 삶, 함께하는 삶의 가치로 기회 균등의 건강한 시민으로 살아갈 권리를 부여할 수 있어야 할 것이다. 그리고 청장년층의 먹거리 격차 해소를 위한 법적 전달체계를 구축하여 삶의 희망의 사다리가 영유아부터 노년층까지 쭉 이어져야 할 것이다.

고독사가 사회 이슈로 작용하고 있고 그 중심에 청장년층이 있다는 슬픈 현실에서 먹어야 하는 이유와 재미를 느끼는 먹거리 바우처 제공은 살아야 할 이유를 주는 중요한 사회복지 서비스라는 생각을 하게 된다.

사각지대라는 말은 개인적으로 별로 좋아하지 않는 단어이기도 하고, 우리가 사용해야 한다면 조심스럽게 사용해야 할 것이다. 낙인을 주는 또 하나의 단어라는 생각으로 불편한 단어이다.

현장에서 곰곰이 생각하고 조심해야 할 언어이자 행동이다.

사회복지 서비스를 제공받아야 할 대상자로서의 그들은 사회복지사인 우리들에게는 사각지대의 대상이 아니다. 그냥 도움이 필요하고, 그들이 필요로 하는 사회복지 서비스를 잘 제공해주는 관계일 뿐이다.

먹거리는 기본적인 의식주 중 하나이다. 먹거리 문제가 해결되지 않는데 입을 거리가 해결되고, 주거가 해결되는 경우는 거의 없다. 의식주는 가장 중요한 삶의 수단이다. 따로 떼어서 보지 말고, 부분으로서의 전체, 전체로서의 부분이 되는 사회복지 전달체계가 되어야 할 것이다.

그리고 그 중심에 사람을 우선으로 하며 있는 그대로 봐주는 사회복지사인 우리가 있어야 한다. 보편적 복지로서의 새로운 제도의 탄생은 우리 모두에게 주어지는 공평한 기회이다.

소개된 보도자료 사례와 같이 동정과 연민의 감정이 숨은 후원자, 보이지 않는 사랑의 손 등으로 언론에서, SNS로 전달되어 사회적 관심을 집중시키게 되고 되어진다.

　이러한 개인의 사회적 관심은 새로운 사회복지서비스가 국가에 의해 제도적으로 탄생하는 기회가 된다. 새로운 제도는 특정인을 위해 제공되는 것이 아니라 사회구성원으로서의 우리가 공동체 속에서 함께 누리는 복지혜택이다. 사회복지가 있는 곳에 사회복지사가 있어야 할 이유라는 말을 감히 해본다.

조명희

늦깎이 사회복지사이자 딸로서 아내로서 엄마로서 주어진 역할에 충실하고자 노력하지만, 사회복지가 좋아서 후배양성과 현장에서 즐기는 사회복지를 실천하는 자칭 사회복지실천전문가.

07

노인복지의 새로운 길
선배시민

이건일

1. 노인을 바라보는 우리의 시각

노인에 대하여

지역주민을 만나거나 학생들에게 강의를 하게 될 때 늘 질문하는 것이 있다. 그것은 "노인이라는 단어에 우리는 어떤 이미지가 떠오르는가?"이다. 순간적으로 떠오르는 단어도 좋고, 평소에 깊이 생각했던 것들도 괜찮다. 이에 대한 사람들의 대답은 거의 비슷하다. 외로움, 질병, 고집, 흰머리, 굽은 허리, 독거, 보수주의와 같은 단어들로 대답을 대신한다. 이러한 질문을 노인복지관에 근무하면서 당사자인 노인에게도 해본 적이 있다. 노인에게 직접 듣는 노인에 대한 이미지는 '늙은이'였다.

"살아 있는 송장들한테 뭐하려고 교육을 해!"

노인들을 대상으로 교육을 하면 보통 뒷자리에 앉아 있는 노인에게 가끔씩 듣게 되는 말이다. 스스로가 죽어 있는 것과 같은 상태인 '송장'이라고 표현한다. 송장은 생각도 못하고 움직일 수도 없는 존재다. 다만 이 노인분의 말을 빌리자면 '죽지 못해 사는 사람들'이라는 뜻이 된다. 지역주민은 물론 노인들 스스로가 왜 노인이라는 단어에 대해 떠올릴 수 있는 것이 부정적인 면이 대부분을 차지할까? 그것은 우리 사회에서 노인에 대한 이미지를 우리가 돌보아야 할 존재, 도움이 필요한 존재로 규정하기 때문이다.

사회복지를 전공하는 대학생들이 배우는 과목을 들여다보면 도움이 필요한 약한 존재가 더욱 분명해진다. 노인복지론, 장애인복지론, 아동복지론, 여성복지론 등 복지 앞에 붙어 있는 대상이 바로 우리가 도와주어야 할 존재로 배운다. 어쩌면 이런 규정들 때문에 우리가 노인을 막연히 도와주어야 할 존재, 즉 불쌍한 존재로만 인식하는지도 모른다.

노인과 지역민들에게 다시 질문해본다. 이번에는 노인하면 떠오르는 '긍정적인 이미지'는 무엇인지 말해보자! 답변이 여러 가지로 나온다. 지혜로움, 연륜, 도서관, 인자함, 활기찬, 따뜻함, 역동적임, 맛있는 음식 등이다. 노인에게는 이처럼 강점들이 참 많다. 우리가 해야 할 노인복지는 이러한 노인들의 강점을 살려 사회참여를 이끌어 내고, 지역사회 안에서 존경받게 하는 일이다. 부정적인 노인의 이미지에서는 할 수 없는 것들 뿐이나, 긍정적인 노인의 이미지에는 함께할 수 있는 일들이 너무나 많다.

이처럼 우리가 노인을 어떠한 방식으로 인식하는지는 노인을 대하는 태도를 다르게 만든다. 단지 도움이 필요한 존재로 인식할 때 우리는 늘 그들을 도와줄 수밖에 없다. 노인이라는 존재를 결국 부담스러운 존재로 받아들일지도 모른다. 노인복지 현장에 있는 사회복지사는 노인에 대한 강점 관점이 더욱 중요하다. 노인복지를 실천하는 사람들이 노인의 이미지를 부정적으로 보았을 때, 노인복지 실천은 시혜의 수준을 벗어나지 못한다. "노인이기 때문에 어쩔 수 없어!"란 조건부적 사고가 아니다. 노인이기에 가능한 것들이 무엇이 있을까를 생각해보는 것이다. 그러면 노인들과 함께 할 수 있는 것들이 너무나 많다.

NO人

스스로를 송장이라고 표현한 노인이 그런 생각을 할 수밖에 없는 이유는 무엇이었을까? 생각도 할 수 없고 움직일 수도 없는 송장이라는 것은 결국 숨을 쉬고 살아야 할 이유가 없다는 것이다. 노인을 'NO人'이라고 표현할 정도니 지금의 상태가 사람이 아니라는 것이다. 젊은 시절 관계 속에서 존재의 의미를 느끼며 열심히 살아온 그때를 떠올린다. 하지만 지금은 그런 관계에 있지 않다. 청춘을 국가의 성장과 자식들의 자립에 희생했지만 이제는 더 이상 그럴 일이 없다. 우리 사회에서 노인에게 주는 역할이 없다. 쓸모가 없어졌다. 바로 '잉여인간'이 되어버렸다. 늙으면 죽어야 한다는 생각이 너무나 자연스럽다. 노인을 쓸모가 다한 잉여인간처럼 생각한다. 젊은 시대를 살고 있는 사람은 물론 노인들도 마찬가지의 생각이다. 노인이 NO人인 시대다.

정말 노인은 NO人일까?

이는 노인을 단지 생물학적 시각으로 봤을 때 가능한 생각이다. 하지만 우리 곁에 존재하는 수많은 노인은 NO人이 아니다. 왜냐하면 노인들은 젊은 세대가 가지지 못한 것들을 충분히 가지고 있기 때문이다. 노인 한 명이 가지고 있는 정보는 얼마나 될까? 한평생을 살아온 이들의 머릿속에 축적된 정보는 상당하다. 그것이 책을 통해 접했거나 누군가에게 들은 이야기거나 직접 경험해서 만들어진 정보가 되었든 간에 수많은 정보의 집합체가 바로 노인이다. 그래서 노인을 도서관이라 표현한다. 노인 한 명이 죽는다면 도서관 하나가 사라지는 것과 같다는 이야기를 하는 이유가 이 때문이다. 공장에서 만들고 있는 김치도 충분히 맛있지만 할머니의 손맛을 절대 따라가지 못한다. 그 노인만이 가지고 있는 기술이다. 그 누구도 범접하지 못하는 그들만의 능력이다.

노마지지老馬之智라는 말이 있다. 문자 그대로 해석하면 늙은 말이 슬기롭게 간다는 말이다. 《한비자韓非子》의 〈설림편說林篇〉에 나오는 이 말은 춘추전국 시대의 전쟁을 무대로 한다. 당시 전쟁을 하러 갔으나 전쟁이 길어지고 겨울이 되어서야 끝이 났다. 추운 날이 오래

되어 지름길을 찾아 고국으로 빨리 돌아오려다가 길을 잃고 만다.

오고 가지도 못하는 진퇴양난의 상태다. 이때 상수가 늙은 말을 풀어놓는다. 이 말은 전쟁의 경험이 오래되어 돌아가는 길을 알고 있었다. 그래서 군대는 무사히 집에 도착하게 된다. 늙은 말의 지혜가 없었다면 군대는 추운 겨울에 모두 동사했을 수도 있었다. 노인들의 경험과 지혜가 이토록 중요한 이유다. 그래서 우리는 노인을 NO人으로 단정지어서는 안 된다. 노인은 사람이 아닌 것이 아니다. 노인들은 젊은 세대가 알지 못하는 것을 더욱 많이 안다. 이들의 지혜가 우리의 삶을 더욱 풍요롭게 해준다.

노인은 Know人이다. 사람을 아주 잘 안다.

2. 새로운 노인, 선배시민

세 명의 노인

노인복지관에서 근무했을 때 매일 세 명의 노인을 만났다.

첫 번째로 만나는 사람은 '늙은이'다. 인터넷에 떠돌고 있는 말을 빌리자면 늙은이는 '늘 그런 이'이라 말한다. 세상에 대해 체념하기도 하고 순응하기도 하는 존재다. 이런 늙은이는 "이렇게 살다가 그냥 죽지 뭐!", '세상의 이치가 다 그런 것이야!'와 같은 숙명론을 안고 살아간다. 고집이 세고 매우 고지식하며 보수적이어서 변화를 싫어한다. 돌봄의 대상이 되는 것을 받아들인다. 간혹 노인복지관에서 만나면 오늘은 무엇을 줄 수 있는지 물어보기도 한다. 도움 받는 것에 익숙하다. 젊은 세대들을 무조건적으로 비난하기도 한다. 그래서 늙은이와는 소통이 불가능하다. 늘 그런 늙은이다.

두 번째로 만나는 사람은 '성공한 노인'이다. 늙은이의 이미지를 넘어 새로운 노인이라는 뜻으로 '신노년'이라고 언젠가부터 표현하기도 했다. 노인복지 현장에서는 신노년의 삶을 사는 사람들에 대해서 '성공적 노화', '활동적 노화', '생산적 노화'라고 말한다. 기존의 수동적인 노인들이 자신의 삶을 긍정적으로 바라보기 시작했다. 이런 생각을 할 수 있는 노인들은 대개가 경제적으로 여유가 있는 노인들이다. 성공한 노인은 자신감에 늘 차 있다. "나는 무엇이든지 잘 할 수 있다!", "열심히 노력해서 살면 안 되는 것이 없다!", "멋지게 살기 위해서는 늘 자기계발을 해야 한다!"와 같은 말을 실천하고 살아간다.

경제적인 여유와 더불어 시간도 많으며 몸도 무척 건강하다. 누군가에게 도움을 받아야겠다는 생각보다는 적극적으로 권리를 요구한다. 자녀와 사회에 의존하지 않는다. 노인복지관이나 평생교육을 운영하는 기관에 참여하는 것을 즐기며 여생을 멋진 인생으로 만들어 간다. 누가 봐도 성공적으로 살고 있는 것 같다.

세 번째로 만나는 사람은 '선배 같은 노인'이다. 이를 우리는 '선배시민'이라고 부른다. 선배시민은 선배라는 말에서 미루어 알 수 있듯 후배들을 돌보는 사람이다. 후배의 문제를 자신의 문제처럼 느낄 줄 알며 선후배간의 관계를 넘어 시민 전체, 즉 공동체의 삶에 관심이 많은 사람들이다. 몸은 늙었지만 마음은 젊은이다. 노인이라고 하여 돌봄의 대상으로 생각하지 않고 돌봄의 주체가 되기 위해서 노력하는 사람이다.

우리 사회의 근본적인 문제를 드러내고 비판할 줄 아는 사람들이다. 경쟁을 통해서 경쟁력이 생긴다고 믿지 않고 협동을 통해서 경쟁력이 생긴다고 믿는 사람들이다. 혼자보다는 우리를 생각하며 노인보다는 모두를 생각한다. 즉 공동체가 다함께 잘 살기 위해서 앞장서서 노력한다. 바로 정치적으로 자각한 노인들이다.

우리 사회는 노인들에게 두 번째 사례처럼 '성공한 노인'이 되라고 말한다. 그리고 많은 노인들이 자신이 행복할 수 있는 성공적인 삶을 꿈꾼다. 그리고 사회는 이런 삶을 사는 것이 멋진 삶이고 의미 있다며 첫 번째 노인인 늙은이에게 강요한다. 마치 그렇기 되지 못한 늙은이에게 잘못이 있는 것처럼 말한다.

노인복지 현장에서 흔하게 볼 수 있는 장면은 성공한 노인과 그렇지 못한 노인들 간의 갈등이다. 철저하게 분리되어 있다. 성공한 노인은 그렇지 못한 노인들을 비난하기도 한다. 같은 공간에서 교육을 받는 것이 불편하다며 호소하기도 한다. 이들과 다르게 대우해달라고 요구한다. 우리 사회가 신노년이 노인의 정석이라 규정하며 생긴 현상이다. 노인 간에 계층이 생겼다.

과연 모든 노인이 성공할 수가 있을까? 지금껏 많은 노인들을 만나 그들의 인생을 들어볼 기회가 있었다. 그리고 확신한 것이 있다. 지금의 노인들 중 열심히 살지 않은 사람은 단 한명도 없다는 것이다. 시대적 상황과 맞물리며 사회 구조적으로 어쩔 수 없이 힘든 인생을 맞이한 노인들이 대부분이다. 그렇기에 이들을 함부로 비난하는 것은 잘못된 일이다. 그렇기 때문에 첫 번째 '늙은이'를 두 번째 '성공한 노인'처럼 살라는 말은 무책임한 말이 된다.

노인들은 서비스를 받는 것이 아니라 존경을 받아야 한다. 그래야 이들의 삶이 행복하다. 그렇다면 존경 받을 수 있는 노인들은 어떤 사람들일까? 멋지게 성공한 인생을 사는 노인들은 부러움의 대상은 될지 몰라도 존경의 대상이 아니다.

젊은 세대들이 존경하는 노인들은 바로 세 번째 노인인 '선배시민'이다. 선배는 후배에게 힘이 되어주고, 후배는 선배를 본받고 싶어 한다. 그리고 서로가 서로에게 힘이 되고 싶어 한다. 누구나 성공할 수는 없지만, 누구나 선배시민이 될 수 있는 것을 알기 때문이다.

노인 행복의 조건

노인이 행복하기 위해서 선행되어야 하는 것은 지금 노인이 겪고 있는 문제를 해결하는 것이다. 노인의 문제는 결국 경제적인 문제이며, 건강상의 문제이며, 관계에 대한 문제이며, 역할 상실에 대한 문제로 바라본다. 그래서 행복은 문제 해결과 함께 생각해야한다. 노인에게 병원에 가려 할 때 가장 걱정되는 것이 무엇이냐고 질문하면 대부분의 답변은 병원비라고 이야기한다. 그렇기에 건강과 경제적인 문제는 떼어놓고는 생각할 수가 없다. 또한 노인이 가장 중요하게 생각하는 관계는 가족이다. 문제 해결은 가족 안에서 하길 원한다. 사람은 누구나 자신의 문제를 가족 이외에는 풀어놓기가 쉽지 않다. 부끄럽고 창피하기 때문이다.

노인의 문제를 단순화시킨다면 결국 경제와 관계에 있다. 노인의 행복지수를 향상시키는 열쇠도 바로 경제와 관계의 해결에 있다. OECD국가 중 노인의 사회적 관계망 수준은 한국이 최하위다. 사회적 관계망이 높은 나라는 스위스 덴마크, 호주, 독일 순이다. 이른바 복지국가들이다.

복지국가의 노인들은 경제적인 고통이 없다. 노인이 되면 한 달에 200~300만 원이 연금으로 나오기 때문이다. 병원비는 대부분 무료다. 오죽하면 캐나다에 이민 가서 살고 있는 한국 노인은 캐나다의 수상을 보고 장남이라고 이야기 할까? 캐나다 노인의 말에서 알 수 있듯 경제적 문제가 해결되면 가족 관계가 자연스럽게 해결된다. 많은 자녀들이 부모님을 독거노인으로 만드는 이유는 결국 경제적인 부담 때문이다. 자녀가 부모님을 만날 때 경제적인 부담이 없다면 자주 가지 못할 이유가 없다. 관계는 부담이 없을 때 생겨나는 것이기 때문이다.

우리는 노인 문제에 대해 근본적인 해결에 초점을 맞추기보다 세대 통합이나 힐링의 관점으로 접근한다. 대부분이 서비스 제공이나 프로그램 방식이다. 이러한 접근은 일부의 어르신에게 행복감을 느끼게 할지는 모른다. 그리고 힐링을 통해 잠시 행복한 착각에 빠지게 할 수도 있다. 하지만 시간이 조금만 지나고 나면 늘 그대로인 자신과 환경에 절망하며 다시 불행해진다. 이런 절차가 반복되지 않으려면 근본을 생각해야 한다. 결국 노인 문제의 해결과 행복의 열쇠는 문제의 근본을 변화시킬 수 있는 정책에 달려 있다.

정치인과 사회복지사에 의해 만들어지는 노인복지 정책은 분명 한계가 존재한다. 그래서 노인에 의해서 만들어지는 노인을 위한 정책이 필요하다. 노인의 행복을 노인 스스로가 만들어갈 수 있도록 도와주어야 한다.

노인 스스로가 노인복지 정책에 관심을 갖고 노인복지 정책을 수립할 수 있는 영향력을 행사할 수 있도록 도와야 한다. 단지 선거에서 투표를 행사하는 것으로 끝나는 것이 아니라 현 노인문제의 근본이라고 할 수 있는 경제적 문제를 정책적으로 해결해줄 세력이 누구인지 자각할 수 있도록 도와야 한다.

정치적으로 자각하고, 학습하고, 소통하는 노인들이 많아지고 이러한 노인들이 조직화된다면 노인들은 지금보다 훨씬 행복할 수 있는 발판을 만드는 셈이다. 같은 생각을 하는 사람들이 많아지면 그것이 정책이 된다. 자각한 노인들이 조직이 되고, 세력이 되면 노인을 위한 정책이 만들어진다. 이제는 노인들이 노년의 행복을 지켜내기 위한 노인 정책을 만드는 사람이 되도록 돕는 것이 바로 현장의 사회복지사들이 해야 할 중요한 일이 될 것이다.

3. 새로운 노인복지를 위한 현장의 변화

노인복지관의 기능 변화, 커뮤니티 센터로!

사람이 밀집되어 있는 곳이라면 어김없이 카페가 있다. 짧은 기간에 커피 산업은 엄청난 성장을 했고, 대기업과 중소기업은 물론 개인사업으로도 카페는 여전히 인기다. 카페에서 파는 에스프레소 종류의 음료와 사이드 메뉴를 테이블에 올려놓고, 푹신한 의자에 앉아 음악을 듣는다. 때로는 함께 온 사람들과 즐거운 수다를 나누기도 하며, 혼자 온 사람들은 책을 읽으며 시간을 보낸다. 카페 안 모습은 이처럼 다양하다. 간혹 바쁜 일정으로 인해 음료만을 들고 나가버리는 경우도 있다. 각자의 사정이라는 것이 있겠지만 이는 카페를 즐기지 못하는 안타까운 상황이다. 그래서 음료를 주문하고 바로 나갈 경우 할인을 해주는 카페도 있다.

국어사전에서 카페는 '커피나 음료, 술 또는 가벼운 서양 음식을 파는 집'으로 정의하고 있다. 이는 카페의 기능 중 한 부분일 뿐이다. 프랑스어인 *café*의 본래 기능은 '이야기를 나누는 장소'다. 우리가 인터넷 커뮤니티 공간인 네이버 카페, 다음 카페가 단지 차를 마시는 공간이 아니라 생각을 글로 적고, 의견들이 오고 가며 정보가 공유되는 곳임을 볼 수 있다. 프랑스의 초기 카페 문화가 인터넷상에서 그대로 재현되고 있다.

사람들은 저렴한 커피 한 잔을 시켜놓고 사람들과 만나서 당시 이슈에 대해서 이야기를 나누었다. 그리고 생각을 넓혀 나갔다. 어느 민감한 주제에 대해서 이야기할 때는 가게 문을 닫을 때까지도 계속적인 토론이 이어졌다. 자신의 의견을 이야기하고 상대방의 이야기를 들으며 집단지성을 키워 나갔다.

토론이라는 것은 이처럼 자신의 생각을 나누는 것이다. 누구나 생각은 다를 수 있기에 특정한 답을 정하지 않고 먼저 생각을 공유한다. 열린 마음으로 상대방의 말을 경청하고 자신의 생각과 비교하여 정의로운 논리를 찾아간다. 우리가 TV에서 지금껏 봐왔던 〈100분 토론〉, 〈심야토론〉 같은 프로그램은 잘못된 토론의 전형이다. 양대 진영으로 나누어져 있고 처음부터 끝까지 자신들의 주장만 하다가 끝이 난다. 끝장토론을 해봤자 아무 소용없다. 결국 그들이 서로 다르다는 것을 재확인할 뿐이다.

토론은 승자와 패자를 만드는 게임이 아니다. 함께 성장하는 좋은 방식 중 하나다. 그래서 지역에서 커뮤니티를 담당하는 기관들은 사람들이 모여서 토론할 수 있는 곳이어야 한다.

세계 최초의 사회복지관이라고 하는 '토인비 홀'의 경우 지금의 우리나라 복지관과는 사뭇 다르다. 토인비 홀의 내부 구성은 넓은 책상과 많은 의자다. 토론이 우선된 구조다. 우리나라의 복시관들처럼 교육실로 가득 채워진 구조가 아니다.

한국의 복지관들은 서비스 전달 기능이 강하다. 교육실은 있어도 토론실은 잘 없다. 실제 서비스 수행 자체도 커뮤니티보다는 일방적 서비스 제공이 우선된다. 욕구조사라는 방식으로 당사자들의 생각을 들여다보려 하지만 이 방식이 정확하지 않다는 것을 누구보다 잘 알고 있다.

복지관의 가장 중요한 기능은 바로 커뮤니티 센터의 역할이다. 누구나 편안하게 자신을 드러내놓고 이야기할 수 있어야 한다. 딱딱한 간담회 자리나 공청회 자리의 느낌이 아니라 서로 모여서 이야기를 나누는 것이 일상이어야 한다. 이용자들과 사회복지사는 공동체의 문제나 지역의 이슈에 대해서 편안하게 이야기하고 이를 복지관 사업에 적용해야 한다. 해법은 프로그램에 있지 않다. 이용자들이 지역을 정의로운 방향으로 나갈 수 있도록 조직되는 것에 있다.

사회복지사 중 전문가로 인정받는 부류가 있다. 'Community Organization worker'가 그것이다. 지역을 조직하고 촉진하는 전문가다. 복지관과 사회복지사들은 단지 이용자들의 욕구만족을 채워주는 역할을 해서는 안 된다. 이것은 1차적인 부분이다. 복지관은 커뮤니티 센터의 역할을 하고, 사회복지사는 커뮤니티를 통해 같은 생각의 사람들을 조직한다. 그리고 이들을 통해 공동체와 지역 문제를 해결할 때 우리가 진정 추구하는 지역복지가 이루어진다.

사회복지사가 복지 실천을 위해 정치적이어야 하는 이유

현장에 있는 사회복지사들이 때로 듣는 말이 있다면 바로 '정치적 중립'이다. 오랜 기간 복지시설에 근무하면서 느낀 것이 있다면 복지현장은 '정치'라는 말을 상당히 민감하게 받아들인다는 것이다. 정치의 현실에서는 '실제'와 '적용'이 다르다.

정치의 사전적 의미는 "국민들이 인간다운 삶을 영위하게 하고 상호 간의 이해를 조정하며, 사회 질서를 바로잡는 따위의 역할"이다. 정치라는 것 자체가 우리의 인간다운 삶을 위한 것이고, 다양한 이해를 조정하기 위해 있는 것이다.

그런데 정치라는 말에 '적'이라는 접미사가 붙으면서 부정적인 의미가 생겨버린다. 정치가 공적인 범위를 넘어 사적인 이해관계에 적용되는 것처럼 그 의미가 바뀐다.

우리가 흔히 "정치적으로 행동하거나 이용하지 마라!"라는 말을 듣는다. 이 말의 의미는 현 상황을 부정적으로 이용하거나 사적 이해관계에 활용하지 말라는 것이다. 여기서 우리는 '정치적'이라는 단어에 대해서 다른 적용이 필요하다. '정치적'이라는 것은 좋은 말이다. '정치'가 좋은 단어이기 때문이다.

아리스토텔레스는 "인간은 정치적 동물이다"라고 말했다. 인간은 인간이라는 공동체의 행복한 삶을 위해 개입하거나 결정할 수 있는 존재라는 것이다. 이렇듯 정치는 우리의 삶을 행복하게 해줄 수 있는 중요한 부분이다. 이를 잃어버린다면 인간다운 삶에도 멀어질 수밖에 없다.

사회복지는 바로 정치를 통해서 인간의 인간다운 삶을 만들어가는 실천이다. 선배시민의 실천 또한 이와 같다. 그렇기에 정치활동은 사회복지와 밀접한 관계가 있을 수밖에 없다.

사회복지사는 사회복지 현장에 들어서는 순간 정치적이게 되어야 한다. 그것이 우리가 도와주는 당사자들의 행복을 위하는 길이다. 사회복지현장은 사회복지사들의 정치참여를 독려하기 위해 정치아카데미를 개최하고 있다. 정치가 사회복지에 얼마나 큰 영향을 끼치는 알기 때문이다.

사회복지사에게 요구되는 '정치적 중립'이라는 것은 선거 당시의 특정후보를 지지하여 '특정한 일부'와 '사적 이익'을 취하는 것을 방지하는 개념으로 정리해야 한다. 왜냐하면 우리는 전체의 복지를 위해 노력하는 사람들이지 일부를 위해 실천을 하는 사람들이 아니기 때문이다.

'정치적 중립'이라는 말이 '정치적이지 말라!'는 것은 아니다. 우리는 정치적 존재이기에 늘 정치를 하면서 살아야 한다. 사회복지사들은 복지국가를 꿈꾼다. 사회복지사가 되기로 했다면 복지를 위한 정치에 입문한 것이고, 이것은 일부가 아닌 전체 국민의 행복을 가져다주기 위해 노력해야 함을 의미한다.

정치의 삼각형이라는 말이 있다. 삼각형의 각 꼭지점에는 생각, 세력, 정책이 자리한다. 생각이 같은 사람들이 많이 모이면 세력이 된다. 세력이 늘어나 그들의 생각을 요구하는 것이 바로 정책이 된다. 이렇듯 모두를 위한 복지정책을 생각하는 사람들이 많아진다면 복지정책은 쉽게 만들어진다.

사회복지사의 정치적 역할은 모두가 복지를 생각하게 하는 일이다. 좋은 복지정책이 많이 만들어지면 그것이 바로 '복지국가'다.

4. 선배시민의 실천 이야기 – 자각하고, 학습하고, 토론하자

선배시민 자조모임 '한울타리회'의 탄생

선배시민이 되는 방법은 간단하다. 노인복지관에서 운영하고 있는 '선배시민대학'을 졸업하면 된다. 이 대학에서 선배시민으로 자각하는 과정을 거친다. 하지만 꼭 이러한 정규과정만 있는 것은 아니다. 선배시민과 같은 마음을 갖고 있고 이에 대한 실천 방법에 동의한다면 누구나 선배시민이 될 수 있다. 선배시민은 누군가가 지정해주는 것이 아니라 스스로 선배로서의 삶을 산다는 것을 의미한다.

선배시민대학이라는 과정은 선배시민으로 살아가기 위한 길잡이의 역할을 한다. 지난 삶을 되돌아보며 지금껏 생각해온 방식에 대해서 물음표를 던진다. 성찰하고 자각하는 단계를 거치고 나면 선배시민으로 살아가는 방법에 대해서 깊이 있는 학습을 한다. 그리고 서로 간의 생각을 공유하는 토론을 통해서 집단 지성을 키워나가는 과정을 거치며 실천의 길로 들어선다.

'한울타리회'는 평택에 있는 선배시민 모임 중 하나이다. 선배시민대학을 졸업한 노인들로 이루어져 있다. 졸업 이후 지역사회에 의미 있는 실천을 하기 위해 모인 노인들이다. 자유롭고 민주적인 과정을 통해서 모임의 이름을 정했다. '한울타리'라는 모임명은 선배시민들의 실천 가치를 분명하게 보여준다. 우리는 모두 하나의 울타리 안에 모여 있는 공동체이며 함께 살아가야 할 존재라는 의미다. 이렇게 선배시민 조직은 나와 나를 둘러싼 공동체에 대해서 관심을 갖고 다함께 행복하기 위한 실천을 위해 한 걸음씩 나아간다.

회장을 비롯하여 부회장, 사무국장의 인사를 통해 정식적으로 한울타리회가 결성된다. 이 모임은 이제부터 지역의 선배된 사람으로 노인들을 존경받는 존재로 만들기 위해 노력하게 된다. 노인도 변화지만 지역의 공동체 모두가 행복한 사회에서 살 수 있도록 변화의 주체가 될 것이다.

다음 장에서는 한울타리회의 학습과 실천에 대한 사례를 소개하고자 한다. 많은 모임이 있었지만 서로 다른 학습 방법에 대한 내용을 선별해서 간추려보았다.

선배시민 학습하고 토론하다

영상토론 : 첫 번째 모임을 시작하다.

EBS 지식e채널에서 만든 〈푸른 눈 갈색 눈〉을 토론 영상으로 선정했다. 실제 책으로도 출판되어 있는 내용으로 외국의 한 초등학교 교사가 자신의 학급에서 차별 수업을 실험한 내용이다. 학생들을 푸른 눈과 갈색 눈의 두 집단으로 나누어 어느 한쪽을 우월하다고 지정하고 다른 한쪽을 열등하다고 지정했다. 그리고 학생들의 행동상태를 살펴보며 실험은 진행된다. 이 영상은 차별에 대한 이야기다.

영상을 모두 본 후 선배시민들 간에 자유로운 토론이 이어진다. 노인이기 때문에 차별 받았던 상황들이 나온다.

"우리가 노인이라는 이유로 핸드폰을 구매할 때 자세하게 이야기 해주지 않는다. 궁금한 것이 있어 물어보면 말해봤자 모를 것이라고 무시하기까지 한다."

한 선배시민은 핸드폰 상점에서 겪었던 개인적인 경험을 이야기 하며 속상해 한다. 다른 선배시민은 버스에서 겪은 노인차별에 대해서 이야기 한다.

"버스 안에서 자리를 양보해주지 않는 것은 괜찮다. 문제는 버스가 너무 난폭하다. 자리에 앉기 전에 출발하기도 하고 천천히 타고 내린다고 비난하기까지 한다. 노인들은 버스를 타고 내리는 것에 시간이 많이 걸린다. 노인에 대한 배려가 전혀 없다. 내가 차별

받고 있는 것 같다."

버스에 대한 이야기가 나오니 다른 선배시민들까지 자신의 경험담을 쏟아낸다. 거의 비슷한 경험담이다. 결국 난폭한 버스로 인해 차별받는 노인이 이번 토론 주제의 핵심이 되었다.

"그렇다면 이 문제를 어떻게 해결하면 좋을까요?"라고 질문했다. "버스 기사들을 교육시켜야 한다. 난폭운전을 줄이려면 안전하게 운전해야 한다"라는 의견이 나왔다. 선배시민들은 개인의 문제와 더불어 사회구조적인 문제도 함께 생각할 수 있어야 한다. 그래서 사회 구조적인 문제가 무엇이 있는지 서로 토론한다.

그리고 한 선배시민이 이 문제를 정리한다.

"일본의 버스 기사들은 절대 서두르지 않는다. 사람이 다 내리고 탈 때까지 기다린다. 그리고 모든 사람이 앉을 때까지 기다린 다음 출발한다. 이럴 수 있는 이유는 시점부터 종점까지 운행시간을 넉넉하게 잡았기 때문일 것이다. 그렇기에 급하게 운전할 필요가 없다. 우리나라는 버스 기사들이 시간을 못 지키면 징계를 받기도 한다고 들었다. 그 누가 그런 일을 당하고 싶을까? 나라도 난폭운전을 할 것이다."

또 다른 선배시민이 이 의견에 추가 의견과 대안을 이야기 한다.

"버스회사에 시점과 종점시간을 넉넉하게 하고 기사 인력도 충분히 확보해야 한다고 건의해야겠다. 버스회사가 어렵다면 시청에 이러한 의견을 건의할 필요도 있겠다."

선배시민들은 하나의 문제에 대해서 깊이 있는 토론을 한다. 그리고 그 답을 스스로 찾아낸다. 그리고 어떤 실천을 하면 좋을지에 대해서 결정한다. 개인의 교육으로 해결할 수 있는 문제와 사회 구조적으로 바꾸어야 해결될 문제를 구분한다. 한울타리회의 첫 번째 모임부터 선배시민 실천 방법을 분명하게 보여준다.

독서토론 : 생각의 깊이를 더하다

최규석 우화《지금은 없는 이야기》를 선정했다. 그리고 그중 〈가위 바위 보〉라는 단편을 선택하여 선배시민들이 돌아가면서 한 구절씩 읽었다. 내용은 그림이 대부분이고 글이 일부 들어가 있어서 짧은 시간에 함께 읽기가 좋았다. 노인들의 경우 글 읽는 것이 불편한 분들도 계시기에 책을 선정함에 있어 신중함이 필요하다.

〈가위 바위 보〉는 무엇이든지 가위, 바위, 보로 결정하는 한 마을에 대한 이야기다. 이 마을에서 마을 일을 돕던 청년이 일을 하다가 오른손을 다쳐 주먹을 펼 수 없게 된다. 그래서 매번 가위, 바위, 보를 할 때마다 지게 되고 마을의 힘든 일과 나쁜 음식들을 도맡게 된다. 이에 대한 불만을 나타내며 마을 대표에서 내가 다친 오른손이 아닌 왼손으로 가위, 바위, 보를 하게 해달라고 하지만 마을 대표는 거절한다. 가위, 바위, 보는 오른손으로 하는 것이 신성하다는 '규칙'이 있고 이것을 지켜야 한다고 주장한다.

선배시민의 토론이 이어졌다.

"상당히 억울한 이야기다. 오른손이 다쳤으면 왼손으로 하면 될 것인데 약자에 대한 배려가 전혀 없는 곳 같다."

"주먹밖에 낼 수 없는 상황에서 그것을 알게 된 사람들이 그것을 이용해 어려운 일을 이 청년에게 미루었다. 주민들도 참 나쁜 사람들이다."

"마을 대표라는 사람은 약자를 배려하여 규칙을 정해야 하는데 신성하다는 이유로 그것을 바꾸려고 하지 않았다."

마을 규칙에 대한 부당함을 선배시민들이 함께 이야기 했다. 그리고 이 마을에서 가장 나쁜 사람에 대한 이야기를 나누었다.

"처음에 봤을 때 신성함만을 강조하고 융통성이 전혀 없어 보이는 마을 대표가 나쁜 사람으로 보였다. 하지만 근본적인 문제는 그 규칙에 대해서 문제제기를 하지 않고 바라만 보고 있었던 주민들이었다. 그 주민들은 아무 소리도 하지 않았다. 그 규칙에 동의한다면 이익을 얻을 수 있었기 때문이다. 우리 선배시민들은 이런 사람이 되어서는 안된다."

문제의 근본을 찾아낸 선배시민의 말이다.

"그렇다면 이 문제를 어떻게 해결하면 좋을까요?"라고 지난번과 같은 질문을 던진다. 선배시민들은 다시 문제 해결을 위한 토론을 하고 결론을 도출한다.

"신성한 규칙이라는 것은 이미 이득을 취하고 있는 사람이 그것

을 빼앗기지 않기 위해 스스로 붙인 것이다. 공평함이 전제되지 않
는다면 신성함도 없다. 규칙을 지키면서도 얼마든지 해결 방법을
찾아낼 수 있다. 마을 일을 하다가 다친 청년이니 당연히 오른손을
온전히 사용할 수 있도록 무상의료를 제공해야 한다. 의료적인 방
법이 어렵다면 다른 손이나 다른 방법을 사용할 수 있도록 배려해
야 한다. 이러한 모든 실천은 지역주민의 힘으로 할 수 있다. 우리
같은 선배시민이 해야 한다."

선배시민은 책 토론을 통해서 규칙의 중요성을 배웠다. 그리고
한울타리회에 대한 규칙을 만들었다. 특별한 누구에게 억울하지
않는 규칙, 공정한 규칙, 그리고 필요하다면 언제든지 바꿀 수 있
는 규칙이다.

영화토론 : 노인복지의 근본을 깨닫다

국가인권위원회에서 제작한 〈어떤 시선〉이라는 영화를 선택했
다. 이 중 〈봉구는 배달 중〉이라는 한 노인의 에피소드 선택했다.
선배시민이 관심 있어 하는 노인 인권에 대한 내용이다. 30분 정
도 되는 영화를 보며 노인이 차별받는 상황이 무엇이 있는지 찾아
보게 했다.

〈봉구는 배달 중〉은 봉구라는 이름을 가진 할아버지가 실버택배
일을 하면서 겪게 되는 하루 동안의 사건에 대한 이야기다. 한 아
이가 어린이집 통근차를 의도적으로 타지 않았고, 이를 본 봉구 할

아버지가 아이를 어린이집에 데려다주면서 발생하는 노인에 대한 편견과 오해를 다룬 작품이다.

영화를 보면서 웃기도 하고 슬퍼하기도 했다. 마지막에 오랫동안 만나지 못했던 딸을 만나러 가는 장면에는 왠지 모를 한숨을 지었다. 선배시민들은 〈봉구는 배달 중〉을 보고 토론을 시작했다.

"버스 안에 안내방송이 너무 아쉽다. 글을 모르는 노인들도 있는데 노선변경에 대해서 안내를 공지문 하나로 끝냈다."

"공원의 계단을 보며 안타까웠다. 너무 높게 있고 가파르며 계단만 있어서 노인이 이용하기가 불편하다."

"실버택배 회사에서 너무 쉽게 해고 통지를 한다. 전화 한 통화로 고용관계를 끊는 것은 잘못된 것 같다."

"옷을 허름하게 입었다는 이유로 오해받았다는 생각이 든다."

"우리사회에서 아주 평범하게 볼 수 있는 노인의 모습이다. 우리 일 같아서 너무 마음이 아프다."

선배시민들은 영화 속 노인 인권에 대한 이야기를 나누면서 당장 어떻게 할 수 없는 상황에 안타까움을 나타냈다. 그리고 노인에 대한 인식이 바뀌어야 한다고 한 목소리를 냈다. 토론이 끝난 후 다음 모임 때 한 선배시민께서 지난번의 영화토론이 감명 깊었다며 영화 감상문을 써오셨다. 그 감상평 내용에는 선배시민들이 생각하는 노인복지의 방향이 담겨 있었다. 그 글을 소개한다.

〈봉구는 배달 중 영화〉를 보고

김○○

영화를 보고 우리는 토론을 했다. 각자의 의견을 제시하고 많은 것을 소통하고 배웠다.

1. 고정관념   2. 인권   3. 제도 개선

결론은 노년을 위해 국가의 제도 개선이 하루 속히 이루어져야 한다는 것이다. 옛날 부모님을 자녀가 부양하던 시대는 갔다. 가정과 자녀들에게 부담주지 않고 노년이 감당할 수 없는 것을 위해 국가가 제도적으로 보장해줘야 한다. 즉 사회복지의 확장이 가장 필요한 때이다.

많은 사회복지사와 함께 제도권 내에 복지국가를 세우는 것이다. 노인과 자녀들이 부담을 느끼지 않고 살 수 있을 때 자녀의 얼굴도 전화도 웃으며 받을 수 있을 것이다.

우리 노년의 인권을 위해 무엇을 할 것인가? 곰곰이 생각해 본다. 바로 선배시민이다. 선배시민이라는 모임은 참 좋다. 선배시민 자조모임인 "한울타리회"에서 긍정적인 마음으로 열심히 노년의 인권을 위해 노력할 것이다.

나는 어떤 노년으로 살고 있나?

가만히 있으면서 해주기를 기다릴 것이 아니다. 나 자신을 바꾸고 시대에 밀려나지 않는 노년이 되어야 한다. 〈봉구는 배달 중〉이라는 영화를 보고 순간적으로는 봉구의 행복한 얼굴에 웃음도 보았다. 보고 싶은 손자와 미국에 사는 딸을 만날 기대로 기뻐하는 모습도 보았다.

그러나 보이지 않는 그의 뒷모습에는 당장 내일을 걱정하며 살아야 할 것을 알기에 마음을 아프게 했다. 남루한 모습, 수염 속에 가려진 주름진 얼굴이 슬퍼 보였다. 영화의 끝은 해피엔딩처럼 보이지만 결코 그렇지 않다. 우리 노인들을 대표해서 국가에게 복지제도의 개선을 위한 고함을 치고 있었다.

김○○ 선배시민의 자필 감상문

좋은 토론을 위한 조건

토론이라는 것은 자신의 의견을 주장하여 상대방을 설득시키는 것에 있지 않다. 나와 다른 상대방의 차이를 편안하게 들어내고 경청하는 것이 토론이다. 즉 자신의 생각을 말하는 것이 토론이다. 그리고 상대방의 말을 들어주는 것이다. 토론에는 정답이 있지 않다. 선배시민의 토론은 끝장토론 같은 것이 아니며 노선을 정해놓고 싸우는 방식이 아니다. 생각을 공유하고 집단지성으로 만드는 과정이다.

이런 과정을 만들기 위해서는 몇 가지 규칙을 정해두는 것이 필요하다.

1. 자신의 말만 하지 않는다.
2. 상대방의 의견을 부정하지 않는다.
3. 비판은 할 수 있지만 비난은 하지 않는다.
4. 혼자 너무 많은 말을 하지 않는다.

선배시민들의 토론은 이 4가지에 규칙만으로도 자연스럽게 이어질 수 있다.

5. 에필로그

노인복지를 실천한다는 것은 커다란 즐거움이다. 할머니, 할아버지, 아버지, 어머니를 곁에 두고 일하는 것과 같다. 견고하기만 할 것 같은 노인들의 생각이 스스로가 아닌 공동체에게 향하는 모습을 지켜보는 것은 실천현장에서만 느낄 수 있는 큰 감동이다. 혹자는 그런다. 꼰대 같은 노인들은 "절대로 변화지 않는다"며 비난한다. 가까이에서 보고 있다면 생각이 달라질 것이다. 당장 눈에 보이지 않지만 노인들도 조금씩 변하고 있다. 어쩌면 우리가 노인들의 변화를 받아들일 준비가 안 된 것인지도 모른다. 노인들은 조금씩 선배시민으로 바뀌고 있다. 이제 우리는 이들을 존경할 준비만 하고 있으면 된다.

이건일
태평2동복지회관 관장.
"교육하고, 조직하고, 기록하는 사회복지사"
이상이 일상이 되는 복지공동체를 만들기 위해 노력하고 있으며, 지역신문에 〈이건일의 복지탐구〉 칼럼을 연재 중이다. 주요 강의 분야는 노인복지와 인권이며, 대표저서로는 《현장에 통하는 사회복지실습 10가지 노하우》가 있다.

08

아이들 놀이, 미래를 바꾸는 일

이가영

1. 청소년이 행복하지 않은 한국 사회

2017년에는 유독 청소년들의 범죄가 많이 일어나 한국 사회를 충격에 빠뜨렸다. 자신과 아무런 연관이 없는 어린이를 엽기적으로 살인한 청소년도 있고, 같은 또래를 가혹한 방법으로 집단 폭행한 청소년들 사건도 있었다. 9월 부산 여중생 폭행 사건을 시작으로 강릉 여고생 폭행 사건이 알려지면서 이를 매개로 전국 각지의 학교에서 벌어지는 집단폭행 사건이 보도되었다. 영화에서 보는 것보다 끔찍한 사건이 실제로 발생한 데다 가해자가 아직 미성년자인 점, 목재소 부근, 빈집, 모텔이라는 범행 장소, 철골 같은 위험한 흉기를 사용했다는 점으로 인해 많은 이들이 큰 충격을 받았다. 이들의 폭행 장면을 찍은 동영상은 충격 그 자체였다. 그런

데도 가해자들은 마치 사태의 심각성을 전혀 모르는 것처럼 행동했고, 이들의 태도가 SNS와 미디어에 공개되어 사람들을 더욱 격분하게 만들었다.

이로 인해 범죄행위를 한 소년에 대한 형사처벌의 특례와 보호처분 등을 규정하고 있는 소년법까지 폐지해야 한다는 운동이 벌어지고 있다. 청소년이 저지른 범죄라도 강력하게 처벌해서 경각심을 심어줘야 한다는 것이다. 흉악한 범죄를 저지른 청소년이 보호관찰을 통해 개선될 수 있는 여지도 적다고 보기에 소년법 폐지가 주장되고 있을 것이다. 아직은 자아가 제대로 형성되기 전인 청소년 시절에 미래 또한 이미 틀렸다고 단정되어지는 것이다. 그런데 과연 소년법 폐지로 청소년들의 범죄에 대한 경각심을 높일 수 있을까? 과연 범죄를 저지른 청소년들만을 처벌하면 내 아이는 안전해질 수 있을 것인가? 혹시 내 아이가 나도 모르게 그런 범죄를 저지른다면? 내 아이만 문제없게 키운다면 이 모든 문제가 사라질 수 있을까? 나는 정말 내 아이를 통제할 수 있을까?

굳이 이렇게 끔찍한 특수범죄사건까지 들먹이지 않더라도, 한국 청소년들이 행복하지 않다는 것은 어제 오늘의 일이 아니다. 청소년 자살률은 OECD국가 중 1위이고, 청소년 5명당 1명꼴로 자살 충동을 경험했다고 한다.

자살충동의 원인은 다양하다. 성적 고민이 가장 높고, 부모님의 꾸중이나 잔소리, 친구와의 문제, 가정불화 등이 주요 원인이다. 우리나라 청소년들의 얼굴에서 생기가 없어진 지 오래다. 도대체 이런 문제들을 해결할 수 있는 길은 어디에 있을까. 지역사회 복지관에서 일하고 있는 사회복지사로서 한국 사회의 행복하지 않은 청소년들을 어떻게 도울 수 있을 것인가.

2. 놀 수 없어 고통 받는 아이들

《아이들은 놀이가 밥이다》라는 책의 저자 편해문 씨는 아이들의 학교폭력 문제나 왕따 문제가 발생했을 때, 사람들이 그 문제를 어떻게든 해결해보려고 노력하나 대부분은 번지수를 잘못 찾았다고 말한다. 만약 문제가 되는 아이들이 중학생이라고 가정해보자. 그 아이들이 다니는 중학교에서 발생한 부조리만 개선하면 그 문제가 해결될까? 그는 그렇지 않다고 말한다. 문제가 발생한 순간만 단편적으로 바라봐서는 그 문제를 풀 수 없다는 것이다. 근본적으로 문제를 해결하기 위해서는 그 아이가 중학교에 오기까지 살아온 모든 시간을 바라볼 수 있어야 한다. 그리고 그 시간 속에서 아이의 삶에서 놀이가 어떤 비중을 차지하고 있었으며, 어떤 놀이를 했었는지를 분석해야 한다고 말이다. 아이들은 놀아야 행복하다. 왕따란, 밖에서 뛰어 놀고 싶은 아이들이 그렇게 하지 못하니 그런 상황 속에서 친구들 관계에서 만들어낸 놀이라고 주장한다. 닭장

속에 있는 닭이 좁은 환경에서 버텨내기 위해 여럿이서 약한 닭을 쪼는 것처럼, 좁은 교실에서 아이들이 할 수 있는 것이라고는 남을 괴롭히는 것뿐이라는 것이다.

"나는 아이들끼리 놀 수 없는 기막힌 억압이 만들어낸 결과로 '왕따'를 보아야 한다고 말해왔다. 어울려 놀 수 없어 고통 받던 아이들이 더는 견디지 못해 만들어낸 것이 '왕따'이다. (…) 어른들은 다그쳐 묻지만, 아이들은 '놀이'를 했을 뿐이라고 한다. 아이들은 왜 이런 놀이를 할까? 아이들은 놀지 않고는 몸과 마음이 견딜 수 없는 존재이기 때문에 어떤 닫힌 상황에서라도 놀 수밖에 없다. 문제는 아이들이 '열린' 상황이 아니라 '닫힌' 상황에서 버텨내야 한다는 것이다. 닫힌 상황에서 어떤 놀이가 가능할까. 왕따 놀이밖에 없으리라.
관계가 만들어지려면 상대방에 대한 이해가 있어야 하는데 함께 놀지 못해 서로 알 기회가 아이들한테 도무지 허락되지 않았다. (…) 놀지 못하고 자란 아이들의 가장 큰 두려움은 외로움이다. 왕따는 타고난 결대로 놀지 못해 더는 견딜 수 없는 아이들이 살려고 만들어낸 처절한 놀이다. 그래서 이러한 사실을 외면한 채 펴는 무성한 왕따 논의는 가망 없는 짓이다. 놀이의 즐거움을 아는 아이는, 어려서 마음껏 놀았던 아이는 어려움이 닥쳐도 결코 자신을 스스로 버리지 않는다."

3. 노는 아이들의 모습이 사라진 골목길

서양과 달리 광장이나 공원이 발달하지 못한 구도심에서 골목길은, 단지 공간과 공간을 이어주는 역할뿐 아니라 사람들이 모이는 광장과 공원의 역할을 동시에 하고 있었다. 그래서 골목길은 동네 아이들이 만나는 장소이자, 놀이의 터전이었다. 불과 십몇 년 전만 하더라도 골목길에서 땀을 뻘뻘 흘리며 노는 아이들의 모습은 흔하게 볼 수 있는 풍경이었다.

그런데 요즘에는 잘 꾸며진 동네 놀이터를 가더라도 노는 모습의 초등학생들을 찾아보기가 어렵다. 놀이터에는 유아들과 1~2학년 정도의 저학년 아이들만 엄마들이 지켜보는 가운데 놀고 있는 모습이 잠시 관찰될 뿐이다. 놀이터에서 놀 만한 친구를 찾을 수 없다는 것은 아이들이 더 잘 안다. 아이들이 학원에 가고 싶다고 하면 공부를 하고 싶어서라기보다, 아마 친구를 만나고 싶어서라고 보는 것이 보다 정확하다.

어린 시절 아이들이 배워야 할 것들은 책 속 지식들 안에만 있지 않다. 아이들은 친구들과 신나게 놀아보면서 그 속에서 죽음도 경험하고 승리도 경험한다. 우정도 경험하고, 낭만도 경험한다. 친구들과의 관계 속에서 마음껏 놀면서 당장의 행복감을 경험한다. 그러나 아이들이 놀면 불안한 부모들이 있다. 부모들은 자식들만큼은 사회에서 열패감을 겪게 하고 싶지 않아서 자식들의 현재와 미래를 관리하고 있다. 내 아이들에 대한 최고의 사랑은 그들에게 남부럽지 않은 스펙을 만들어 주는 것이라고 생각하는 부모들도 많다. 문제는 남들이 좋다고 하는 자리에 필요한 스펙들을 만드느라 그 외의 사이공간들은 지워지고 있는지도 모른다는 것이다.

그렇다고 부모들이 아이들을 놀려주고 싶어 하지 않는다고 오해하면 안 된다. 역설적이게도 부모들은 아이들이 제대로 놀지 못하는 것에 대해 상당한 부채감을 느낀다. 그래서 비싼 돈을 들여 최신식 키즈카페에 가거나 테마파크를 가기도 한다. 아이들을 놀려주기 위해 부모들이 쏟는 경제적 시간적 투자는 사교육에 못지않을 것이다.

그런데 키즈카페에서는 한정된 시간에 제한된 놀이만 할 수 있을 뿐이고, 테마파크 또한 부모들이 줄서는 노력에 비해 아이들이 실제로 즐기는 시간은 길지 않다. 무엇보다도 이와 같은 공간에서 아이들은 관계를 통한 놀이를 할 기회를 가지지 못한다.

아이들의 놀이라 불리는 각종 체험들은 마치 체계적으로 짜여진 프로그램으로 포장되어 있다. 그러나 일방적인 지도와 획일적인 모방이 존재할 뿐, 또래들과의 상호작용을 통한 창의성이 일어나기 어렵다. 많은 시간과 돈을 쓰면서 부모는 아이들에 대한 부채감을 조금 덜지 모르지만, 과연 아이들은 충분히 놀았다고 생각할까?

4. 주민들과 아이들 놀이에 대해 토론하다

지역주민들과 아이들의 놀이 실태에 대해 이야기 나누었다. 주민들의 이야기를 들어보니 내가 생각했던 것보다 상황이 심각했다. 이미 저학년 때 더 이상 몸을 쓰며 노는 것을 싫어하는 아이들도 있다고 한다. 친구 집에 놀겠다고 모여도 놀이라고는 고작 스마트폰으로 게임을 하거나, TV예능 프로그램을 보며 남들 노는 것을 대신 구경이나 하고 있다고 한다. 안타까운데 어쩔 수 없는 것 같다며 탄식하는 주민들도 있었고, 조금이라도 더 어릴 때 아이들 신나게 놀릴 수 있도록 하자고 제안하는 주민들도 있었다. 드라마 〈응답하라〉 시리즈가 인기를 끌며, 그 시절의 향수를 떠올리고 옛 추억들도 이야기 하지만, 자신만 바뀌어서는 바뀔 수 없다고 했다. 상황이 바뀔 수 있어야 나도 바뀔 수 있다고. '이 길은 아닌 것 같은데…'라고 생각하면서도 다른 대안을 접해본 적이 없으니 서로들 어찌해야 할 바를 몰랐다.

그렇다고 나에게 별다른 해결책이 있는 것도 아니었다. 그러던 중 문제의식이라도 가져보자는 생각이 들었다. 복지관에서 함께 책모임을 하는 주민들과 《아이들은 놀이가 밥이다》를 읽었다. 책은 놀이의 중요성에 대해서 대략 다음과 같이 말하고 있었다.

놀이는 머리 좋아지라고 하는 것이 아니라 즐거움과 행복을 미래가 아닌 오늘 당장 만나기 위해 하는 것이다. 즐겁고 행복할 때의 느낌을 놀이를 통해 알아야 하고, 좌절했을 때도 놀이를 통해, 죽었다가 다시 살아나는 것을 체험했을 때와 같이 삶에서도 이러한 상황을 만났을 때 넘어서고 일어설 수 있는 긍정의 힘을 길러준다고 말하고 있다.

어떤 놀이든지 이기고 지게 되어 있다. 놀이는 이기고 지는 여러 과정을 되풀이하면서 아이들은 어려운 일을 만났을 때 앞으로 힘껏 헤쳐 나아갈 수 있는 삶의 기술을 익힌다. 이와같이 놀이를 통해 배운 용기와 긍정의 힘으로 바깥세상을 움직여 나아가게 된다. 그리고 행복을 찾아가는 힘도 놀이에서 기르게 되는데, 놀이는 미래가 아닌 지금, 이 순간에서 행복을 만나게 하기 때문이란다.

책을 읽은 주민들은 대부분 아이 둘 이상을 키우는 학부모들이라 책 내용에 많은 공감을 표했다. 누군가가 책의 내용은 다 맞는 말인 것 같은데, 그렇다고 어떻게 해야 할지 모르겠다고 먼저 말을 꺼냈다. 아이들의 놀이에 대한 절박함과 필요성은 알고 있으면서도 이것을 어떻게 풀어낼지에 대해서는 뾰족한 수가 없다는 것이다.

책에서 말하는 놀이를 위해서는 같이 놀 아이가 있어야 하는데, 나 혼자 그게 되겠냐는 것이다. 게다가 과연 아이들을 풀어놓고 놀게 하다가 막상 사고가 나거나 싸움이 나면 그것도 감당하기가 어려운 일이 될 수 있다. 모두들 문제의식의 공감하면서도 마땅한 해법을 찾지 못하고 있었다. 주민들 스스로가 하지 못한다면 복지관이 나서서 한번 해보면 어떨까 하는 생각이 들었다. 아이들이 뛰어 노는 골목길과 사람들이 모여서 편안하게 담소를 나누는 광장이 사라진 시대에 복지관이 그 역할을 하면 좋겠다고 생각했다. 사회복지정보원 한덕연 님이 쓴 《복지요결》의 글을 음미해보자.

> "아이들이 어울려 놀게 해 주세요. 골목에서 숲에서 흙에서 (…) 형
> 누나 언니 오빠 동생 친구들과 어울려 놀게 해 주세요." 어울려 놀 곳
> 과 놀 거리와 도구와 재료들을 찾아보거나 만듭니다. 동네 어른들께
> 여쭙고 의논하고 부탁합니다. (…) 아이들이 어울려 놀기만 해도, 세
> 상은 달라질 겁니다. 복지가 절로 이루어질 겁니다. 사람 사는 것 같
> 을 겁니다. 정붙이고 살 만할 겁니다.

5. 놀이의 시작

이와 같은 생각이 내 머리를 맴돌고 있었지만 막상 일을 하려니
어디서부터 어떻게 시작해야 할지 몰랐다. 마침 그때, 책을 함께 읽
고 토론한 한 주민으로부터 문자가 왔다.

"우리 아이들 놀이를 찾아주는 시간을 만드는 거 어때요? 아이
들이 친구들과 신나게 놀 수 있도록 말이에요. 화요일엔 손전등 하
나 켜고 동네 한 바퀴 돌아도 재밌을 것 같고, 목요일엔 햇빛교실
에서 내복파티 하는 거예요."

시연이 엄마였다. 시연이 엄마는 당장 마음에 맞는 엄마들끼리라도 아이들이 동네에서 마음껏 놀 수 있도록 도와주자고 했다. 우리는 당장 만나서 의기투합했다. 서로의 생각을 구체적으로 나누니 새로운 아이디어가 샘솟았다.

쇠뿔도 단김에 빼라고, 당장 돌아오는 금요일에 〈놀자! 놀금!〉이라는 프로그램을 시작하기로 했다. 말이 프로그램이지 체계적이거나 거창한 것은 없었다. 일단 아이들에게 놀 시간, 놀 장소, 놀 친구만 마련해주자는 거였다. 어른이 주도하는 가짜 놀이가 아니라 아이들이 주체가 되어 재미있게 놀기 위해 '촌스럽고 소박하게 놀기'가 목표였다.

시연이 엄마가 동네 사람들에게 이야기해 참여자를 모으기로 했다. 간단하게 포스터도 붙였다. 돌아오는 금요일이 고작 3일 후니 얼마나 많은 아이들이 모일지 알 수 없었다. 다섯 명 자녀를 둔 영호 엄마, 연희 엄마, 복지관 주민모임 회원 중 몇 명이 온다고 했기 때문에, 적어도 열댓 명이 모여서 놀 수 있을 것 같았다.

그런데 막상 당일이 되니 예상을 훨씬 뛰어넘은 30여 명의 아이들이 모였다. 같이 참여하고자 하는 부모도 13명이나 되었다. 처음 모임을 시작한 시연이 엄마와 나는 놀라지 않을 수 없었다.

아이들은 모았는데 뭐하고 놀까? 놀이기구가 없이도 아이들이 놀 수 있을까? 무언가를 준비해줘야 하지 않을까 걱정이 되기도 했다. 그러나 아이들이 놀고자 하는 것은 본능이다. 놀고자 하는 마음이 있는 아이들만 있으면 노는 것은 어렵지 않았다. 화려한 도구가 없어도 아이들은 어떻게든 놀 거리를 찾아낸다.

돌아보면 우리 어린 시절에는 깨진 장독대 뚜껑 같아서 고춧가루 만들고, 나뭇잎 주어다가 김치 담근다며 소꿉놀이 하곤 했다. 부모님이 밥 먹으러 들어오라고 부르기 전까지는 동네 친구들과 원 없이 '땅따먹기'도 하고, '고무줄놀이'도 했다.

놀 것이 있어야 논다는 것은 내가 가진 편견인지도 몰랐다. 사실 우리가 읽은 책에서도 아이들에게는 놀이기구를 만드는 것부터가 놀이의 시작이라는 말이 있었다. 그래서 우리는 만들어진 놀이기구는 최대한 배제하기로 했다. 아이들이 쉽게 만들 수 있고, 주변에서 쉽게 찾을 수 있는 것이 놀이기구다.

초등학생 아이들은 딱지 뒤집기 놀이를 하기로 했다. 뒤집을 판은 아이들 스스로가 만들라고 했다. 한 사람이 10개씩 딱지를 만들라고 했다. 한쪽은 노란색, 다른 쪽은 파란색 종이를 두꺼운 종이에 붙이는 것이다. 아이들은 진지하게 딱지를 만들었다.

막상 딱지 뒤집기 놀이는 시작도 안했는데 자신들이 만든 딱지를 보고 아이들은 좋아라 했다. 테이프 붙이는 게 영 서툴러 보였어도 아이들은 흡족한 눈치였다. 만든 딱지로 딱지 뒤집기 놀이를 한참 재미있게 했다. 팀을 두 개로 나누어 서로 딱지를 뒤집다가 노란 파란색 중 더 많은 색이 위를 보게 놓여진 팀이 이기는 것이다.

아이들은 제기차기도 하고 릴레이 달리기로 하면서 땀에 흠뻑

젖었다. 유치부 아이들은 내복을 입고 베게 싸움을 했다. 웃고, 떠드는 소리가 그치지 않았다. 물론 우는 소리도 많이 났다. 처음 해보는 베개싸움에서 맞는 아이들은 너무 당황해서 눈물을 그치지 않았다. 베개에 처음 맞아봤는데 너무 아프단다. 그런데 울고 나서도 베개싸움을 멈추지 않는다. 우는 아이들은 이제 그만해도 된다고 하니 또 울었다. 왜 자신을 놀이에서 빼냐는 것이다. 때리고, 맞고, 울고, 웃고 아이들의 놀이는 처절했다.

물론 아이들을 놀게 하는 게 생각보다 수월하지는 않았다. 아이들이 놀면서도 끊임없이 어른들을 찾았기 때문이다. 누가 반칙을 했다, 누가 누굴 때렸다, 누가 누구를 소외시켰다 등등. 아이들의 안전을 지키기 위해 온 부모들은 이곳저곳에서 일어나는 갈등을 중재하기에 바빴다. 우리 어린 시절에도 갈등은 있었다. 속이 상한 적도 많았다. 그러나 어른이 끼어들어서 해결해준 적은 없었다.

문득 어른들이 없다면 아이들이 스스로 규칙을 만들고 놀이를 계속할까, 아니면 싸우다가 서로 사이만 나빠지게 될까 하는 생각이 들었다. 과연 부모가 아이들의 다툼에 끼어들어서 중재를 하는 것이 꼭 바람직한 일일까. 아직은 섣불리 판단하기 어렵다. 일단은 안전이 중요하기에 지키는 어른이 빠질 수는 없었다. 그리고 이제 놀기를 시작했으니, 아이들이나 부모에게 시간이 필요할 것이다. 발생할 수 있는 이런저런 갈등이나 문제 때문에 아이들이 놀 수 있는 판을 시도하는 것조차 처음부터 포기해버린다면 영원히 사회는 달라질 수 없을 것이다. 구더기 무서워서 장 못 담겠는가. 어쨌든 즉흥적으로 시작한 〈놀자!놀금!〉은 나름 성황리에 막을 내렸다. 아이들은 그렇게 싸우고도 헤어지는 것이 못내 아쉬운 듯했다. 부모들은 다음에 또 만나면 된다면서 아이들을 달랬다.

자연스럽게 부모들은 한 달에 한번 또는 두 번씩 금요일에 아이들이 실컷 놀 수 있는 시간을 가지기로 했다. 아이들의 입소문은 SNS보다도 빨랐다.

다음 달에 가진 두 번째 〈놀자!놀금!〉에는 무려 60명의 아이들이 왔다. 두 번째 만남인데도 아이들의 놀이는 진화하기 시작했다. 초등학생 아이들은 빈 박스에 들어가서 인간 두더지 놀이를 한다. "나 잡아봐라." 사냥꾼이 달려오면 빈 상자 속으로 다시 숨는다. 미처 피하지 못한 아이들은 여지없이 사냥꾼의 베개로 맞는다. 역시 우는 아이가 생긴다. 무려 3시간 동안 놀면서 다른 친구를 이르는 아이도 있었다.

그런데 재미있는 것은 다툼을 상대하는 아이들이나, 거기에 개입하는 부모들의 태도가 사뭇 첫 번째 놀이와 달랐다는 것이다. 아이들은 어떤 순간에 부모의 개입이 필요하고, 어떤 순간에 스스로 문제를 해결할지를 고민하는 듯했다. 부모들도 마찬가지다. 아이들이 이르면 어쩔 줄 모르던 모습에서 조금은 마음의 여유를 가지고 아이들을 바라보는 것 같았다. 그렇게 놀이를 통해 아이와 어른

모두가 성숙해가는 것인지도 모른다.

아이들에게 맺힌 놀이의 한을 풀어주기 위해서는 한 달에 한 번 두 시간 잠깐 노는 것이 아닌, 최소 일주일에 한 번은 노는 날로 정할 필요가 있겠다는 생각이 들었다. 그래서 매주 토요일마다 2시부터 6시까지 아이들이 놀 수 있게 해주기로 했다. 장소는 복지관 강당도 좋고 뒷산도 좋다. 실내에서만 노는 것보다 자연에서 놀이를 하는 것도 좋을 것 같았다.

어차피 부모들은 아이들이 자연을 경험하게 하기 위해 짐을 바리바리 싸고 몇 시간을 달려 캠핑도 가지 않는가. 놀 수 있는 시간보다 더 많은 시간을 이동시간에 쏟기보다, 지금 당장 동네 뒷산에 올라 놀기 시작하는 것은 어떤가? 어머니들에게 문자로 홍보하여 동네 아이들을 불러냈다. 아이들과 근처 공원에 나갔다.

강당에서는 다툼을 하기도 했던 아이들이 숲에 나가니 이상하게 조용해졌다. 아이들은 산에서 산수유도 줍고, 솔방울도 주웠다. 용감한 아이는 거미도 잡았다. 나뭇가지들 주어다가 다람쥐집도 만든다. 다람쥐집을 만든 아이는 자신이 그것을 만들었다는 사실에 뿌듯해하고, 다른 아이들은 선망의 눈빛으로 그 아이를 바라본다. 근데 함께 놀던 동생이 무심코 나뭇가지집을 무너뜨리니 소리를 빽지른다. 불같이 화를 내는 소리에 동생은 얼어버렸다. 설움이 복받쳤다. 그런데 어느덧 다람쥐집을 만든 아이나 그걸 부순 아이나 과연 다람쥐집이 있기나 했냐는 듯이 다른 놀이에 집중한다.

6. 놀이의 진화

놀겠다고 모인 아이들이 많았다. 계획 없이 놀게 하기엔 규모도 커지고, 아이들도 새로운 놀이를 찾고 싶어 했다. 처음에는 모이기만 하면 다 끝날 것 같았지만, 놀이에 대한 전통이 단절된 지금 아이들만의 상상력으로 놀게 하기에는 인원이 많고 한계가 있었다. 과거에야 동네 언니, 오빠, 형, 누나들이 놀이를 전수해주었지만 지금은 그런 놀이 선배들이 없다. 아예 놀이를 가르쳐주실 수 있는 선생님을 모시는 것은 어떨까 했다.

놀이 활동가가 아이들에게 떡장수 놀이, 콩주머니 놀이, 실뜨기, 산가지 놀이와 같이 잊혀진 놀이를 가르쳐주는 것이다. 당장 적당한 분을 모시고 새로운 놀이를 시작했다. 그런데 막상 이것도 만만치 않다는 것을 깨달았다. 아이들이 승부에 지나치게 집착했기 때문이다. 삐치고 싸우는 아이들을 달래는 데도 시간이 들었다. 놀이 활동가도 시간이 좀 필요하겠다고 했다.

지고 이기고의 결과가 중요한 게 아니라 노는 지금 이 순간이 재미있고, 져서 좌절감도 맛보고, 이기려고 마음도 졸였을 때 성취감도 크다. 결과를 떠나 이 과정 자체가 놀이고 즐거움이라는 것은 경험을 통해서만이 아이들이 깨닫게 되는 것이다. 이런 경험이 없었으니 놀이에서 지거나 실패하는 것에 있어서 극도로 예민하게 받아들이는 것이다. 포기하지 않고 계속하면 아이들이 달라질 것이라 생각했다.

역시나 매주 그렇게 노니 놀이를 대하는 아이들의 태도가 달라졌다. 어차피 다음 주에 또 놀면 되니, 당일 승부에 그렇게 집착하지 않게 됐다. 나는 이번 판에 패했지만 다음에는 더 잘하면 된다. 놀이에서는 얼마든지 질 수도 있고 이길 수도 있다는 것을 경험했나보다. 승패를 대하는 아이들의 태도가 한결 여유로워졌다는 것을 느낄 수 있었다.

한편, 처음 해보는 놀이에 익숙하지 않았던 아이들은 한번, 두번, 세 번 반복하니 점점 자신감을 가지기 시작했다. 자신이 잘하는 놀이와 좋아하는 놀이를 구분하기 시작했다. 그리고 처음 놀이를 시작하는 친구들에게 놀이 방법을 가르쳐주기까지 했다. 별도의 화려한 놀이도구도 필요 없고, 규칙 안에서 몸으로 노니 아이들이 자율적으로 놀 여지가 많이 생겼다.

골목야영 : 골목에서 1박2일 동안 흠뻑 놀기

매주 토요일마다 놀게 된 지 몇 달이 지났다. 아이들은 신나게 놀았다. 그러나 무언가 아쉬웠다. 나의 어린 시절을 떠올려봐도 몸으로 뛰놀며 기쁨을 충만히 느끼기에 너무 작은 시간이다. 아이들도 매번 헤어질 때마다 아쉬워 했다. 아쉬워하는 아이들의 눈빛들이 마음에 걸렸다. 또한 노는 방법도 아쉽다. 다 같이 함께 놀 수 있는 놀이와 규칙을 배우는 게 필요해서 놀이 선생님께 배우며 놀고 있지만, 이것은 놀이의 당사자인 아이들이 직접 세운 계획이 아니다.

그러던 중 방학이 찾아왔다. 방학을 맞아 아이들이 동네에서 1박 2일 동안 충분히 놀게 하면 어떨까. 학교도, 학원에 갈 생각도 하지 않고 원 없이 노는 것이다. 그리고 그 놀이를 아이들 스스로 만들게 하면 어떨까? 놀이의 주인은 아이들이 아닌가. 아이들이 직접 계획하여 동네에서 실컷 놀고, 친구들과 함께 자고, 다음 날 또 일어나서 실컷 노는 것이다. 이를 위해 기획단을 모집했다. 아이들 스스로가 야영하며 놀 것을 기획을 하는 것이다. 초등학교 고학년으로 구성된 기획단이 5명 모였다. 아이들은 놀이를 어디서, 어떻게 놀지 뿐 아니라 무엇을 언제 먹을지도 고민한다. 동생들의 안전을 챙기기도 한다. 기획단은 장소도 미리 답사한다. 여러 가지 안을 가지고 격렬하게 이야기 나눈다. 1박 2일 동안은 노는 소리로 골목이 시끄러울 수도 있다고 동네 어르신들에게 미리 양해를 구하기까지 한다. 그 과정을 아이들이 잘할 수 있도록 거들었다.

골목야영에 필요한 과업들은 크게 나누면 이렇다. 놀거리, 놀 장소, 먹을거리, 준비물 정하기. 만약 기획단을 원하는 아이들이 많다면 과업을 중심으로 기획팀을 세 개로 나눌 수도 있다. 놀이팀, 식사팀, 장소와 섭외 팀으로. 아이들이 의논하여 아이들이 직접 준비하도록 돕는다.

놀이 - 친구들과 무슨 놀이를 할 것인지 정하고, 친구들과 직접 놀아보면서 놀이의 규칙을 정한다. 이 과정에서 알게 된 내용들을 추가하여 놀이 규칙을 정하고 전지에 놀이 규칙을 적는다. 아이들은 사방치기, 땅따먹기, 무궁화 꽃이 피었습니다, 비행기 날리기, 사방치기, 달리기, 딱지치기, 피구, 술래잡기 같은 놀이를 기획했다. 이런 놀이들을 하면서 어둠놀이, 태풍 놀이, 난파선 놀이라는 것도 만들어냈다. 밤에 함께 볼 영화도 정한다. 영화는 몇 가지 안을 가지고 아이들이 직접 투표하여 결정했다.

놀이 장소 – 놀 만한 장소를 물색하고, 직접 답사한다. 주변 이웃들 집에 직접 인사하며 당일 놀이로 인해 시끄러울 수도 있음에 대해 양해를 구하고, 안내문도 붙여 둔다. 아이들은 골목골목을 다니며 놀이할 장소들을 정했고, 물놀이하러 갈 관악산 계곡에 직접 답사했다. 인근 국사봉 고개나 상도공원 등 여럿이서 함께 놀기에 적당한 장소를 둘러보며 섭외한다.

식사 – 다른 친구들의 의견을 반영하여 1박 2일 동안 먹을 음식을 정한다. 마을 어른이나 분식집 사장님께 준비할 요리를 배우고, 시장조사, 장보기, 재료준비 등의 활동을 한다. 과업을 이루는 과정에서 아이들이 스스로 계획하여 적극적으로 준비하고, 혹 어른의 도움이 필요한 부분들은 어른을 찾아가서 직접 부탁드린다. 아이들은 김밥싸기를 정한 후 분식집 사장님께 김밥 만드는 방법을 여쭈었다. 음식 재료를 구입하고, 골목 야영이 시작되기 전날 식재료들의 전처리를 모두 마쳤다. 닭죽 삶기의 경우 불을 사용하는 것이라 동네 할머니들에게 가서 닭죽 쑤어주실 수 있느냐고 여쭈었다. 아이들이 인사드리고 부탁드리니, 어르신들은 흔쾌히 쑤어주신다고 하셨고, 아이들에게 놀 시간을 늘려주기 위해 닭살을 발라내고 설거지하는 것까지 다 해주셨다.

준비물 – 야영에 필요한 개인물품과 단체물품을 아이들에게 알려주고 준비한다. 아이들과 직접 야영에 필요한 물품들을 공부하고 개인 물품과 빌릴 물품을 구별한다. 핵심 과업은 텐트, 빔 프로젝트, 노트북 등 골목야영에 필요한 물품들을 이웃들에게 부탁하는 것이다. 텐트는 지민이 어머니가 빌려주시고 함께 설치까지 해주셨고, 빔 프로젝트를 빌리기 위해 복지관에 물품대여 신청서를 아이가 직접 작성했다. 그 밖에 필요한 물품을 다른 친구들이 가져올 수 있도록 꼼꼼하게 확인했다. 준비물은 돗자리, 얇은 이불, 수건, 칫솔, 물에 젖어도 되는 운동화, 수영복이나 여벌 옷, 튜브, 젖은 옷 담을 비닐봉지, 쌀 한주먹, 김치 약간, 그 외 식비 간식비 교통비로 1만 원.

겨울에는 물놀이 대신에 캠프파이어가 추가 된다. 캠프파이어는 장비를 가지고 계신 정우 아버님께 부탁드려 정우 아버지께서 조명과 장비를 준비해주셨다. 은박지에 싼 감자와 고구마도 구워 먹을 수 있었는데, 이때 캠프파이어와 촛불의식, 장기자랑의 사회도 아이들이 직접 본다. 장기자랑 사회자는 사전에 아이들 사이를 돌아다니며 장기자랑 참가 신청을 받는다.

그렇게 시작된 골목야영은 기획단의 철저한 준비 덕분에 안전하고 즐겁게 끝났다. 기획단에 참여한 아이들은 행사를 치러보면서 뿌듯함을 느꼈다. 제 손으로 만든 놀이라 최고로 재미있었다고 한다. 아마도 놀이와 일, 일과 놀이의 경계에서 한층 더 성숙해졌을 것이다. 어른들께 도움을 받아야 하는 부분은 직접 찾아가서 부탁드렸다. 활동을 다 마친 후 도움주신 어른들에게 일일이 찾아가 감사 인사도 드렸다. 그 과정을 통해 아이들과 어르신들 간의 관계, 아이 엄마들과 어르신들 간의 관계가 생겨났다. 서로가 고마워하는 마음, 우리 동네 어린이들이라는 마음, 골목에는 모름지기 어린이들의 웃음소리가 울려 퍼져야 생기있다는 것을 다시 한번 깨닫게 되었다.

"시골에서나 볼 수 있는 광경을 우리 동네에서 볼 수 있다니, 그리고 그 자리에 저의 아이가 있음에 감사합니다. 도와주신 마을 어르신, 털보 닭집 사장님 감사합니다."   - 하경이 어머니

"동네가 아이들의 노는 소리로 시끌벅적, 동네가 살아난 것 같

아요!"   – 시연이 어머니

"우리 아이들, 마을 어르신들 만나면 인사 잘 드리라고 해야겠
어요. 고맙습니다."   – 서진 어머니

일상생활기술학교

체험활동이 아니라 실제 생활이게 합니다. 그 자체로 놀이가 되
고 공부가 되고 생활과업이 해결되게 합니다. 아이의 인간관계와 일
상생활에 자연스럽게 통합되게 합니다. 놀이, 교우, 청소, 정리정돈,
위생관리, 운동, 인사, 감사, 사과, 위로, 격려, 말하기, 듣기, 집안일,
읽기, 쓰기, 예습 복습 숙제 같은 일상생활을 잘하게 하는 활동이면
좋겠습니다. 취사 세탁 청소 바느질 못질 톱질, 아기 보기, 반려동물
돌보기, 형광등 갈기, 탄 냄비 닦기, 얼룩 지우기, 만들기 고치기…
생활 기술을 배우고 익힙니다. 책과 인터넷을 찾아봅니다. 부모님
과 잘 아실 만한 어른들께 여쭈어봅니다. 이집 저집에서 각자 또는
여럿이 함께 배우고 실습합니다. 이렇게 찾고 배운 방식을 비교해
봅니다. 잘 정리해서 나눕니다. 가르쳐 주시고 도와주신 분들께 감
사합니다.
                                    한덕연,《복지요결》

한창 우리나라가 개발도상기일 때는 부모들도 바빠서 도저히
아이들의 일상을 챙겨주지 못했다. 아이들은 스스로 일상을 꾸려

나가는 법을 익힐 수밖에 없었다. 그런데 지금은 반대다. 일상생활에 필요한 것들을 어른들이 대신해주는 경우가 많다. 물론 공부하기도 바쁜 아이들에게 군이 설거지, 집안 청소, 실내화 빨기 등을 시킬 필요는 없을 수 있다. 하지만, 아이들에게는 일도 놀이가 될 수 있다. 아이들은 부모가 일하는 것을 보면 저도 따라하겠다며 팔 걷어붙이고 나서는 경우가 보통이다. 그러나 나중에 다 크면 할 텐데, 혹은 그 시간에 공부나 책을 읽으라고 한다. 아이들 손이 서툴러서이기도 하고, 군이 필요한 일이라고 절감하지 못해서이기도 할 것이다.

강원도 태백 철암도서관과 대전 추동 호숫가마을도서관에서는 아이들이 일상생활에 필요한 기술을 어른들에게 배우게 돕는다. 이 과정은 아이들에게 노동이 아니라 새로운 것을 알게 되는 즐거움이고 삶이다. 몰랐던 어른들을 알게 되고, 아이와 어른 사이에 관계와 관심이 자라게 된다. 학교는 학교인데 마을 어른들에게 생활 기술을 배우는 학교. 서울 복지관에서도 이 활동 거들면 아이들은 일을 배우며 즐겁게 놀 수 있고, 마을 안에 아이들의 부탁과 감사로 생기가 넘치겠다고 생각했다. 이번에도 아이들에게 활동을 제안하니 열두 명의 아이가 모였다. 아이들에게 어떤 활동들이 하고 싶으냐고 물었다. 아이들은 쌀 씻고 밥 짓기, 라면 익히기, 감자 찌기, 부모님 셔츠 빨래하기, 실내화 빨기, 부침개 만들기, 천연염색해서 손수건 만들기를 하고 싶다고 했다. 부모들이 그런 일을 하는 것을 보고 아이들도 아마 따라하고 싶었던 모양이다. 그러고 보면 그동안 아이들은 부모들이 그런 놀이를 혼자만 한다고 생각했을지도 모르겠다. 과연 누가 아이들에게 가르쳐줄까? 아이들은 동네로 나가 어른들께 부탁드렸다. 정중하게 부탁드릴 수 있도록 이미 연습도 여러 번 해보았다.

"할머니 안녕하세요. 쌀 씻어 밥 짓기를 해보려고 하는데요, 가르쳐주실 수 있나요?"

"세탁소 사장님 안녕하세요. 아빠 와이셔츠 빠는 법을 배우고 싶어요. 사장님께서 친구들과 제게 가르쳐주실 수 있나요?"

어른들은 흔쾌히 가르쳐 주신다고 하셨다. 하루에 두 가지씩 익히기로 했다.

먼저 쌀 씻어서 밥 짓기. 옆집 할머니께서 가르쳐주셨다. 준이 어머니가 햇감자도 보내주셔서, 어르신이 감자 익히는 법도 가르쳐주셨다. 감자 벗기는 것은 숟가락으로 했다. 다음 날에는 세탁소 사장님께 배우는 와이셔츠 세탁하는 법. 와이셔츠는 목에 닿는 부분과 소매가 많이 더러워지니, 그 부분을 집중해서 마찰시켜야 한다고 친절하게 가르쳐주셨다. 가르쳐주시는 세탁소 사장님 얼굴에 흐뭇한 미소가 한가득이다. 실내화도 빨았다. 이천 원짜리 매직블록을 친구들과 나눠서 문질렀다. 세제가 없어도 매직블록이 실내화에 닿으면 심하게 더러웠던 실내화도 새것으로 변했다. 일곱 살 다인이는 세탁소를 나서서 다시 집으로 돌아가며 말한다.

"이제 세탁소 사장님께 놀러가야지."

아이들이 쌀 씻어, 밥 짓는 법 배웠으니 모일 때 스스로가 밥을 해먹기로 했다. 아이들은 계란말이도 만들고, 엄마들이 보내준 반찬 한 가지씩 꺼내어 친구들과 둘러앉아 맛있게 먹었다. 설거지도 아이들이 했다. 서로 하겠다고 거들었다. 생활기술은 점점 난이도가 높아졌다. 골목 아래 빌라 사시는 할머니는 부침개를 만드는 법을 가르쳐주신다고 했다. 아이들은 흥분했다. 채소를 씻고 다듬고, 밀가루 섞고, 프라이팬에 기름 둘러 부침개 부쳐냈다. 부침개 부치자 아이들이 이야기한다.

"부침개 부쳐서 동네잔치 하고 싶어요!" "할머니들 갖다 드리고 싶어요!" 아이들이 소리쳤다. 아 부침개를 보면 나누고 싶은 마음이 자연스럽게 나는구나 싶었다. 자신이 만든 음식을 나누어 먹고 싶어 하는 아이들. 그동안 도움 주신 어르신들 찾아가 인사드리면서, 감사 편지와 함께 아이들이 만든 부침개를 나누어드렸다. 부침개를 받으시는 어른들이 모두 감동 받았다. 고사리 같은 손으로 부친 부침개가 예쁘고도 맛있다고 연신 칭찬하셨다. 이것이 아이들에게 있어서는 〈일상생활기술학교〉의 수료식이다.

세시풍속 놀이

예부터 전해 내려오는 세시풍속도 좋은 놀이 구실이다. 연말이 다가오자, 송구영신을 구실로도 아이들과 놀기로 했다. 이미 대전 호숫가마을도서관과 경주 오늘은 책방, 철암도서관에서 진행한 바 있고, 그 사례들을 읽어보니 이것 또한 아이들이 동네 친구들과 즐겁게 놀고, 동네 어르신들과 아이들의 관계가 자랄 수 있는 좋은 활동이 되겠다 싶었다. 낮에는 동네 친구들과 함께 만두 빚어 나누어 먹고, 저녁에는 동네로 나가 어르신들께 "새해 복 많이 받으세요" 인사드리고, 밤에는 둘러 앉아 올 한해 아름다웠던 추억을 나누는 것이다. 보신각 제야의 타종식 보려면 종로까지 나가야 하는데, 우리끼리 모여서 0시 정각 새 날이 되면 제야의 타종식 하며 새해 소원을 빌기로 했다.

드디어 12월 31일 낮 1시가 되자 아이들이 복지관 1층에 모였다. 다른 친구들 오기를 기다리는 동안 민희, 민혁이, 노을이가 오늘 사용할 컵과 숟가락, 젓가락을 씻었다. 아이들은 한두 명씩 들어왔고, 둘러앉아 노래를 부르며 다른 친구들을 기다렸다. 아이들이 루돌프 사슴코를 부르자고 제안한다. 아이들은 벌써 신났다. 아이들이 모두 모인 2시가 되자, 5학년 순범이 형을 대장으로 아이들이 장을 보러 떠났다. 여자팀 남자팀으로 나누어 돼지고기, 소고기, 부추, 파 같은 재료를 샀다. 물건을 잘 사왔는지, 순범이 형도 동생들을 한 번씩 살펴주었다. 아이들은 친구 형 누나와 함께 장 보러 오니, 장 보는 것도 신나기만 했다.

그 사이 복지관에서는 수인이 어머니와 채민이 어머니가 고구마를 다듬어놓았다. 아이들이 장 보고 돌아오자, 부추, 파를 썰고 다듬으며 만두 만들기가 시작됐다. 5개의 모둠으로 나누어서 부추도 다듬고 썰고, 만두 소를 만들었다. 수인이 어머니가 양념으로 간 맞추는 것을 도와주셨다. 만두소 양념의 고소한 참기름 냄새가 교실 안에 한가득이다. 수인이 어머니가 밀가루 반죽을 나눠주시며 만두피 반죽하는 방법을 설명해주셨다.

"밀가루 반죽을 계속 주물러주세요. 그리고 동글동글 가운데 구멍을 만듭니다. 도넛 같지요? 그 구멍에 손가락을 끼고, 다같이 또 주물럭 주물럭."

밀가루 반죽은 아이들 손에서 공 모양이 되었다가, 도넛 모양이 되었다. 아이들이 함께 손을 집어넣어 주무르니, 이내 가래떡 모양도 되었다. 어느 정도 반죽이 완성되자 가래떡 모양의 밀가루 반죽을 조금씩 잘라서 동그란 공 모양으로 굴린 후 밀대로 밀어주었다. 밀대가 없는 친구들은 유리병으로 밀어도 잘 밀렸다. 만두피 완성. 아이들은 만두 빚기가 재미있는 모양이다. 만두를 만드는 데 온 정신이 쏠려 있다. 사각형 모양, 중국집 왕만두 모양, 만두가게에서 사먹었던 반달 모양, 2학년 윤호는 5학년 순범이 형이 신기술로 만든 만두를 소개한다. 완성된 만두를 프라이팬에 넣고, 기름을 둘렀다. 조금 달궈진 후 노을이가 밀가루를 풀어 넣은 물을 붓고 뚜껑을 덮었다. 맛있는 냄새가 코를 찔렀다. 만두가 익기를 기다리고 있는데, 1학년 태인이가 와서 이야기 한다.

"만두 다 만들어지면, 2층 할머니들 갖다드려도 돼요?"

누가 시킨 것도 아닌데 할머니들 먼저 챙겨드리고 싶다고 초등학교 2학년 태인이가 먼저 제안한다. 잠시 후에 같은 학년 민서도 와서 귓속말로 말했다.

"선생님, 만두를 할머니들께 드리고 싶어요."

복지관 2층 사랑방에 할머니들이 나와 계시는 걸 아이들이 어떻게 알았는지 모르겠다. 음식이 만들어져가니 할머니들 드리고 싶다며 아이들이 먼저 제안한다.

이윽고 만두가 익자, 제일 맛있게 보이는 만두들을 골랐다. 2층 할머니들에게 태인이와 민서가 직접 갖다 드렸다. 이제 아이들 차례. 아이들이 맛있게 먹는다. "와~ 맛있다!" 아이들의 감탄이 계속된다. 만두피도 두툼하니, 더 맛있다. 사 먹는 것보다 훨씬 맛있다.

저녁에는 가래떡 선물을 포장했다. 모둠별로 앉아서 형 누나들이 동생들에게 포장하는 방법도 가르쳐주었다. 핫팩과 떡을 포장지로 예쁘게 싸고, 리본도 달았다. 모양은 삐뚤빼뚤이어도 그 자체로 멋스러웠다. 동네 어르신들에게 인사드리러 나갈 때 전해드릴 선물이다. 윤서는 사탕모양으로도 포장하고, 리본 달고 포장도 했다.

포장을 마치고 동네로 나갔다. 동네로 나가니 아이들이 자기 집 근처로 가자고 한다. "우리 윗집 할머니 드리고 싶어요. 꼭 가요."
"박스 할머니 드리고 싶어요. 꼭 가야 해요. 할머니가 낮에만 계시는데 지금 가면 없을까 봐 걱정이에요." 아이들은 인사드리고 싶은 사람이 많다. 깜깜한 골목길도 손전등 들고, 동네 언니, 오빠, 형,

누나들과 함께 나가니 무섭지 않다. 골목길을 누비며 땡동땡동 초인종을 눌렀다.

"누구세요?"

"안녕하세요! 새해 복 많이 받으세요!"

아이들의 목소리가 쩌렁쩌렁하다. 어른들은 갑작스런 꼬마손님들의 방문에 놀라긴 했지만, 이내 얼굴에 웃음이 한 가득이다.

"어머나! 너희들도 새해 복 많이 받으렴!"

"고맙습니다!"

"몸 건강하고, 부모님 말씀 잘 듣고.. 씩씩하게 자라야 한다." 축복해주신다.

"잠깐만 기다려줄래?"

아이들에게 과자, 사과, 귤, 간식 사먹으라고 용돈도 주신다.

동네 인사 마치고 돌아와서는 2학년 윤호의 사회로 타임캡슐도 만든다.

"타임캡슐 만드는 방법을 설명하겠습니다. 종이 위에 파스텔을 칠하고 그 위에 소금을 문지르면 소금이 예쁘게 염색됩니다. 가지고 온 빈 병에 그 소금을 담습니다. 그 병에 이름을 써서 붙이면 완성됩니다."

윤호는 타임캡슐 만드는 방법을 친구들에게 소개해달라고 부탁받자, 엄마와 집에서 대본을 쓰고 연습했다. 못 알아듣은 어린 동생들도 있어 다시 한 번 설명한다.

아이들은 좋아하는 색깔로 소금을 염색하기 시작했다. 그리고 둘러 앉아 올 한 해 고마웠던 일, 아름다운 추억, 미안했던 일 적었다. 사뭇 진지했다. 아직 글씨를 쓰지 못하는 아이들은 그림으로 그렸다. 내용을 적은 아이들은 한 명씩 일어나 친구들 앞에서 발표했다. 쑥스럽긴 하지만, 신나게 발표했다.

"저는 원준이네랑 캠핑 함께 갔을 때가 가장 좋았어요. 원준이랑 싸웠을 때는 원준이에게 너무 미안했어요."

"저는 정우랑 캠핑 갔을 때가 가장 좋았어요. 정우와 싸웠을 때 정우에게 너무 미안했어요."

정우와 원준이가 적은 내용이 똑같다. 상의하고 적은 것도 아닌데, 둘의 마음이 똑같았다.

"저는 엄마와 여행 갔던 게 가장 행복했어요." 올 한해 즐거웠던 일들을 이야기하니, 아이들 얼굴에 웃음이 한 가득이다.

"우리 가족 모두가 건강하고 행복했으면 좋겠어요." 아이들의 바람은 한결같았다.

발표를 마친 친구들은 정성껏 적은 종이를 타임캡슐에 넣었다. 타임캡슐은 1년 후에 다시 열어보기로 약속했다.

벌써 밤 10시 반이 넘었다. 아이들은 양치질 하고, 세수하고 손발 씻고, 잠옷, 내복으로 갈아입었다. 자리에 이불을 폈다. 제야의 타종식만 앞두었다. 잠깐이라도 자다가 일어날까? 했지만 아이들은 이불 속에 친구를 넣고 김밥 놀이를 한다. 잠옷만 입은 아이들의 노는 얼굴에 웃음이 한 가득이다. 여섯 살 서진이와 은서만 잠들었다.

11시 30분. 타종식 리허설을 했다. 종을 대신하여 징을 치기로 했다. 타종식은 윤서가 제일 먼저 치고, 치고 싶은 사람들끼리 돌아가며 치기로 했다. 제야의 타종에는 나라의 태평과 국민의 무병장수, 평안을 기원한다는 의미가 담겨 있다고 한다. 12시 정각. 윤서의 징소리와 함께 새해가 시작되었다. 돌아가며 징을 치는데 신이 난다. "새해 복 많이 받아~" 아이들의 축복이 오간다. 1시까지도 잠을 이루지 못하고 이야기 나누다가 어느새 하나둘 씩 잠이 들었다. 섣달그믐날 잠이 들면 다음 날 눈썹이 하얘진다는 이야기에도 무거운 눈꺼풀을 이길 수 없다.

다음 날 아침. 오늘은 7시 47분에 일출이다. 일출을 보러 가기로 했기 때문에 7시에 일어났다. 친구들이 하나둘 씩 눈을 떴다. 잠을 좀 더 자겠다고 하는 친구들이 있을 거라고 생각했는데, 이게 웬걸. 아이들은 모두 일어나서 밖에 나갈 채비를 했다. 옷을 따뜻하게 차려입고, 출발. 아직은 어슴프레한 이른 아침, 동네 형 누나 동생들과 함께 걷는 길이 참 상쾌하다. 동네 뒷산 국사봉으로 올라가니 이미 동네 사람들이 많이 와 있었다. 구름이 가득 끼어 비록 일출은 보지 못했지만, 소원도 빌어보았다. 눈을 감고 소원을 비는 모습이 예쁘기만 하다.

아이들은 다시 국사봉에서 내려와 복지관으로 들어왔다. 동네 할머니들이 떡국을 끓이고 계셨다. 어르신들께는 며칠 전에 미리 부탁드렸다. 멸치와 다시마를 넣고 깊게 우린 국물 냄새가 복지관에 한가득이다. 어젯밤 이부자리 펴기 전에 그렇게 열심히 청소를 했건만, 어르신들이 또다시 방을 꼼꼼하고 깨끗하게 닦아주고 계셨다. 아이들이 새해 첫날 깨끗한 방에서 떡국을 맛있게 먹었으면 하는 마음이 느껴진다. 할머니들은 떡국을 퍼주셨고, 그 위에 김가루를 뿌렸다. 아이들은 접시 위에 김치를 옮겨 담았다. 몇 명은 물컵에 물을 따르고, 민혁이는 숟가락 젓가락을 나누어주었다.

"할머니도 같이 드세요. 같이 먹고 싶어요."

민서와 윤서가 할머니들께 가서 말씀드린다.

"고마워, 우리도 먹을 테니, 너희도 맛있게 먹어~."

정우는 떡국 국물이 맛있다고 밥도 말아 먹고, 윤호는 두 그릇을 먹었다. 새해 아침 국사봉에 다녀오고, 친구들과 함께 떡국을 먹으니 새해가 되었다는 게 더욱 실감이 난다.

"할머니, 설거지는 저희가 할게요."

"아니야, 너희는 조금이라도 더 놀아, 오늘은 우리가 있으니까 우리가 설거지할게."

"할머니 고맙습니다."

할머니 말씀에 아이들은 옆방으로 가서 또 신나게 수건돌리기를 했다. 부모님들이 오셔서 집으로 돌아갔다. 명절 아침 동네 할머니들이 끓여주신 떡국을 친구들과 나누어 먹으며 아이들 얼굴에

피어오른 평화로움. 아이들이 떡국 먹는 사진을 본 어머니들이 아이들 너무 예쁘다고 하셨다. 떡국 끓여주신 어르신들께도 고맙다고 인사했다.

송구영신 활동, 재미있었다. 무엇보다 자고 일어나면 그냥 먹는 나이가 아니라, 지난 해 일들을 돌아보며, 새해 소망도 나누었기에 의미가 깊다. 율이는 일곱 살이 되어 신난다고 한다. 윤호는 모든 순서와 시간이 다~ 재미있었다고 했다. 부모님들도 서로에게 "새해 복 많이 받으세요" 인사했다. 풍성하고 평화로운 새해 아침이었다.

7. 아이들의 놀이, 우리의 미래를 바꾸는 일

적극적 복지는 좋은 것을 회복 개발하고 유지 생동시키고 개선 강화 하여 이루는 복지 곧 '좋은 것 또는 좋은 경지'입니다. 적극적 복지사업은 적극적 복지를 이루고 누리게 하는 일입니다. 좋은 것을 살리는 일, 곧 좋은 것을 회복 개발하고 유지 생동시키고 개선 강화 하는 일입니다.　　　　　　　　　　　한덕연,《복지요결》

복지관에서 아이들의 놀이사업을 거드는 것은 지금 당장 당면한 문제를 제거하거나 해결하는 것이 아니다. 복지관이 돌봐야 할 취약계층은 나날이 늘어가고 있고, 여전히 복지 사각지대가 존재한다. 다른 한편에서는 사회복지의 효율성과 생산성을 거론한다. 그렇지 않아도 해야 할 일이 산적한 복지관에서 한가하게 노는 프로그램을 한다고 생각할지도 모른다. 그러나 놀이를 통해 아이들의 건강한 바탕이 마련되면, 개개인의 성장뿐 아니라 다가올 수많은 문제들 또한 예방할 수 있다. 돈이 되지 않으면 아무리 좋은 문화더라도 사라지고 있는 이 시대에, 과거의 좋은 것을 회복 개발하고 유지하며, 생동하고 개선 강화하는 것이 어쩌면 우리가 놓치지 말아야 할 중요한 일일 수 있다.

아이들을 놀게 하는 것은 나중에 아이들이 더 나은 환상적인 것을 얻기 위해 현재를 인내하거나 고통을 감내하는 것이 아닌, 지금 당장 행복감과 자유를 마음껏 느낄 수 있도록 하는 것이다. 아이들은 스스로가 계획하고, 친구들과 신나게 놀면서 그 속에서 우정과 즐거움도 누리고, 무수한 관계와 상황 속에서 자신이 어떨 때 행복한지를 찾을 수 있어야 한다. 자신의 마음과 감정을 바라볼 수 있게 된다. 이 과정 속에서 아이들은 자신이 자신의 인생에서 주인공임을 경험해야 한다. 그랬을 때 아이들은 타인의 시선에서 당당하고, 실패에 쉽게 좌절하지 않는다. 놀이 속에서 아이들은 주어진 것을 충실히 받아들이는 법이 아닌, 스스로 법과 예를 만드는 것을 배운다. 동네 친구들과 함께 협동하고 법을 경험을 하게 되고, 세상은 나 혼자가 아닌 연대의 망으로 이루어져 있다는 것을 몸이 깨닫게 된다. 그런 아이들은 타인을, 스스로를 쉽게 단정하지 않을 것이다. 비단 노는 아이들뿐만이 아니다. 노는 아이들을 바라보는 부모, 이웃, 사회복지사 모두가 스스럼없는 아이들을 통해서 단단한 관계의 망이 맺어진다.

복지관은 지역주민과 지역사회가 복지를 이루고 더불어 살게 돕는 기관이다. 아이들과 지역사회가 아이들의 놀이 복지를 이루고, 그 과정에서 서로 도움을 주고받을 수 있도록 거들었다. 아이들이 함께 어울려 놀게 되자, 아이들 얼굴에도 건강한 웃음이 가득이고 동네에 생기가 돌아오고 있다. 마을 어른들은 동네에 아이들 웃는 소리가 들리니 흐뭇하시다. 아이들이 놀게 하는 일은 미래를 준비하는 일이다. 아이들이 자신의 삶을 주도적으로 살 수 있을 때, 아이 스스로 뿐 아니라 우리의 미래를 바꿀 수 있다. 그 믿음으로 오늘도 아이들의 놀이를 동네 안에서 신나게 거들고 있다.

이가영
선의관악종합사회복지관.
사람과 사람을 연결하며 이웃공동체를 강화하는 일에 주력하고 있다. 사람들에게는 누군가 공감해주고 공감하기도 하는 사이가 꼭 필요하다고 믿는다. 사람들을 연결해서 사람들 안에 있는 서로 기대어 살고자 하는 마음, 남을 돕고자 하는 마음, 서로에게 감사한 마음들을 나눌 수 있도록 주선하고 있다. 이웃과 인정이 흐르는 지역사회를 소망한다.

제3장

마음이 아픈 사람의 곁에 서다

고석 · 한지연

관계로 풀어 나가야 할 문제
- 저장장애Hoarding disorder

고석

1. 쓰레기 더미 가구

사회복지 공무원이나 사회복지사가 업무를 수행하는 복지현장에서는 온갖 잡동사니를 쌓아서 쓰레기 더미를 만들며 살아가는 사람들을 어렵지 않게 볼 수가 있다. '쓰레기 더미' 또는 '저장강박증'으로 뉴스를 한번 검색해보면 주위에서 얼마나 흔히 찾아볼 수 있는지 알 수가 있다. 언론 매체를 통하여 보도된 수많은 기사들 속에서 동일 사례로 보이는 지역을 하나로 보고 검색하면 지난 3개월간 약 30여 건[1]의 관련 사례를 찾아볼 수 있다. 특정한 지역에서 일

---

1. 2017년 5월부터 9월까지 인터넷 포털(네이버)을 통하여 쓰레기 더미 또는 저장강박증으로 검색하여 지역 등을 감안하여 별개의 사례로 31건이 검색됨.

어나는 것이 아니라 사회복지 공무원이나 사회복지사가 근무하는 업무 현장에서는 이제 쉽게 볼 수가 있는 일이 되었다.

지난 2015년부터 서울특별시에서 '찾아가는 동주민센터' 사업을 추진하면서 서울 지역 전체에 대한 전수조사를 한 결과 온갖 잡동사니를 쌓아 놓고 살아가고 가구가 약 312가구가 있다고 조사되었다. 아울러 2014년 한국토지주택공사(LH)에서 관리하고 있는 영구임대아파트 거주자에 대한 전수조사 결과 전국의 영구임대아파트에서 잡동사니를 쌓아두고 살아가는 가구가 292가구로 조사가 되었다.

아파트 단지의 경우 관리사무소 또는 아파트운영위원회 등에서 적극적으로 개입을 하거나 거주하고 있는 주민들이 이러한 문제 상황을 해결하기 위하여 적극적으로 개입하고 통제하므로 아파트 지역은 일반 주택보다 쓰레기를 쌓아두는 경우가 다소 적게 나타난다고 가정할 수 있다. 따라서 전국 3,400여 개의 읍·면·동에 저장장애를 가지고 있는 가구를 유추해보면 적어도 1가구 이상 정도는 있을 것으로 추정해볼 수 있다.

아파트보다는 일반 주택이 잡동사니 쓰레기 더미를 쌓아두기에 용이한 점 등이 있고, 아파트는 해충이나 냄새 등이 이웃 가구에 보다 빨리 전파되는 특성으로 인하여 관리사무소나 이웃 주민들이 통제요인으로 작용하는 것을 감안하여 아파트는 일반 주택가구의 약 10% 정도 발생하는 것으로 추정해본 수치이다.

물질문명의 발전, 즉 물질주의가 만연하면서 사람들은 소유하거나 저장한 물건들을 통하여 심리적인 위안을 받는다고 한다. 이는 소유한 물건들로 인하여 자기 존중감과 자기 정체성에 긍정적인 것으로 작용되어 자신의 지위를 더욱 높여 마치 성공한 사람처럼 보이게 하고, 행복한 사람이 되는 것처럼 생각하게 만든다.

이는 물건들을 소유하지 않으면 불행하다는 결론에 도달하게 되고, 사회에서는 더 많이 소유하거나 가지고 있는 사람을 부지런하고 성공한 사람으로 생각하고, 적게 소유한 사람을 게으르고 나태한 사람으로 보는 시각들이 일상화되고 있다. 이러한 물질 중심의 생각과 시각들이 감당하기 어려운 환경이나 자신과 경험들이 결합되면서 잡다한 물건들에게 스스로 가치를 부여하고 온갖 잡동사니 쓰레기더미를 쌓아두는 사람들이 생겨나게 된다.

쓰레기 더미에서 살아가는 이들은 깨끗하지 못한 환경으로 바퀴벌레, 쥐, 먼지, 오물로 당사자인 본인이나 함께 거주하고 있는 가족까지 건강에 큰 위험을 주고 있다. 뿐만이 아니라, 이웃들에게는 불쾌한 냄새와 바퀴벌레 등 유해한 해충들을 전파하는 매개가 되고 있다. 이는 화재 등 안전사고에 취약하고 사회적 위험요소가 되고 있다.

특히, 쓰레기 더미로 당사자의 낙상이나 낙하물로부터의 위험, 물건의 이동이나 무너짐 등으로 다치거나 갇힘, 가족과의 갈등, 사회적 고립 등으로 인한 외로움을 겪고 있다. 그리고 가족들에게 위험을 주는 환경, 화재 위험, 집주인 또는 이웃으로부터 퇴거 요구 등 주거문제를 겪게 된다. 이웃과의 잦은 불화와 갈등을 초래하고 이웃과의 관계성이나 지역사회에서 도울 수 있는 사회와의 관계망이 무너져내리게 된 환경에서 사회복지사가 적극적으로 개입하여 일상적인 삶을 안정적으로 되돌리기엔 많은 어려움이 따르게 된다.

지난 2017년 9월 초 서울 노원구에서는 자신의 집에서 수도계량기를 확인하다가 무너져내린 쓰레기 더미에 오십대 남자가 깔려 죽었다는 언론기사가 TV, 신문 등에 일제히 보도되었다. 노모가 온 동네를 다니며 잡동사니를 주워 산더미처럼 쌓아둔 쓰레기 더미 속에서 아들이 죽었다는 기사는 많은 사람들로 하여금 안타까움을 주었다. 이는 쓰레기 더미를 치우고 깨끗한 환경에서 살아가도록 하였다면 어떻게 되었을까?라는 의문을 우리들에게 던져주었다. 그러나 단순하게 쓰레기 더미만 치운다고 모든 문제는 해결되지 않는 것이다.

온갖 잡동사니 쓰레기 더미를 쌓아두고 그 속에서 살아가는 사람들을 최근에 와서야 저장장애로 정신의학적 용어들이 통일되고 있다. 그동안 사회복지 공무원들은 이러한 가정을 '가정불결(domestic squalor)로 받아들이고, 청결한 환경제공에 관심을 크게 두었다. 이웃들과의 민원 해결만 우선하여 제3자를 통한 쓰레기 더미를 치워내고 생활환경을 깨끗하게 만들어 나가는 것을 최우선시하였다.

2. 쓰레기 더미 속에서 살아가는 우리의 이웃들

정도의 차이는 있겠지만 복지현장에서는 의외로 많은 사람들이 쓰레기 더미 속에서 살아가고 있다. 쓰레기 더미 속에서 살아가는 이웃을 찾아갈 때면 사회복지사로서 먼저 상대방을 이해하고 열린 마음으로 찾아가야 한다. 하지만 오랫동안 쌓여 있었던 물건들과 썩거나 말라버린 음식물로부터 나오는 견딜 수 없는 악취와 집안과 밖으로 쌓여 있는 물건들은 금세 무너져내릴 것 같은 환경, 어느 곳으로 한쪽 발을 내밀어야 할지 발바닥조차 들여놓지 못하는 방이나 거실에서 상담을 진행하는 것은 담당자를 혼란스럽게 한다. 언제부터 있었고, 어디에서 가지고 왔는지 아직도 먹을 수 있는 기한이 남았는지 볼 수도 없는 요구르트를 자신의 집을 방문한 손님에게 먹으라고, 불쑥 내어놓으면 그것을 먹을 수 있는 사람은 거의 없을 정도이다.

앞으로 겪게 되거나 벌써 겪었던 경험들이 조금이나 도움이 되기를 바라며 오랜 기억 속에 자리 잡고 있는 일들을 끄집어내어본다. 사회복지공무원은 첫 발령을 받거나 인사이동에 따라서 근무지를 옮기게 되면 여러 유형의 사람들을 만나게 된다. 무엇인가 도움을 받기 위해 사무실로 찾아오는 사람들도 있겠지만 각종 복지서비스를 제공받는 대상자들의 가정환경과 생활실태 등을 파악하기 위하여 가정마다 찾아가는 상담을 해야 한다. 그렇게 찾아나선 경험들

중에서 지금도 생각나는 사례를 소개하고자 한다.

　낙후된 도심 재개발사업으로 철거에 대비하여 많은 사람들이 이주하고 폐가 분위기가 물씬 나는 곳에 거주하는 A씨의 집은 섬뜩함이 묻어나올 것 같은 음산한 분위기가 있는 집이다. 이웃들이 이사하면서 두고 간 물건까지 자신의 집으로 옮겨와 자리를 잡았으니 마당부터 들어가기가 만만치 않은 집이다. 무서움을 떨쳐내기 위해 대문 앞에서부터 큰 소리로 A씨를 부르며 등산하는 느낌으로 대문을 넘어 하나씩 난관을 헤쳐 들어가도 아무런 인기척이 없다. 쌓여 있는 잡동사니를 어렵사리 뚫고 들어간 안방은 마당이나 거실과는 달리 휴대용 가스레인지와 코펠이 놓여있는 주위는 빈 소주병이 빼곡히 세워져 있고 그 이외는 얼마동안 라면과 과자로 끼니를 때웠는지 빈 라면, 과자 봉지가 온 방을 가득하게 채우고 있다. 라면 봉지가 널브러져 있는 곳에서 밑에서 뭔가 부스럭거리며 그렇게 불러도 대답 없던 A씨가 슬그머니 머리를 내밀며, "누구요?"라며 일어난다. 한낮에 등골이 오싹해진다는 느낌이 이런 것일까? 혼자서 상담을 해야 하는 사회복지공무원이 방문하기가 꺼려지는 집이었다. 자녀와 부인을 먼저 떠나보내고 혼자서 살아가기 위해 온 동네 물건으로 자신의 집을 채워나가며 허전한 마음을 채워나갔을 것이다. 겨울을 앞두고 A씨는 정신병원에 입원을 하면서 일단락되었고, 이후 한 번씩 병원에서 배운 종이공예로 학이나 꽃을 접어 사무실에다 가져다주면서 자신의 존재감을 보여주었다.

사람이 지나갈 수 있는 길만 남아 있는 B씨의 집은 안경공장을 하다가 부도가 나고 살고 있는 집이 경매로 넘어가고 재개발된 아파트는 매각을 하였으나 인근에서 부동산 사무실을 운영하는 사장이 빼앗아갔다고 생각하고 매일 같이 동사무소를 찾아와 자기 아파트를 되돌려달라고 요구하는 수급자였다. 부인과는 이혼을 하고 노모와 단둘이 살아가고 있다. B씨가 매일같이 동사무소를 찾아오는 시간이면 함께 살고 있는 노모는 동네를 다니며 온갖 잡동사니를 가져다가 집안을 채워나갔다.

아들이 사업을 할 때는 어렵지 않게 살다가 큰 금액을 변제하지 못해 부도가 난 이후에는 아들을 도울 요량인지 자신의 공허함을 채우기 위해서인지 알 수는 없지만 좁은 집을 가득 채운 잡동사니는 두 사람이 누울 공간조차 없었다. 땟물이 가득한 이부자리 주위에는 먹다 남은 음식물이 말라붙어 있고 냄비와 그릇에는 썩어가는 음식물과 온갖 잡동사니에서 나오는 악취는 상담을 위해 찾아가는 상담자는 잠시 동안만이라도 견디기 어렵다.

보통의 비위로 냄새도 견디기 어렵지만, 남들이 자신의 집을 찾아오는 것을 극도로 꺼리지만 한 번은 막무가내로 안방까지 들어가게 되었다. 얼마 만에 그 집을 찾아간 손님인지? 아니면 사람이 그리웠는지 상담을 위해 찾아간 나에게 성큼 요구르트를 먹으라고 내밀어주신다. 유통기한은 지나지 않았는지? 상한 것 아닌지 냄새조차 맡을 수 없는 상태에서 한 입에 들이키고 보니 메스꺼움이 스스로 주체할 수 없었다.

어느 여름날 할머니가 뇌경색으로 쓰러져 빨리 발견하지 못해 돌아가시고 잡동사니 쓰레기 더미는 깨끗하게 치워졌지만, B씨의 집이 위치한 골목 전체는 언제나 알 수 없는 악취와 바퀴벌레 등 해충으로 동네 주민들의 민원은 끝없이 이어지는 집이었다. 자신의 목숨까지 내 걸고 완강히 거부하는 노모의 고집으로 해결하기 어려운 집이었고, 이를 해결하지 못하는 사회복지공무원은 주민들과 동료 직원들로부터의 질책을 오랫동안 듣게 되었다.

이렇듯 사회복지의 현장에서는 어렵지 않게 보게 되는 우리들의 이웃들 그들을 알기 위해서 이제부터는 온갖 잡동사니 쓰레기 더미를 쌓아두는 사람들을 '저장장애(Hoarding disorder)'와 '자기방임(Self-neglect)'으로 나누어 전문적인 방법으로 접근해나가야 한다.

3. 저장장애 원인과 판정 기준

우선 '저장장애'는 '저장강박증' 또는 '저장강박증후군'이라 불리며, 강박 및 관련 장애의 하위 유형으로 규정하고 있다. 이는 미국에서 발표된 DSM-5[2](APA, 2013) 체계에서 신설된 개념으로 강

2. 미국정신의학회에서 발표하고 정신의학분야에서 가장 보편적으로 정신장애의 진단을 위해 활용하는 정신장애의 진단 및 통계 편람(Diagnostic and Statistical of Mentel

박 및 관련 장애의 하위 유형은 강박장애, 신체변형장애, 발모장애, 피부파기장애와 함께 '저장장애'를 정의하고 있고 그 기준은 다음 표1과 같다.

표1 DSM-5 저장장애 판정기준

A. 실제 가치와는 상관없이 소유물을 버리는 데 지속적인 어려움이 있다.

B. 물건들을 모아야 할 주관적 필요성과 버리는 것에 대한 고통에서 기인한다.

C. 물건들을 버리는 것의 어려움은 생활공간을 메우고 축적하여 공간의 본래 용도대로 활용되지 못한다. 만약 생활공간이 소유물로 넘쳐나지 않는다면 제3자(가족, 청소부, 기관)의 개입에 의한 것이어야 한다.

D. 저장은 임상적으로 유의한 고통이나 사회적, 직업적, 또는 중요한 기능 영역에서 명백한 장애를 준다.

E. 저장은 다른 의학적 상태에 의한 것이 아니다(즉 뇌손상, 뇌졸중, 뇌혈관질환, 프레드 – 윌리증후군).

Disorders)으로 1994년 발표한 DSM-Ⅳ를 개선하여 2013년 5월 새롭게 변경했다.

F. 저장은 다른 정신질환으로 더 잘 설명이 되지 않아야 한
다(즉, 강박장애에서의 강박사고, 주요 우울장애에서의 활력감
소, 조현병이나 다른 정신병적 장애에서의 망상, 주요 신경인지
장애에서의 인지 결함, 자폐연속선상장애에서의 제한된 관심).

특정형

- **과도한 습득이 있는 경우:** 필요하지 않거나 혹은 유용한 공
간이 없는 경우에도 과도하게 물건을 습득하고 버리는 데
어려움이 동반하는 경우
- **좋은 혹은 양호한 병식을 가진 경우:** 저장과 관련된 신념이
나 행동이(물건 버리기의 어려움, 잡동사니 쌓기, 과도한 습득)
문제가 있다는 것을 인식하는 경우
- **병식이 불량한 경우:** 저장과 관련된 신념이나 행동이(물건
버리기의 어려움, 잡동사니 쌓기, 과도한 습득) 명백한 증거가
있음에도 문제가 없다고 거의 대부분 인식하는 경우
- **병식이 없는 경우 혹은 망상적 신념을 가진 경우:** 저장과 관
련된 신념이나 행동이(물건 버리기의 어려움, 잡동사니 쌓기,
과도한 습득) 명백한 증거가 있음에도 문제가 없다고 전적
으로 확신하는 경우

강박 및 관련장애에서 강박强拍이란 강하게 치거나 압박을 의미하므로 무엇인가에 심리적으로 집착하여 스스로 어떻게 할 수 없는 병리적 상태를 뜻한다(권석만, 2013).

따라서 강박장애는 정신질환의 한 영역이라고 알려져 있다. 강박장애는 자신이 불합리하다는 것을 알고 있으면서도 강박적인 사고나 강박적인 행동, 집착 등을 지속하게 하여 자신의 일상생활이나 직업적 활동, 사회적 활동에 제한을 주고 있는 장애이다.

강박장애의 증상으로서는 강박적인 사고와 강박적 행동, 집착이 있다. 이중 강박적 사고로는 오염되었다는 생각, 병적인 의심, 완벽주의, 공격적인 사고, 병이 걸렸다는 생각 등으로 나타나며, 강박적인 행동으로는 확인 벽, 씻기, 질문이나 고백, 완벽추구, 반복해서 세기, 잡동사니 수집 등으로 강박적 사고나 강박적 행동은 단독으로 나타나는 경우는 드물고 시간 경과에 따라 다양한 강박증세가 나타난다.

정신의학 전문가에 의하면 강박장애의 원인으로서는 크게 생물학적인 원인과 심리적인 원인으로 나눌 수 있다고 한다. 생물학적인 원인으로서는 세로토닌(Serotonin)[3]을 중심으로 한 신경전달물

---

3. 세로토닌(5-hydroxytryptamine, 5-HT)은 뇌에서 감정, 공격성, 각성과 수면, 식욕, 인지기능(기억과 학습) 등과 관련되며, 불안, 강박장애, 조현병의 음성증상 등과도 관계가 있다.

질의 이상과 뇌의 전두엽(frontal lobe)[4], 기저핵(basal ganglia)[5] 그리고 대뇌변연계[6]의 활동성 증가와 관련이 있다고 한다.

또한 심리적인 원인으로서 정신의학적인 원인, 학습주의적인 원인, 인지행동적인 원인으로 나눌 수 있다. 그중 저장장애에 대한 인지행동적인 원인은 정보처리 능력의 결함(주의 집중 유지에 문제가 있고, 수집물을 분류하고 의사를 결정하는 능력이 현저히 떨어짐), 소유물에 대한 부적응적인 믿음(소유물에 대한 독특한 믿음과 의미를 부여하고, 소유물에 대한 정서적 애착, 기억의 오류, 과도한 책임감, 통제에 대한 열망 등), 정서적 고통 및 회피(사물을 버리거나 소유하지 못할 때의 불안감, 애도감, 죄책감 같은 경험으로 정서적 고통을 해결하기 위해 저장행동)로 구분된다.

실제 저장장애를 가지고 있는 사람들은 갑작스럽게 자신에게 일어난 일, 즉 질병, 교통사고, 사업실패 등으로 사랑하는 사람을 잃거나 돌이킬 수 없는 상황을 맞이하거나 겪게 되었을 때 자신이 받

4. 전두엽은 대뇌반구의 앞에 있는 부분으로 기억력, 사고력 등을 주관하고 다른 연합영역으로부터 들어오는 정보를 조정하고 행동을 조절하는 기관이다.

5. 기저핵은 대뇌반구에서 뇌간에 걸쳐 존재하는 회백질성 신경핵군. 미상핵(尾狀核), 피각, 담창구, 시상하핵, 흑질로 구성되며, 전장도 여기에 포함시킬 수 있다. 이러한 핵은 서로 연락하여 전체적으로는 커다란 기능계를 형성하며 신체 전체의 균형을 위한 안정성 유지기능을 수행한다.

6. 대뇌변연계는 본능행동과 정서감정을 주재하는 기구로서 섭식행동, 개체보호, 종족보존을 위한 성행위, 본능행위의 욕구가 위협될 때의 불쾌감과 분노, 반대로 욕구가 충족될 때의 쾌감 등 정서, 감정 및 행동을 주재하며 그 밖에 학습과 기억에도 관여한다.

게 되는 불안이나, 죄책감, 정서적 애착 등 스트레스를 제대로 풀거나 해결하지 못하고 치유받지 못해 나타나는 경우가 많다.

다른 사람들도 이러한 상황을 겪게 되지만 스스로 감당할 수 없는 큰 스트레스를 가족이나 사회관계 속에서 풀거나 위로받고 자연스럽게 치유되거나, 정신의학적으로 치유하면서 이겨내고 있다.

그러나 쓰레기 더미 속에서 살아가는 사람들은 가족이나 이웃들과의 사회 관계성이 이미 깨진 경우가 많고 이러한 환경이나 상황을 회피하거나 건강하게 벗어나지 못하여 강박적 사고와 강박적 행동으로 저장행동이 나타난다.

또한 저장장애는 자신에게 필요나 사용과는 관계없이 무조건 물건들을 모으고, 모으지 못할 경우 스스로 불안해하거나 고통스러워하는 등 불쾌한 감정을 느끼는 정신질환이다. 취미나 필요, 절약을 위해 물건을 모으는 것이 아니라 병적인 집착으로 모든 잡동사니를 자신의 영역 안으로 쌓아두는 것을 말한다.

사물에 대한 적정한 가치평가를 제대로 하지 못해 자신에게 필요한 물건인지, 보관해야 하는지, 버려야 하는지에 대한 판단을 명확하지 못하며, 강박적 사고를 완화하거나 해소하기 위한 행동으로 볼 수 있다.

특수한 형태의 저장장애로서 동물저장장애(Animal Hoarding)도 볼 수 있다. 많은 수의 반려 동물을 수집하거나 데리고 사는 사람으로 반려동물을 과도하게 수집하고 저장하는 사람은 대부분 물건도 지나치게 수집하고 저장한다. 그러나 동물을 위한 최소한의 영양공급, 위생, 건강관리 등 치료를 제공하지 못하여 질병, 기아, 죽음 등의 열악한 환경에 방치되나, 거의 대부분 자신의 저장행동이 문제라고 인식하지 않는다.

저장장애와 같은 강박장애의 치료에 있어서 약물치료나, 행동치료, 인지치료 등 정신의학적으로 전문적인 약물 또는 심리치료가 우선적으로 필요하고, 주위 이웃이나 친척, 또는 지인들과의 사회관계성을 회복시켜 온갖 잡동사니를 모으고 쌓아두는 행동들을 줄여나가야 한다.

그러나 사회복지 공무원이 현장에서 만나는 사람들의 대부분은 자신이 정신의학적 치료를 받아야 한다고 인식하지 못하고 완강하게 거부한다.

현재의 상황을 그대로 유지하려는 의지가 매우 강하므로 저장장애에 대한 문제 해결을 위하여 정신의학적 전문 치료를 받거나 상담조차 받을 수 있도록 하는 것은 매우 어려운 일이다. 자신이 다른 사람에게 피해를 주고 있다는 사실을 대부분 인정하지 않으며, 정신질환으로서 받아야 하는 치료는 절대 받아들이지 않는다.

그렇다고 저장장애가 있는 사람들과 다투거나 불필요한 언쟁으로 치료를 강제할 수는 없다. '건강 문제 또는 가정불화 등 염려되는 부분'에 대하여 먼저 상담하도록 권유하면 치료를 설득하는 것이 필요하다. 저장장애에 대한 문제는 인정하지 않아도, 건강 문제나 가정불화 등 부차적인 문제들은 인식하거나 인정하는 경향이 있으므로 부드럽게 권유하면서 전문적 치료를 받도록 접근할 필요가 있다.

4. 노인들의 자기방임

중앙노인보호전문기관의 자료에 따르면 노인학대 중 자기방임의 비율이 2005년 1%에서 2015년 10.1%로 가파르게 증가했다고 한다. 자기방임은 노인 스스로가 의식주 제공 및 의료 처치 등의 최소한의 자기보호 관련 행위를 의도적으로 포기 또는 비의도적으로 관리하지 않아 심신이 위험한 상황이나 사망에 이르게 하는 행위라고 정의한다(중앙노인보호전문기관, 2016년).

유럽에서는 자기방임을 '디오게네스 신드롬(diogenes syndrome)', 미국에서는 '노인성 손상 신드롬(senile breakdown syndrome)', 호주에서는 '가정불결(domestic squalor)'이란 용어를 사용하고 있다. 원인으로서는 노년기에 발생하는 일상생활기능 저하, 인지기능 저하, 노쇠, 정신질환(psychiatric illness) 등이 자기방임의 발생을 높이는 위험요인이 된다고 보고되고 있다.

유형으로서는 첫째, 자기 돌봄 상실, 개인 위생관리의 어려움, 영양 및 약복용과 건강관리 부족으로 나타나는 자기방임과 둘째,

불안전한 환경, 지저분함, 쓰레기 축적, 잡동사니 축적하는 환경적 방임, 셋째, 사회적 관계를 철회하는 사회적 방임 등 3가지 유형으로 나눌 수 있다.

자기방임의 기본적 특징으로는 씻지 않는 것, 영양불량, 약복용 거부 등과 같은 '극단적인 개인 방임', 먹지 않고 남겨진 음식들과 전혀 돌보지 않는 애완동물로 인하여 벼룩이나 바퀴벌레가 들끓는 '극도의 집안 불결상태'이다. 또한 감정의 표현이 전혀 없는 '무감동적인 행태', 가족이나 과거의 관계로부터 고립된 '사회적 고립', 불필요한 생활상의 '쓰레기를 수집하는 경향' 그리고 부끄러움을 느끼지 못하는 '수치심의 결여' 등 저장장애의 여러 특징들과 중첩되게 나타나는 증상 등으로 현장에서 서로 구분하여 대처하기가 쉽지 않다.

5. 쓰레기 더미 민원, 어떻게 해결할 것인가?

본인이 허락하지 않으면 아무도 집안으로 들어가지 않을 것이며 쌓아둔 물건을 버리거나 처분하지 않겠다고 분명하게 약속하고 당사자를 안심시키며 접근해야 한다. 그러나 사회복지 공무원이 근무하는 현장에서는 이웃 주민들의 민원신고에 의하여 발견되거나 개입해야 하는 경우가 많다. 읍·면·동 등 공공기관에서는 민원 해결차원에서 당사자를 반강제적으로 설득하여 청소와 주거환경을 개선하는 경우가 많다. 이러한 방법은 효과적이지 못하고 저항이나 반발을 불러일으켜 잠시 깨끗해질 수 있으나 순식간에 다시 쌓여서 문제 해결을 더 어렵게 만들 수 있으니 조심해야 한다.

사회복지 공무원은 대상자 문제 해결을 위하여 지역사회 내 전문가와 이웃들을 조직하고 연계하여 협력할 수 있는 네트워크를 만들어 나가는 것이 필요하다. 관련기관이나 단체와 사례 관리회의와 같은 전문적 접근이 필요하다. 당사자가 신뢰하거나 의지하는 사람과의 관계가 회복되도록 하고 이들을 통하여 저장행동이 완화되도록 단계적인 접근이 필요하다.

우선 쓰레기 더미를 모으는 행동에 대한 원인을 찾고 이를 대신할 수 있는 대안행동을 찾아서 제안해야 한다. 쌓아둔 물건들로 인하여 일상생활을 제대로 하지 못하는 것을 하나씩 할 수 있도록 하여 궁극적으로 일상적인 행동, 즉 음식을 조리하고 설거지하기, 욕실에서 샤워하기, 세탁기에서 빨래하기 등 일상생활에 전념할 수 있도록 해야 한다.

이를 통하여 과거에 회피하거나 기피하던 행동에 참여하게 하는 것이 필요하다. 그리고 생활공간을 사용할 수 있도록 쌓여 있는 물건들을 조직화, 그룹화가 필요하다. 특정한 물건들을 보관할 장소를 협의하여 정하고 그곳으로 물건을 옮기거나 규칙들을 정하여 행동할 수 있도록 하고 마감시간을 정해서 제한된 시간을 효율적으로 사용하도록 구체적인 계획을 세워 실천하도록 하는 것도 필요하다.

이렇게 하다 보면 생활공간들이 본래의 용도로 사용될 수 있고 자신이 겪고 있는 불안감, 죄책감, 수치심에서 벗어날 수 있다. 특히 본인이나 가족들의 적절한 영양 상태를 유지하기 위하여 주방이나 냉장고를 사용할 수 있도록 그곳이나 주위에 있는 잡동사니를 치우고 옮겨서 조리하고 식사할 수 있도록 계획을 수립하고 지켜나가도록 한다. 그리고 본인이나 가족이 씻을 수 있는 욕실, 편안한 잠자리를 가질 수 있는 안방 등을 차례로 순서에 따라 조금씩 변화시켜 나가는 것이 필요하다.

다음으로 잡동사니 쓰레기가 집안으로 유입하지 않도록 물건에 부여된 독특한 의미를 변화시키거나 수집행동을 자극하는 원인을 찾아 해소하거나 스스로 낮출 수 있도록 해야 한다.

마지막으로 쌓여 있는 물건들을 처분하도록 격려하면서 처분할 물건과 보관해야 하는 물건을 구분하도록 훈련하면서, 물건을 처분할 때는 격려하여 이러한 행동을 더욱 강화하도록 지지해야 한다.

사람은 누구에게나 각별하고 소중하게 여기며 끔찍하게 아끼는 물건들을 하나쯤 가지고 있다. 왜 그러한 물건을 아끼고 소유하는지 알려면 그 사람이 살아온 환경과 과정, 그리고 물건의 가치보다는 의미를 잘 알아야 한다.

어릴 적부터 학교에서나 사회에서 교육을 받으며 미래의 더 나은 삶을 살아가기 위하여 언제나 근검절약하고 저축하며 살아가도록 교육받으며 살아왔다. 이러한 교육을 통하여 소비를 줄이고 무엇인가 모아두는 것은 언젠가 필요할 때 요긴하게 사용될 수 있으리라는 믿음이 있기 때문이다.

이처럼 온갖 잡동사니 쓰레기를 산더미처럼 쌓아두고 이웃에게 불편을 주고 있는 사람들도 이러한 믿음이나 본인의 편안한 안식을 위하여 저장행동을 하지는 않는지 먼저 이해해야 한다. 이러한 문제 상황을 해결하기 위하여 무엇인가를 소유하고 저장하는 사람들의 마음들을 먼저 이해하는 것이 필요하다.

사회복지 공무원은 인사이동으로 언제든지 다른 곳으로 떠날 수 있다. 그럼으로 저장장애를 겪고 있는 사람이 주위 가까운 곳에 있는 이웃이나 친척 또는 가족 중에서 이들을 옹호하거나 지지하는 사회 관계망을 구성하고 문제를 해결해야 한다.

더 이상 저장하지 않고 인생을 즐기면서 살아갈 수 있도록 사회복지사를 비롯한 정신건강 전문가, 청소 및 정리정돈이 가능한 이웃이나 친척 또는 가족 등 지역사회 네트워크를 통한 다양한 사람들의 참여를 통하여 해결할 수 있도록 노력해야 한다.

6. 사회복지의 새로운 접근방법

단순한 '가정불결'에서 청결을 우선시 해오던 대응방안을 병리적인 문제로서 저장장애 또는 '자기방임'이라는 의학적인 접근으로 사회복지 공무원의 인식은 크게 변화되었지만, 그래도 사회와 이웃의 따뜻한 관심과 관계 회복을 통해 해결방안을 찾는 노력들이 필요하다. 따라서 의학적 전문 치료를 제공하는 문제와 지역사회에서 체계적인 복지 서비스를 제공하는 문제로 적정하게 나누어 해결방안을 찾아가야 한다.

쓰레기 더미로 인한 피해를 직접적으로 받고 있는 당사자나 그 이웃 주민들을 위해서라도 문제 상황에 놓여 있는 가구에 대해서는 적정하게 개입할 수 있는 법과 제도 정비가 필요하다. 또한 쓰레기 더미를 치우거나, 주거환경 변화를 중심으로 한 단기적인 서비스 제공에서부터 지속적인 상담과 지지, 이웃과 함께할 수 있는 사회 관계망 회복 등을 위한 장기적인 수립까지 다양한 서비스를 제공함으로써 문제 해결을 위한 개입 방안을 마련해야 한다. 아울러 문제해결을 위한 서비스를 거부하거나 강한 저항을 보이는 대상자에 대한 설득 기법, 신뢰관계 형성 등 문제 해결을 위한 토대가 마련될 수 있도록 적정한 수용, 공감적 경청, 진솔한 마음을 나눌 수 있는 방안들을 체계화 하는 업무 매뉴얼이 개발되어야 한다.

최근 읍·면·동 허브화, 찾아가는 동주민센터 등의 사업추진으로 읍·면·동 단위에서의 사례관리의 중요성이 대두되고 있다. 쓰레기 더미 가구를 많은 지역에서 통합 사례관리 대상자로 선정하여 업무를 수행하고자 한다. 이에 따라서 정확한 욕구 사정을 위한 타

그림1 잡동사니 쓰레기 더미 가구에 대한 통합사례관리 프로세서

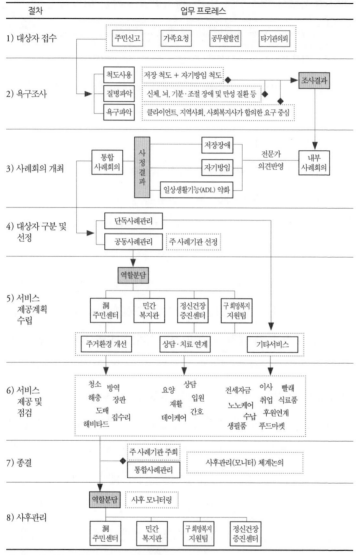

출처 : 하재홍, 저장장애 vs 자기방임(2017)

분야에서 개발되어 다양한 문제에 사용되는 분석 척도(예_저장장애 진단척도, 자기방임 진단척도, 우울척도 등)를 직접 또는 혼용하여 물건을 쌓아두는 이웃들에게 활용할 수 있어야 한다. 아울러 정확하고 전문적인 임상적 진단을 위하여 정신질환·심리상담 전문가 등 문제 상황을 해결할 수 있는 다양한 기관이 함께 참여하는 통합 사례관리 또는 공동 사례관리 체계를 확립해야 한다. 그림 1과 같이 잡동사니 쓰레기 더미 가구에 대한 통합사례관리 프로세서(하재홍, 2017)를 업무처리에 참고하도록 해야 한다.

고석

사회복지를 천직으로 여기며 오직 한길을 달려온 사회복지사, 사회복지공무원 고석은 늘 현장과 호흡하고 있다. 그는 피하지 못할 일들은 즐기면서 살아가고 있다. 그는 새롭게 복지의 길을 걷게 될 후대들에게 함께 뛰어가자고 먼저 손 내미는 가슴 따뜻한 사회복지공무원이다. 이제부터 피하지 못할 일이라면 더욱 즐겨 보겠다고 다짐한다. 행복하고 후회 없는 삶을 위해서….

10

해변의 여인

- 정신건강 사회복지 네트워크를 꿈꾸며

한지연

1. 해운대에서 만난 영희 씨와 민수

나는 매일 아침 흔히들 말하는 낭만과 추억의 해운대 바닷가를 지나 출근을 한다. 이른 아침임에도 저마다의 추억 쌓기에 열중인 사람들로 바닷가는 언제나 설레임으로 가득하다. 하지만 해운대구청 새내기 통합관리사로 근무하는 나는 그들과는 또 다른 설렘과 긴장으로 그 길을 지나간다.

9월 어느 날, 가을비가 추적추적 내린 그날도 그랬다. 서둘러 길을 걸어가던 나는 문득 누군가를 보고 발을 멈추었다. 초점 없이 지친 눈빛과 엉킨 머리, 알 수 없는 냄새, 제 색깔을 잃어버린 포대기에 본인 몸만큼 큰 4살 된 아들을 업고 있는 깡마른 그녀의 첫인상은 매일 출근길에 만나던 아름다운 풍경과는 다른 낯선 모습이었다. 나는 그렇게 해운대 바닷가를 배회하던 영희 씨를 만났다.

영희 씨의 어머니는 가출했고, 아버지는 세 번이나 재혼을 했다. 아버지는 그녀를 초등학교에 입학과 동시에 남동생과 함께 시골에 있는 백부의 집에 맡겨버렸다. 백부의 집에서 그녀는 말 못할 고초를 다 겪었다. 집안 살림과 농사일로 고된 하루를 보내기 일쑤였고, 학교생활 또한 늘 왕따로 녹록치 않았으며, 밤에는 백부의 성폭행이 이어졌다. 어린 영희 씨에겐 감당하기 어려운 고통의 날들이었다. 3번의 유산과 폭력의 후유증으로 만신창이가 되었지만, 할머니는 외면했고 아버지는 새 가정 돌보느라 관심이 없었다. 할머니의 구박과 폭력이 더해진 어느 날 '이러다 죽을 수도 있겠다' 더럭 생명의 위협을 느꼈다.

16살이 되던 해, 살아야겠다는 생각으로 집을 나왔고, 구미에 있는 전자제품 공장에 취업을 했다. 거기서 자신과 달리 밝아 보이는 남자를 만나 동거를 시작했다. 더 이상 외롭지 않았다. 잠시 '행복' 했다. 아이를 가졌다. 하지만 그 남자는 임신 사실을 알게 되자 자신을 버리고 가버렸다. 또다시 혼자가 되었다. 외로운 시간을 보냈고 유흥업소를 전전했다.

아들을 낳은 후 아이를 잘 키워야 한다는 생각이 들었다. 정착할 곳이 필요했고 바다가 좋아서 해운대로 왔다. 지인의 소개로 남자를 만나 다시 동거생활을 시작했고 혼인신고도 했다. 남편은 늘 자신을 오토바이 뒤에 태우고 배달 일을 다녔으며 아들에게도 잘해주었다. 하지만 그 남편에게는 이미 자신보다 먼저 같이 산 동거녀가 있었다. 그녀는 늘 자신에게 당당하게 본처 행세를 했다. 남편은 그녀와의 관계를 정리하지 않았고 그 갈등으로 영희 씨의 방황은 다시 시작되었다. 아이와 함께 지방을 몇 달씩 떠돌다 돈이 떨어지면 돌아오는 생활이 시작되었다. 결국 남편과 이혼했다. 이혼 후에도 아들을 예뻐하는 남편과는 가끔 만나왔지만 같이 사는 건 끝내 거부했다. 그렇게 다시 돌아온 해운대 바닷가에서 아이와 구걸을 하면서 하루하루 노숙과 찜질방 생활을 이어갔다. 앵벌이들의 표적이 되었다. 그들에게 아이는 구걸의 큰 소득원이 될 수 있었던 것이다

그렇게 하루하루 살아가던 어느 날, 그녀의 상황을 유심히 보던 해운대 D교회를 다니던 한 분이 구청에 도움을 요청했다. 이렇게 바닷가에서 앵벌이와 노숙을 반복하다가 혹시나 나쁜 사람들에게 이용당할까 봐 걱정이 되어서였다.

의뢰를 받고 영희 씨를 만나기 위해 찾아간 곳은 다 쓰러져가는 쪽방으로, 한 층에 3가구가 거주할 수 있는 곳이었다. 위생 및 청결 상태가 좋지 않았고, 사람이 살고 있는 흔적이 없을 정도로 쓰레기들이 뒹굴고 있었다. 우리가 찾는 여자와 아이는 보이지 않아 의뢰한 지인에게 연락을 했다. 그러자 "며칠 전 동네 불량배들이 그가 아이와 혼자 지내는 것을 알고 밤마다 찾아와 행패를 부리고 나쁜 짓을 하려고 해서 현재 전 남편의 집으로 피신해 있는 중이라고 들

었다"고 했다. 우리는 영희 씨와 연락이 닿기만을 기다렸다. 1주일 이 지나서 영희 씨가 직접 구청으로 찾아왔다.

"다가올 겨울이 걱정이라며 아이와 겨울을 잘 날 수 있도록 도움을 받기 위해 구청에 왔다"며….

업혀 있던 아들과 그녀는 언제 씻었는지 모를 정도로 얼굴과 손이 때로 얼룩져 있었다. 또래보다 큰 체격의 아들 민수는 구걸생활이 익숙한 듯 나를 향해 손을 내밀었다. 돈이 아닌 사탕을 주자 매우 낯설어했다. 4살이 되었지만 할 수 있는 말은 몇 마디 되지 않았고, 대소변 가림이 안 돼 기저귀를 차고 있었다. 늘 업혀 있어 잘 걷지도 못하고 다리는 휘어 있었다. 한눈에 봐도 또래들에 비해 발달이 현저히 늦어 보였으며 아이들의 해맑은 웃음은 보이지 않았다.

우선은 이 모자가 앵벌이로부터 벗어나 노숙을 하지 않는 것이 시급해보였다. 기초수급혜택을 위해 실거주지를 확인해보았다. 등본상 거주지는 대구로 되어 있으나 실거주지는 해운대였다. 그는 정신장애 3급(정동형 분열장애)으로 36개월 된 아들과 월 25만 원의 여관에 거주 중인 모자가정으로 등록되어 있었다. 그는 월 65만원 가량의 정부보조금(기초생활수급비와 장애수당)을 받고 있었다. 하지만 현재 부채가 100만 원 정도 있었다. 영희 씨의 명의로 대포폰이 8대 넘게 있었고, 폰요금 미납 및 카드부채가 있다고 했다. 정부지원금으로 월세 및 생필품을 구입하고, 과자나 식비 등으로 무계획적으로 쓰다 보니 늘 돈이 부족해 구걸을 하게 되었다고 했다.

기초조사를 해본 결과 영희 씨의 전반적인 생활은 불안정, 충동적, 무계획적인 삶의 연속이었다. 영희 씨가 아들과 함께 안정된 삶을 위해서는 우선 안정된 주거가 필요하다고 판단하여 토지주택공사에 긴급주거지원을 신청을 했다. 현재 그의 생활비의 40%를 차지하는 월세를 줄이기 위해 구청 인근 여관에서 월10만 원을 주고 생활하기로 했다. 해운대구 복지위원의 소개로 가게 된 여관사장님은 영희 씨에게 앵벌이가 접근하지 못하도록 차단시켜 주는 등 모자가 안전하게 지낼 수 있도록 신경을 써주셨다.

또한 보건소에서는 빈혈이 있는 영희 씨를 위해 영양플러스 서비스를 통해 식료품과 건강식품들을 지원했고, 인근 어린이집에 의뢰하여 민수의 보육지원도 이뤄졌다. 그렇게 주거, 경제, 건강의 서비스에 대한 계획을 세워 더 이상 걸식과 노숙을 하지 않고 영희 씨는 일상생활을 유지하며 다소 안정을 찾게 되었다.

영희 씨 가족에게 평화가 찾아온 것 같았다. 그것은 새내기 사례관리사인 나의 평화이기도 했다. 하지만 이제부터는 순항할 거라고 안심하고 있던 그때, 새로운 문제가 생기기 시작했다.

"여관에 귀신소리가 나요, 귀신이 있는 것 같아요."

영희 씨는 밤마다 그 귀신소리에 잠못 이루고 혼잣말을 하며 여관 계단과 바닷가를 배회하기 일쑤였다. 배달음식과 쇼핑으로 수급비는 일주일을 넘기지 못하고 다시 구걸로 생활비를 벌었다. 방안은 쓰레기가 뒹굴기 시작했으며 아이는 어린이집을 결석하기 시작했다. 영희 씨는 본인이 듣는 귀신소리는 어릴 적 폭력을 당할 때 백부로부터 머리를 자주 맞아서 생긴 병이라고 했다. 잘 걷지 못하는 아이를 매일 업고 다녀 허리가 많이 아팠는데, 그럴 때마가 진통제를 복용하면 좀 나았으나 최근에는 예전과 달리 좀 더 심하게 아프다고 했다. 무엇보다도 먼저 머리검사를 받고 싶다고 했다.

영희 씨가 얘기하는 귀신소리와 두통은 단순한 신체적인 질환이 아닌 정신건강의 문제로도 보였다. 하지만 영희 씨를 돌보기엔 이제 막 새내기 사례 관리사인 나로서는 경험이 부족했다. 그래서 해운대에 있는 정신보건유관기관인 정신재활시설 송국클럽하우스에 도움을 요청했다.

2. 정신재활시설 송국클럽하우스를 만나다

나는 송국클럽하우스에서 조금은 특별한 사람들과 11년째 만나고 있다. '우리 삶 속으로 걸어 들어오는 사람은 모두 스승이다'라는 말처럼 송국에서 만난 이들과 함께한 세월만큼 나 역시 성장하고 변화하게 되었다. 마음의 상처와 아픔을 가진 사람들을 섬기고 사랑하게 되고 그 영혼을 살리는 삶을 살아가는 것이 나의 삶의 이유이자 소명이 되었다.

사람은 누구나 외로운 존재지만, 그 외로움이 심해지면 마음에도 병이 생기게 된다. 내가 만난 많은 사람들은 마음의 병으로 아파하고 힘들어하고 있다. 때문에 그들은 겉으로는 자신이 사랑받을 가치가 없다고 말하지만, 마음속 깊은 곳에는 더 많은 사랑과 관심을 간절히 원하고 있다. 사람에 대한 믿음과 사랑이 얼마나 사람을 변화시킬 수 있는지를 나는 정영희 씨를 통해 알게 되었고 그러한 경험을 함께 나누고자 한다.

해운대구청 통합사례 관리사와 정영희 씨가 송국클럽하우스를 찾아 왔다. 정영희 씨와의 첫 만남, 우리는 주로 그가 어떻게 해서 부산에 왔고 현재 어떤 어려움이 있는지, 어떤 도움이 필요한지에 대한 이야기를 나누었다. 처음에는 자신의 이야기를 하는 것에 경계심을 보였지만, 이곳에서 취업도 할 수 있고 요리도 배울 수 있다는 것에 대한 기대를 가지고 자신의 이야기를 꺼내놓았다. 그는 평소 잦은 두통이 가장 문제라고 하였다. 어릴 적 아버지에게 맞아서 머리에 큰 혹이 생겼고 이후로 계속 머리가 아프다고 했다. 두통약을 복용하면 조금 괜찮아진다고 했다. 아들이 5살이지만 잘 걷지 못해 늘 업고 다니다 보니 허리가 많이 아프다고 했다. 가끔씩 여인숙에 귀신소리가 들리거나 귀신이 있는 것과 같이 느껴진다고 한다.

그가 이야기하는 것과 현재의 상황을 보았을 때 단순한 두통이 아니라 정신과적인 문제가 있을 수도 있음을 설명하고, 이후 정확한 진단을 위해 정신과 상담을 받을 수 있도록 권유했다(송국을 이용하기 위해서는 주치의의 소견서가 있어야 함). 이후 2011년 4월 구청 사례 관리자와 함께 외래동행을 하였고, 그녀가 10대 후반에 정신과 치료를 받은 적이 있었으나 지금까지 정신과 약을 복용하지 않고 있음을 알게 되었다.

나는 그가 왜 집에서 가출하여 젊은 나이에 이토록 힘든 고생을 하면서 지내고 있는지 과거의 삶이 궁금해졌다. 어릴 적 부모의 이혼, 조모와 백부에게 학대받으며 자란 얘기, 백부의 성폭행과 아빠와 조모의 외면, 학교에서의 왕따, 가출, 공장생활, 16세 때 동거와 헤어짐, 유흥업소 생활, 임신과 출산, 미혼모의 고단한 삶, 부산에서 새로운 남자(이미 동거녀가 있었던…)와 결혼과 파탄, 노숙과 구걸….

제대로 된 양육을 받지 못한 채 성장하고, 정상적인 가정에 대한 경험 없이 자녀를 양육하게 된 그의 삶은 힘들어보였다. 그런 삶 속에서도 아들을 잘 키우고 싶고 삶을 포기하지 않고 살아가는 그가 안쓰러워보였고 그의 삶에 대한 전반적인 계획이 필요함을 우리는 느끼게 되었다. 공공기관 사례 관리자와 민간기관 사례 관리자가 함께 정영희 씨에 대한 사례 관리계획을 세우고 그를 지원하기 위한 중장기 목표를 세웠다.

우선 그의 안정적인 주거환경의 개선이 필요하다고 생각한 구청에서는 토지주택공사 매입임대신청과 노숙자지원센터 매입임대신청, 어린이재단에 긴급주거비를 신청하여 주거이전 및 확보를 통해 추후 안정적인 주거환경을 만들어주는 것을 목표로 하였다. 이를 위해서 주거이전까지 주거환경 개선을 위한 위생, 청결에 대한 교육을 위해 주 1회 이상 가정방문을 진행하였다.

송국클럽하우스에서는 정영희 씨가 정서적으로 건강해야 본인과 자녀를 잘 돌볼 수 있다는 것에 목표점을 두기로 했다. 약물증상 및 일상생활 및 사회생활지원을 위해 주 1회 이상 규칙적인 약물관리, 위생관리, 일상생활관리를 하고, 의사소통 및 문제해결을 위한 심리적, 정서적, 사회적인 부분에 대해 개입하기로 하였다. 송국클럽하우스에 출퇴근을 하는 것부터 시작하여 주변사람들과 긍정적인 관계를 통해 불안한 정서적 상황을 잘 유지할 수 있도록 상담 및 부서활동을 지원하였다.

영희 씨는 요리하는 것에 흥미가 있었다. 식생활 관리가 잘 이루어지지 않아 아들과 영희 씨가 규칙적인 식생활을 유지할 수 있도록 구청에서도 영양플러스 지원서비스, 식재료지원서비스를 함께 후원해주어 요리 및 건강관리 계획을 통해 지원을 하였다. 또한 자녀양육에 필요한 일상생활기술(청소, 가사관리, 금전관리 등)을 하나하나 배워나가도록 지원하였고 새로운 활동을 배우면서 즐거워했다.

하지만 정영희 씨는 즉흥적이고 충동적인 성향으로 인해 꾸준한 활동을 어려워했다. 특히 읽고 쓰고 생각하는 것, 반복되는 활동에 싫증을 내었고, 무계획적인 소비와 행동을 지속했다. 계획을 세워도 그것을 실천하지 못하는 것이 늘 문제가 되었다.

가령 수급비를 받으면 계획 없이 하고 싶은 것을 다하며 일주일에 모든 돈을 다 써버리는 생활습관이 계속 이어졌고, 이 부분은 주거 이전을 위해 이웃돕기 성금으로 모금되고 있는 후원금을 이후 관리하는 데도 큰 문제가 될 것으로 보였다.

이에 경제일지를 작성하며 충동적인 소비습관을 줄이기 위해 노력했고 행동치료적인 접근으로 정영희 씨의 행동에 대한 긍정적인 보상을 강화하며 문제행동을 바꾸고자 개입했다.

3. 이웃에게 도움을 구하다

통합사례 관리사로 근무하면서 몇 차례 신문 기사를 통해 어려운 분들을 도운 경험이 있다. 이번에는 영희 씨의 안정된 주거확보를 위한 보증금 마련을 위해 컴퓨터에 앉았다. 영희 씨의 사연을 신문기사로 내어 불우이웃돕기성금이 500만 원이나 모금이 되었다. 또한 아들 민수를 위해서는 아이해피센터와 어린이집에서 안정된 양육을 받을 수 있도록 지원하였고, 영희 씨가 부모로의 역할을 감당할 수 있도록 부모교육 및 성교육에 대한 개입도 이루어졌다. 그렇게 아들 민수도 어린이집에 결석을 하는 일이 줄어들었다.

영희 씨도 송국클럽하우스 회원들과도 잘 지냈으며 부모로서 자신의 삶에 책임감을 가지고 새로운 지식습득과 환경에 잘 적응해 나갔다. 특히 그녀는 자신과 아들의 따뜻한 미래를 위해 누구보다 배움에 열심이었다. 이후에는 기술을 배워 꼭 일을 하고 싶다했다. 본인 스스로도 지금이 가장 살면서 제일 보람된 시간을 보내고 있는 것 같아 만족스럽다고 했다.

영희 씨 가족에게 또다시 평화가 찾아왔다. 또한 나에게도 안정과 만족감이 찾아왔다. 이대로만 한다면 내년 이맘때엔 본인이 원하는 취업도 하고, 안정된 주거환경 속에서 지역사회의 건강한 가정이 될 수 있을 거라는 기대와 큰 그림 또한 그리게 되었다.

하지만 그는 또다시 나의 이런 바람과는 다른 길을 갔다. 한동안 열심이던 영희 씨는 몇 개월 후 구청 사례 관리사의 개입과 송국클럽하우스 참여에 싫증을 냈다. 자신의 뜻대로 맘껏 살기를 원했다. 약복용 또한 거부하고 수급비를 받으면 원하는 것을 맘껏 쇼핑하는 등 내일이 없는 것처럼 충동적인 하루하루를 보냈다. 환청으로 인한 이상행동과 아이를 업고 바닷가를 배회하는 일이 반복됐다. 급기야 후원금 500만 원을 들고 자취를 감춰버렸다. 한 번도 경험하지 못한 사례였다. 영희 씨의 행동에 당혹감이 밀려왔다.

중심을 잡지 못하고 방황하는 그와 함께 사례 관리사인 나 또한 흔들리고 있었다. 무엇이 잘못된 건지, 뭘 해야 할지 몰랐다. 그때 또 한 번 송국에서 손을 잡아주었다.

"기다리지 말고 미리 준비를 해보자."

아마 그때 송국클럽하우스와 함께 하지 않았다면 사례 관리사로서 나의 무능함을 자책만하고 소진이라는 이름으로 주저앉아 있었을지 모른다. 영희 씨의 현재 상황에 대한 문제해결을 위해 긴급 사례회의를 개최하였다. 정신과 주치의, 송국클럽하우스, 동부아동보호전문기관, 가정위탁지원센터에 요청을 하여 영희 씨에 관한 중장기계획을 다시 세우기로 하였다.

우선, 경찰의 도움을 받아 소재를 파악하기 위해 신고를 하기로 했다. 현재 정신과적 증상이 악화되어 있고 자녀 또한 불안정한 상태이기 때문이다.

또한 영희 씨가 돌아온다고 하더라도 본인이 혼자서 아들을 키우고 자신의 삶을 챙기는 데는 어려움이 있다고 판단하였다. 특히 영희 씨가 정신과 질환 치료에 협조적이지 않는 상황이라, 언제 또 구걸을 하면서 아들을 데리고 다닐지 모르기에 정서적 방임이 가장 큰 어려움이 될 것으로 판단하였다.

이에 영희 씨가 정신질환 치료를 받고 어느 정도 안정이 되는 동안 자녀를 분리하여 친인척 위탁이나 가정위탁을 알아보기로 했다. 또 본인 스스로 치료를 받을 수 있도록 설득을 하나, 만약의 경우를 대비해 보호자의 동의입원도 고려하기로 했다. 혹시나 빠른 시간 내에 소재가 파악이 되지 않을 경우 수급비 지급 연기나 중지 후 수급비를 받으러 오게 하는 방법 등 다양한 방법으로 소재를 파악하기로 했다.

계획에 따라 서둘러 영희 씨가 거래하는 은행에 돈을 인출할 경우 구청으로 연락을 줄 것을 협조 요청했으며, 단절된 영희 씨 아버지를 찾았다. 15년 만에 딸의 근황을 알게 된 아버지는 영희 씨가 아픈 것도, 손자가 생긴 것도 몰랐다며 그동안의 본인의 무심함에 무척이나 마음 아파했다. 지체 없이 119에 위치 추적과 실종신고를 했고 입원치료에도 적극 협조하겠다며 우리에게도 꼭 도와달라고 부탁을 했다.

우리가 서둘러 영희 씨의 자취를 찾으려 애쓰는 동안 그녀는 우리보다 한 걸음 빨랐다. 부산 북구의 한 은행에서 인출 거부당한 영희 씨는 체크카드를 발급하여 타은행에서 돈을 모두 인출해갔다. 해운대경찰서 실종팀과 북구경찰서에서 공조 수사를 시작했다. 그렇게 일주일이 지났다. 영희 씨의 자취를 찾지 못해 애태우고 있는데 의외의 곳에서 실마리가 풀렸다.

영희 씨가 그 주 토요일 밤10시에 사례 관리사와 송국클럽하우스 담당자를 신고하기 위해 북구지구대에 직접 방문한 것이다. 구청에서 방을 얻어준다고 돈을 가져갔고 송국클럽하우스에서는 돈도 안 주고 일만 시킨다는 내용이었다.

경찰은 다소 어눌하고 이상하게 보이는 영희 씨의 개인 신상을 확인 하던 중 구청과 보호자가 실종신고를 한 것을 보고 연락을 했다. 경찰에서 확인 결과 가지고 나간 500만 원이나 되는 돈은 옷을 사고 여관비, 외식, 생활용품 등을 사는 데 전부 사용했다고 진술했다.

지구대에 보호시설이 없어 병원으로 이송하려 했으나 주말 밤 늦은 시간이라 입원이 안 되었다. 대구의 친정아버지에게 연락했으나 올 수 없어서 전남편에게 연락을 했단다. 전남편은 영희 씨 모자가 걱정이라며 정말 돕고 싶다고 친정부의 동의하에 보호자의 역할을 자처했다. 월요일에 정신과 진료를 받을 수 있도록 직접 데려오겠다고 울먹였다. 협조적이고 진심으로 영희 씨 모자를 걱정하는 전남편의 모습에 우리 모두 안심을 했다. 그렇게 영희 씨 모자의 실종은 마무리 되어가고 있었다. 모두들 모처럼 걱정 없이 잠자리에 들 수 있는, 더할 나위 없는 주말들을 보내게 된 것이다.

하지만 그 즐거움도 잠시, 영희 씨가 아들과 함께 또다시 사라졌다는 전남편의 전화가 왔다. 상황은 다시 실종상태로 전환됐다. 아들을 업고 해운대 바닷가를 배회하는 걸 봤다는 송국 회원들의 목격담과 시장 인근에서 봤다는 목격담이 나왔다. 돈이 넉넉하지 않아 멀리 가지 못하고 전남편 주변을 맴돌고 있는 듯했다. 하나 전남편 또한 연락이 되지 않는다며 답답함과 찾고 싶은 마음을 호소했다. 그간 영희 씨의 방황의 끝은 늘 해운대라 우리 주변을 맴돌고 있는 듯했으나, 좀처럼 그를 찾지는 못했다.

그렇게 한 달의 시간이 흐르고 다들 지쳐갈 때쯤 경찰로부터 영희 씨 모자를 찾았다는 연락이 왔다. 사복경찰과 함께 온 영희 씨는 언제 씻었는지 모를 초췌한 모습하며, 등에 업힌 민수 또한 기저귀를 언제 갈았는지 모를 정도로 지저분했다. 둘 다 제대로 된 끼니를 챙겨먹지 못했는지 무척 수척한 모습이었다. 한눈에 보기에도 증상이 많이 악화되어 있었다. 동행을 요청한 경찰에게도 막무가내로 욕설과 폭력을 휘둘렀다. 다시 찾은 영희 씨는 우리가 아는 그녀가 아니었다.

4. 가족을 만나다

정신보건법에 따라 2011년 6월 정영희 씨는 보호자의 입원동의를 통해 정신과에 입원을 하게 되었고, 그동안 환청과 망상으로 긴장과 불안했던 마음에 조금씩 안정을 되찾게 되었다. 그녀는 평생 안 보고 지내려 했던 아버지가 자신을 만나러 왔고 자신을 걱정하고 있었다는 사실에 눈물을 흘렸다. 자신이 실은 아버지와의 만남을 매우 기다려왔다고 이야기했다. 그 사이 아들 민수는 어린이집에서 보호를 받고 있었다. 그러나 정영희 씨가 자신조차 감당하기 힘들 정도로 지쳐 있었기에, 아들을 지속적으로 양육하는 것이 과연 맞은 것인지에 대해 전문가 집단(어린이재단, 세이브더칠드런 위탁가정지원센터, 구청, 송국클럽하우스)이 사례회의를 가졌다.

현재 아들이 심리상태가 불안하고 좋지 않음과 엄마의 정신적인 상황을 고려했을 때 위탁가정에 보내는 것이 좋다고 평가했다. 다소 어려운 결정이었지만 정영희 씨와 아버지와도 많은 논의 후 그 결정에 따르기로 했고, 민수는 인품 좋고 사랑이 많은 어느 목사님 가정에서 자라게 되었다.

　대상관계와 애착이론에서는 부모와의 잘못된 관계가 자녀가 자신의 건강한 자아상을 확립하는 데 부정적인 역할을 하고, 이후 주변사람들과의 애착관계를 맺는 데도 어려움을 겪게 만든다고 한다. 그 역시 과거의 부모와의 관계에서 대상형성의 실패가 성장과정에서 또래관계와 대인관계를 맺는 데 어려움으로 나타났고, 애착의 새로운 대상을 방식도 성을 도구로 자신의 이미지에 상처를 내고 이용당하는 부정적인 관계로 맺어가고 있음을 알 수 있었다. 또한 어릴 적 성적 학대와 더불어 올바른 양육을 받은 경험이 없었던 그는 안타깝게도 자신이 맺었던 부정적 관계를 또다시 자녀에게 대물림하는 악순환을 반복하고 있었다. 비록 그가 아들과의 긍정적인 관계로 양육을 끝까지 책임지지는 못했지만, 아버지와의 만남을 통해 자신의 뿌리를 다시 찾을 수 있었고 지역사회의 지지체계를 통해 자신이 소중한 사람인을 인식할 수 있었다는 것은 너무나 큰 변화였다. 나는 그때의 선택이 정영희 씨와 아들 그리고 가족들을 위한 행복이라 믿는다.

　입원치료를 받으면서 아버지와 남동생은 정영희 씨를 정기적으로 만나러왔다. 아버지는 정영희 씨 어머니가 이상한 종교에 빠져 빚만 안긴 채 자신들을 버리고 가출한 이후 두 남매를 돌보려 무단히 애를 썼다고 한다. 일용직, 식당일 등 가리지 않고 밤낮으로 일을 했지만 빚은 늘어나기만 했고 남자 혼자 힘으로 정영희 씨 남매를 돌보는 게 힘이 들었다고 한다. 정확하게는 어떻게 해야 하는지를 몰랐다고 한다.

그러던 중 재혼을 했지만 생각처럼 행복한 삶을 살기엔 힘이 들었고 몇 번의 이혼을 반복하고서야 어렵게 새 가정을 꾸렸고 빚을 갚기 위해 부부가 정신없이 일에 빠져 사는 사이 시골에 맡긴 정영희 씨는 이미 자취를 감춘 뒤였다. 아버지는 지금 정영희 씨가 이렇게 아픈 것도, 굴곡진 삶을 사는 것도 전부 남매를 돌보지 못한 본인의 잘못인 거 같다며 가슴 아파했다. 아버지가 본인을 그리워하며 찾아다녔다는 사실을 알게 된 정영희 씨는 눈에 띄게 안정을 되찾아가고 있었다. "부모님"을 찾았다는 사실에 든든해했다. 가족과의 만남을 통해 정영희 씨는 새로운 시작을 할 수 있는 힘을 내게 되었다.

아버지와의 만남에 힘을 얻은 정영희 씨는 그동안 우리에게도 조심스러워 하던 실종기간과 그동안의 생활에 대해 얘기하기 시작했다. 누구보다 협조적인 줄 알았던 전남편이 "네 돈이니까 네 멋대로 해도 된다"며 돈을 찾아서 도망가라고 부추겼다고 했다. 또한 후원금 중 200만 원은 남편이 맡기라고 해서 줬으며 경찰에 잡히기 전까지 찜질방을 전전하며 돈을 같이 사용했다는 것이다. 그 전에도 수급비가 나오는 날이면 찾아와 외식과 잠자리를 강요했고 내연녀 앞에서 항상 자신을 '바보 같은 거'라고 부르며 무시했다는 것이다. 늘 외롭고 의지할 사람이 없어 전남편과의 만남을 유지할 수밖에 없었지만 이제는 더 이상 관계를 맺고 싶지 않다고 했다. 영희 씨 모자가 겪은 그간의 고통과 시간들에 아버지는 통곡했고, 이제는 그 누구도 영희 씨를 함부로 하지 못하게 하겠다고 다짐했다.

10개월간의 입원치료는 원활하게 이뤄졌으며 정영희 씨는 그 누구보다 치료에 열심이었다. 퇴원 후의 새로운 삶을 스스로 고민하고 계획할 정도로 증상이 많이 호전되었다. 퇴원 후 약물복용만 원활하게 이뤄진다며 일상생활이 가능하다고 했다. 아버지는 어렵게 되찾은 본인의 딸을 이제는 가까이에 두고 지켜주고 싶다고 했다. 앞으로의 시간은 어디서든 함께하고 싶다고 했고 어릴 적 못했던 것들을 지금이라도 함께하고 싶다고 했다.

긴 시간을 거쳐 다시 만난 부녀는 그렇게 그동안 마음속에 쌓였던 감정을 풀고 이제는 새로운 삶을 위해 떠날 준비를 하였다. 보호자와의 면담을 통해 정영희 씨의 퇴원계획을 함께 논의하고 아들의 위탁가정결연을 위해 구청, 위탁가정지원센터, 아이해피센터와 함께 계획을 수립하였다. 민수를 위탁가정에 보내기 위해 정영희 씨는 아들의 필요한 옷과 장난감을 사며 입양준비를 하였다. 그리고 그동안 자신이 머물렀던 여인숙도 정리하기로 했다. 아들이 눈에 밟히기는 했지만 입양될 목사님 부부를 만난 후 너무 좋은 분들이라 민수가 더 훌륭하게 클 수 있을 것 같다며 결연에 대한 감사인사를 하였다. 그리고 언제든 보고 싶을 때 부산에 오겠다는 인사도 남겼다. 그렇게 그는 여름이 끝나갈 무렵 아빠와 함께 대구로 돌아갔다.

5. 작은 후폭풍과 남은 과제

한편, 영희 씨의 전남편은 영희 씨와 만나기 힘들어지자 분풀이를 전부 구청과 아버지에게 쏟아놓았다. 자신은 가출을 반복하는 영희 씨 모자를 돌보기 위해 항상 최선을 다했고 이혼을 했지만 관계가 나쁘지 않아 잘 지내는 편이었는데, 정작 영희 씨가 도움이 필요할 때엔 가족들도 외면해놓고는 지금에 와서 무슨 권리로 자신과의 관계를 망치냐는 것이다. 이 모든 건 구청에서 사주해서 생긴 일이라며 화를 내기도 하고 밤길 조심하라고 욕설을 퍼붓는 등 한동안은 밤낮 없는 전남편의 협박에 시달려야 했다. 협박을 해도 뜻을 이루지 못한 전남편은 급기야 구청으로 찾아와 컴퓨터를 집어 던지는 등 행패를 부렸다.

새내기 사례 관리사인 나로서는 처음 겪어본 상황에 겁이 나고 당황스러웠다. 다소 약자의 입장이 되어 그간 맺은 관계와 라포형성이라는 이름하에 회유와 설득으로 관계회복을 시도했다. 하지만 상황은 반복되었고, 나는 지쳐가고 있었다. 이즈음, 이를 함께 고민한 아동보호전문기관에서 수퍼비전을 해주었다. 전남편에게 행패에 대한 현재의 상황과 사유 등을 명확하고 강력하게 인지를 시킬 필요가 있으며 협박과 욕설이 지속되면 경찰에 피해신고가 가능함을 경고하라고 했다.

때마침 참다못한 영희 씨 아버지가 경찰에 신고를 하며 적극 대응을 했다. 경찰의 경고로 겁을 먹은 전남편은 영희 씨 가족과 구청에 사과를 했다. 아들 민수에 대한 마음은 진심이라고, 아들이 보고싶은 마음에 자신도 모르게 흥분을 했다는 것이다. 아버지는 치료상황을 봐가며 면회가 이뤄질 수 있도록 해 줄 테니, 좀 더 기다려보자고 얘기했고, 전남편은 그렇게 진정을 찾았다.

늘 엄마 등에 업혀 고사리 같은 손을 내밀어 세상을 바라보던 민수는 인자한 목사님 댁의 가족이 되어 위탁가정에 빠르게 적응해 나갔다. 큰아버지, 큰어머니, 형, 누나 등 새로운 가족이 생겼다며 즐거워했고 한두 마디 밖에 하지 못하던 것이 아픈 엄마가 치료 잘 받고 얼른 나아서 본인과 같이 살자고 얘기 나눌 만큼 쉴 새 없이 재잘거리고 있었다. 또래들처럼 호기심에 여기저기 뛰어다니기도 했다. 위탁부모님은 민수를 걱정하는 영희 씨를 위해 정기적으로 만남의 시간을 가졌고 민수가 어떻게 지냈는지, 민수와의 시간들에 대해 자주 이야기를 나눴으며 든든한 지지자가 되어 주었다.

민수의 변화에 가장 흐뭇해 한 것은 영희 씨였다. 스스로 본인이 남들보다 부족해서 아이를 잘 키우지 못하는 것 같아 항상 마음 아팠는데 위탁가정에서 안정되고 밝아진 민수의 모습에 이제야 안심이 된다고 했다. 당장이라도 아들 민수와 함께 살고 싶은 마음은 절실하지만 퇴원 후 사회 복귀 프로그램에 열심히 참여해서 취업후 스스로의 힘으로 아이를 돌볼 수 있을 때까지 위탁 부모님의 도움을 받고 싶다고 했다. 위탁 부모님들은 흔쾌히 동의했고 그렇게 영희 씨 모자의 든든한 지원군이 되어주었다.

대구로 돌아간 영희 씨는 한동안 자신의 근황과 나의 안부를 묻는 전화를 자주 했다. 아버지 옆으로 와서 그런지 잠도 잘 오고 불면에 시달리던 밤도 더 이상은 무섭지 않다고 했다. 건강을 위해 요가와 운동을 시작했고 장애인 보호 작업장에서 일도 시작했다. 단순작업이라 월 10만 원 정도 버는데 스스로 일해서 번 돈이라 뿌듯하다고 했다. 월급은 아들 민수를 만나러 올 때 장난감과 동화책이라도 사주려고 열심히 모으고 있다고 했다. 그렇게 본인은 잘 지내고 있으니 걱정하지 말고 담당자 또한 잘 지내라는 인사를 꼭 빼먹지 않았다.

그와 함께 한 시간이 또 다른 클라이언트와의 시간들로 잊혀져가고 있을 때쯤 기쁜 소식이 들려왔다. 작업장에서 자신을 이해해주는 남자를 만나 부모님께 허락도 받고 결혼을 한다고 했다. 영희 씨의 결혼 소식을 듣고 혹시나 지금까지 겪은 일들이 반복되지는 않을까 하는 또 다른 불안감이 스치고 지나갔다. 하지만 괜한 염려였다. 다음 해 아들을 낳았고 잘 지내고 있다는 소식을 들었다. 영희 씨는 그렇게 가족의 품, 자신의 자리로 돌아갔으며 가족은 영희 씨에게 살아갈 수 있는 힘이 되어주었다.

영희 씨와 함께 한 시간들을 통해 나는 참 많은 경험을 했다. 또 그만큼 많이 자랐다. 처음은 정신장애에 대한 선입견과 이해 부족으로 헤매던 시간들이었고, 그녀의 역동에 함께 중심잡지 못하고 일희일비하는 시간들이었다.

가출 후 다시 찾은 영희 씨를 입원시키러 가는 날, 사례 관리사로서 동행하는 나 또한 많은 혼란을 겪었다. 병원으로 향하는 내내 입원치료를 강력하게 거부하면서 울부짖고 호소하는 그녀를 보며 만감이 교차되었다. 어찌 보면 그녀의 안전을 핑계로 '나의 불안감과 걱정이라는 마음의 짐을 내려놓기 위해 한 건 아니었나?'라는 생각이 밀려왔고, 온몸으로 거부하는 그녀의 모습에 죄책감마저 가지게 되었다.

그때마다 중심을 잡을 수 있도록 도와준 건 함께한 송국클럽하우스와 개입 기관들이었다. "클라이언트를 위해 우리는 최선을 다한 것이다"라는 지지와 위로를 통해 나는 다시 사례 관리사로서 자리를 찾을 수 있었다. '적어도 이 사례 안에서는 나를 지지해주는 사람이 있다', '나도 보호받고 있다'는 느낌만으로도 무척 힘이 되었던 것 같다. 아마 그때 그런 지지를 받지 못했다면 그 죄책감의 상황에서 벗어나오는데 오랜 시간이 걸렸을 것 같다. 또 비슷한 상황의 사례를 진행할 일이 생겼다면 좀 소극적으로 다른 사례 관리를 진행하지 않았을까 하는 생각이 많이 들기도 한다. 정말 급박하게 진행됐던 케이스인데, 영희 씨 모자가 안정을 찾고 가족의 품으로 돌아갈 수 있었던 건 아마도 지역기관이나 실무자들이 자신들의 역할에 충실했고, 진심으로 영희 씨 모자의 안정을 기원했기 때문인 것 같다. 함께할 수 있다는 것이 얼마나 든든한지 진심으로 느끼게 된 시간이었다.

돌아보면 새내기 시절, 사례 관리사로 일하면서 주로 클라이언트의 건강, 안전 등 모든 것이 클라이언트 위주로, 그들에게만 집중을 많이 했었다. 때론 지치고 힘들어 나 자신을 돌봐야 할 때조차도 그들의 행복한 삶을 위해 그 시간을 뒤로 미루기도 했다. 사례 관리를 하면서 간혹 경험하게 되는 폭력이나 위험을 느끼는 상황에 처했을 때조차도 그저 사례 관리사로서의 나의 대처에 문제가 있는지 나의 잘못만을 찾고 감내했고, 그로인해 좌절과 소진을 경험하기도 했다. 그렇게 늘 긴장된 삶을 살고 있었다. 하지만 이번 일로 클라이언트와 함께하는 시간에는 반드시 그들과 함께하는 나의 건강, 나의 안전도 꼭 선행되어야 하며 적어도 함께하는 시간 안에서 클라이언트뿐만이 아니라 사례 관리사인 나 또한 보호를 받아야 함을 알았다.

한편, 이번 경험을 통해 또 다른 숙제도 안게 되었다. 정신장애인에 대한 선입견과 편견의 시각에서 벗어나 그들의 삶을 바로 봐라볼 줄 알아야 한다는 것이다. 아직도 우리는 '정신장애인'이라는 단어에 많은 부정적 이미지를 떠올린다. 그들은 아직도 우리에게 소위 '제 정신이 아닌 이상한 사람', '우리가 가까이 다가가기엔 어렵고, 이웃으로 더불어 살기엔 힘든 대상'… 그런 이미지로 낙인되어 있다.

실제로 영희 씨는 치료 후 약물관리가 원활하게 이뤄지면서 일상생활이 가능하고 우리와 함께 지역에서 지내는 데 문제가 없었다. 하지만 그들에 대한 편견과 인식은 우리로 하여금 늘 그들을 색안경을 끼고 바라보게 했고 부끄럽게도 사례 관리사인 나 또한 처음엔 인식 부족과 선입견으로 사례 진행시에 오는 문제에 대해서 그저 영희 씨 탓으로만 돌리기도 했다.

나 또한 정신장애에 대한 이해 부족으로 인해 그들을 바라보는 시각이 일반적 사회적 편견과 별반 다르지 않음을 많이 느꼈다. 고 그들의 현재 상황, 문제, 심리적인 문제들을 안다고 단정짓거나 그런 마음으로 생긴 선입견으로 그들을 바라보지 말아야겠다는 반성의 시간이 되었다.

오늘도 영희 씨는 새로 꾸린 가정에 최선을 다하고 있다고 한다. 아이의 기저귀를 갈고 청소도 하고 남편 퇴근에 맞춰 된장찌개도 끓인다고 한다. 흔히 남들이 말하는 평범한, 우리의 모습과 다르지 않는 삶을 살고 있는 것이다. 앞으로의 시간들도 그렇게 '우리와 다르지 않음'으로 채워질, 우리의 이웃 영희 씨가 우리 곁에 좀 더 오래 함께 해주길 응원해본다.

6. 정신건강 사회복지 네트워크를 꿈꾸며

정신과적인 어려움을 가지고 있는 분을 지원하는 일은 정신재활 시설에 근무하는 정신건강 사회복지사인 나에게도 많은 에너지가 드는 일이다. 그러다보니 해운대 구민을 위해 일을 하는 구청 직원들과 동사무소의 사회복지 전담공무원들이 이분들을 어떻게 도와야 할지 몰라 난색을 표하는 경우가 종종 있다. 이런 상황에서 모든 일처리가 우리 정신 사회복지 기관에 다 몰려들기도 한다. 하지만, 이번에 정영희 씨를 도우면서 유관기관이 서로 협력한 일을 통해 우리는 새로운 차원으로 서로 협력해야 하고 또 할 수 있다는 가능성을 열었다고 생각한다.

민관이 가진 각각 다른 영역의 지식, 자원, 경험을 함께 공유하고 나눌 수 있다면 지역사회 네트워크의 시너지는 매우 높아질 수 있다. 이를 위해 지역사회에 어떤 자원을 활용할 수 있고 우리가 잘할 수 있는 영역과 대상에 대한 이해가 높을 때 더욱 적재적소에 맞는 서비스를 지원할 수 있다고 본다.

또한, 정신보건법 개정과 더불어 사회로 더 많이 복귀하게 되는 정신질환자들을 지원하기 위해, 공공영역에서 근무하는 사회복지 전담공무원과 민간 영역의 정신건강 사회복지사가 얼마나 자주 더 깊게 싱호 협력해아 하는지를 이번 사례를 통해 배우게 되었다고 생각한다. 정신장애인이 지역사회에서 자연스럽게 평범한 이웃이 되어 살아갈 수 있도록 네트워크가 구축되고 함께 유기적인 복지 서비스 지원이 효과적으로 지원되어야 한다.

그래서 우리의 이 모든 노력이 합쳐져서 한 사람, 한 사람이 행복하게 사는 아름다운 세상을 만들어가고 있다는 희망을 가질 수 있기를 소망해본다.

한지연
지역사회가 좋아 12년째 정신재활시설 송국클럽하우스에서 정신장애인과 함께 일하고 있는 정신건강사회복지사이다. '영혼을 살리는 삶'을 인생의 사명으로 삼고 있다. 모든 사람은 소중한 존재라는 가치를 가지고 개인의 강점과 가능성을 발견하는 데 보람을 느끼며 실천현장에서 열정을 다하고 있다.

김선희(공동저자)
평범한 이웃들의 삶에서 특별함을 찾는 9년차 늦깎이 사회복지사이다. 해운대구청 통합사례관리사로 근무하고 있다. 행복한 사회를 꿈꾸며 소외된 이웃들과 담소 나눌 수 있는 '지역사회, 현장!'을 좋아하고 동네를 지나다 이웃들이 부르는 소리에 가슴 뭉클함을 느낀다. 평범한 이웃들의 삶에서 특별함을 찾는 9년차 늦깎이 사회복지사이다. 해운대구청 통합사례관리사로 근무하고 있다.